U0015536

半邊藍天

半分、青い。（2）

日本戀愛之神・金牌編劇
北川悅吏子

緋華璃
黃薇嬪——譯

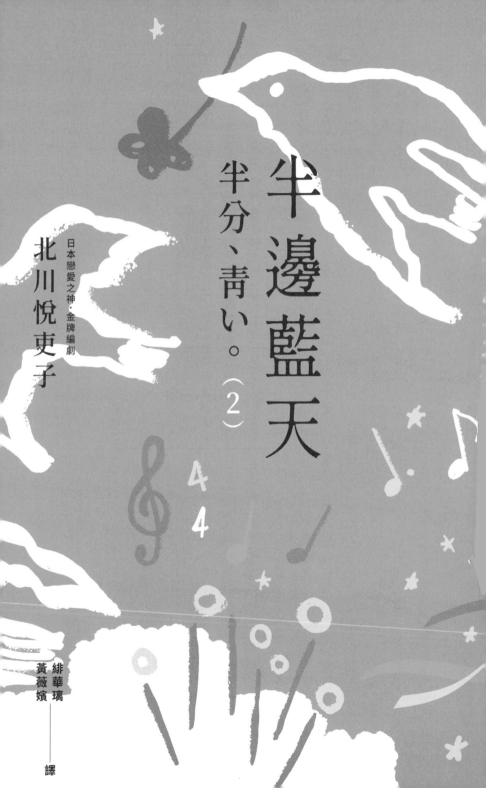

目次

一九九〇年　東京

鈴愛站在秋風之家的粉紅色公共電話前嘆氣。

太害怕了，正人電話號碼的最後一個數字，無論如何都按不下去。她放下話筒，又不斷重複同樣的動作。

為了畫漫畫也必須談戀愛才行。幸福不會主動長腳走來，必須自己上前抓住。儘管已經做好心理準備，鈴愛卻連電話也不敢打。

這時，電話突然響起，還以為說不定是正人打來的。鈴愛用最甜美的聲音接起，結果是晴打來的電話。

「妳這聲音是從哪裡發出來的？」

晴這麼說，鈴愛也無力反駁。晴告訴鈴愛，她想參觀一下秋風之家，所以六月底會來東京玩。鈴愛工作太忙，最近連打通電話回家的時間都擠不出來，想到可以見到好久不見的母親，覺得很高興。

晴說細節下次再說，便掛斷電話。

鈴愛重重地吐出一口氣來。為求謹慎，她再次確認已經背得滾瓜爛熟的電話號碼。手伸向話筒的瞬間，電話又響了。無論如何都希望能聽見正人的聲音，她滿懷期待地接起電話，但這次是律打來的。

「我有話想跟妳說。」

「難得你主動打電話給我，天要下紅雨啦？」鈴愛萬分好奇地問道。

律隔了好幾拍才慢條斯理地回答：「是要下紅雨了。」

「所以呢？出了什麼事？」

「被我遇到了。」

「遇到什麼？不明飛行物嗎？」

懶得理會鈴愛的插科打諢，律接著說：「正確地說是又遇到了，我又遇到清了。」

「清？」

「妳忘啦，以前妳還畫過她的肖像畫給我，弓道社的——」

「喔！」鈴愛的情緒整個激動起來，腦海浮現自己筆下的清，而非實際上的清。「欸，你見到她了？在哪裡？巧遇嗎？」

律羞赧地向鈴愛報告自己與清重逢的細節。

「好神奇！太棒了，律，這就是命運，這是命中注定的重逢！」鈴愛說得極為篤定。

「嗯，我也有點命中注定的感覺。」

「太好了！啊，也得讓菜生和屠夫知道才行，清可是我們的女神。很好，我也要加油。」

「咦？」

「我也要加油，鼓起勇氣打電話。我終於下定決心了，我也要打電話給正人。謝謝你，改天再聊！」

突然從鈴愛口中聽到正人的名字，律大吃一驚，但鈴愛不給他說話的機會便掛斷電話，又馬上拿起話筒，撥給正人。

「哦，鈴愛啊，妳好嗎？」

正人的語氣很親暱，完全聽不出他們已經有好長一段時間沒見面了。只有國中三年級戀愛程度的鈴愛，實在無法判斷他接到鈴愛打的電話，到底是真的高興，還是其實覺得不堪其擾。

「啊，是我。你好嗎？」

「我很好喔。」

光是如此尷尬的寒暄就已經耗費鈴愛所有的力氣，再也沒有餘力先聊些無關緊要的話題來觀察情況了，鈴愛單刀直入地切入正題。

「那個……前陣子的仙女棒，你說要陪我一起放對吧？那是客套話嗎？就像陪朋友去買衣服，明明一點也不好看，卻說『哇～好適合妳』那樣嗎？就像朋友給你看男朋友的照片，明明心裡覺得『哇……這傢伙長得好醜』卻還是說『哇～好帥氣』或『哇～看起來好溫柔』那樣嗎？」

明明裕子已經警告過她「都市的男人不喜歡太過強勢的女生」，卻還是被她拋到九霄雲外去了。

「鈴愛，不行啦，不能這樣緊迫盯人。」

站在遠處、屏氣凝神幫鈴愛集氣的裕子連忙雙手交叉，在胸前比了個大叉。

鈴愛這才反應過來，趕緊摀住自己的嘴巴，但為時已晚，說出去的話已經收不回來了。

搞砸了……嗎？

就在鈴愛即將陷入狂亂，正人輕飄飄、軟綿綿的聲音傳進她耳中。

「不是客套話，來玩仙女棒吧。我之前打過電話給妳喔。」

鈴愛鬆了一口氣，眼眶不由得有些溼潤。

「真的嗎？」鈴愛以細如蚊蚋的音量問道。

「明天就來放吧。」

「明天？」

鈴愛的心飄到半空中。這是具體的約定，而不是『等我有空再打電話給妳』的虛應故事。鈴愛蹦蹦跳跳地回房，飄飄然地盯著一直掛在牆上的青蛙洋裝。

「第一次的仙女棒。」

鈴愛蹲在地上，凝望著變成粉紅色和藍色的火花。

正人依約和她在海豚公園玩仙女棒。

「什麼？」正人問道。

他將火從鈴愛的仙女棒，移到自己的仙女棒上。不一會兒，仙女棒也冒出美麗的火光。

「這是今年第一次玩仙女棒，也是我來東京第一次玩仙女棒。」鈴愛說。

「嗯……這是我和鈴愛第一次玩仙女棒。」

鈴愛一骨碌地站起來。「……別這麼說比較好，聽起來像是還會有第二次……」

「……沒有第二次嗎？」正人極其自然地說。

他說得實在太自然了，鈴愛不由得一把火上來。「你有時候真的很輕浮耶。」

正人咳了一下。「律說的嗎？」

「我自己認為的。」

「妳穿了青蛙洋裝呢。」

「咦？」

「妳說要在第一次約會的時候穿。」

「慘了……」

「幹麼這樣說？」正人笑了。「很可愛，很適合妳。」

「真的嗎？」

明明告訴自己要小心提防，內心還是不聽使喚地充滿喜悅。

整包仙女棒一根一根地逐漸減少。鈴愛有些悵惘。當這些仙女棒全部點完，在一起的時間就結束了。

「我要搬家了。」

正人突然冒出這句話。他說他有個親戚要調職到國外，自己要搬去他家，順便幫忙看家。得知正人半個月後就要搬走，鈴愛的表情頓時蒙上一層陰影。然而當她知道正人要搬去的吉祥寺，離這裡只有二十分鐘的距離，臉上的陰影再度一掃而空。

「鈴愛好像金魚，還以為游過來了，一下子又游到別的地方去。恣意悠游。」

鈴愛的仙女棒燃燒到盡頭。正人遞給她一根新的仙女棒，用手擋風，以蠟燭點燃。

鈴愛手中的仙女棒開出美麗的火花。

「請把金魚撈起來吧。」一回神，話語已經脫口而出。

兩張臉愈來愈靠近，火光照亮他們的臉龐。

正人的臉靜靜地向鈴愛靠近，在接近嘴唇的臉頰輕輕地印上一吻。

兩人的臉近在咫尺，正人凝視著鈴愛；鈴愛屏住呼吸，回望他。

正人再次慢慢靠近鈴愛時，鈴愛花容失色地說：「啊，正人，燒起來，燒起來了！」

正人這才驚覺，外套一角被手中的蠟燭燒焦了。

「哇！要死了，我要死了。」正人驚慌失措地脫下外套。

「別擔心，死不了的，沒事沒事！」

正人將外套丟在地上，鈴愛用力踩踏，正人也跟著踩。火很快就熄滅了。

兩人茫然地看著燒焦的外套。直到前一刻還像施了魔法的氣氛，早已蕩然無存。仙女棒還有剩，但已經沒心情繼續玩了，兩人就此別過。

即使事過境遷，鈴愛還是經常想起，要是當時正人的外套沒有著火，他們大概會接吻吧。仙女棒還沒點完，夏天已悄然而至。

六月底，晴如她所預告地來到東京。鈴愛已經先告訴秋風等人晴要來的事，所以秋風刻意換上和服迎接。他欣然收下晴帶來的五平餅，向她道謝。

「上次真是承蒙關照了，不止五平餅，每道菜都很好吃，不管是蜂斗菜還是蒲燒鰻。」

「哪裡，根本是招待不周。」

「不知道為什麼，我經常會想起當時的事。」

明明是前不久的事，秋風卻瞇細了雙眼，感覺甚是懷念。

「是嗎？不過看到你這麼健康真是太好了。」這是晴的肺腑之言。

前往秋風之家前，鈴愛和菱本帶晴參觀寬敞的奇妙仙子工作室。

晴被豪華又摩登的裝潢嚇得下巴差點掉下來。她目瞪口呆地從辦公室穿過無齒翼龍造型樹木的中庭，看到秋風之家的建築物，也同樣驚掉了下巴。

「呃……這裡是倉庫嗎？」

「那我就先告辭了，妳們母女倆好好聚一聚。」

菱本尷尬萬分地留下晴和鈴愛，頭也不回地逃回自己的工作崗位。

鈴愛偷偷附在晴耳邊說：「無齒翼龍是天堂與地獄的分水嶺，這邊是貧民區，那邊是有錢人住的地方。」

「原來如此……秋風老師雖然總是笑咪咪的，算盤打得還真精呢。」

「可是人不能太貪心。這裡有浴室，也有廚房，還有廁所，住慣了也是天堂。」

聽到鈴愛這麼說，晴吆喝一聲：「那好！」

「媽媽就是來幫妳整頓住的地方。」

她還特地從岐阜帶了掃除用具。難得來東京一趟，卻只想著要幫女兒打掃。

晴把鈴愛趕回去工作，挽起袖子，開始擦起最先映入眼簾的廚房。

行經截稿前的地獄，鈴愛拖著累到不成人形的身體回到自己房間。

看到乾淨得不像自己房間的房間，鈴愛這才想起晴來了。矮桌上擺滿漢堡排和馬鈴薯沙拉等鈴愛喜歡吃的食物。晴大概是累了，靠在她的床上睡著了。

「媽媽，我回來了……」鈴愛不忍心叫醒母親，小小聲地說。

或許是察覺到有人進來了，晴慢慢地睜開雙眼。

好久沒吃到晴做的菜，還是那麼美味。

「媽媽做的漢堡排是全世界最好吃的。」

鈴愛的讚賞讓晴欣慰地笑瞇了眼。

吃飽飯，鈴愛還和晴一起洗澡，享受久違的天倫之樂。

入夜，鈴愛在床邊鋪了被子給晴睡。差不多該就寢時，晴拿出宅急便的盒子，遞給鈴愛說：「差點忘了。」

那是請宇太郎掐準晴到達的時間，寄來給鈴愛的東西——由宇太郎、仙吉和草太合力製作的木頭檯燈。傘狀的燈罩上有藍色的線條，鈴愛迫不及待地插上插頭，柔和的燈光隨即照亮枕邊。

「感覺好溫暖。」

是她的錯覺嗎，感覺光線似乎有了溫度。

「妳爸一直擔心光線會不會太暗。」

「剛剛好。」

「鈴愛不敢在全暗的地方睡覺嘛。」

晴的目光掃到掛在牆上的青蛙洋裝。

「妳穿上那件衣服啦。」

「穿了！」

鈴愛渴望她繼續問下去，顯得坐立難安，但晴沒什麼太大反應，只是附和了一聲：「是喔。」急得鈴愛整個人從床上坐起。

「就這樣？妳不問我是什麼時候穿的？或是在什麼場合穿的嗎？」

「喔……妳什麼時候穿的？」

「我去放煙火的時候穿的。」

檯燈照亮了鈴愛如春花盛放的臉。

晴直勾勾地盯著女兒的側臉，問她：「妳交了男朋友？」

「欸！妳怎麼會知道？」

「對方是什麼樣的人？」

「……讓人覺得只差一點點就能稱得上帥氣的人。」

晴不禁莞爾。「這是什麼形容呀。」

「感覺像是棉絮糖的人……甜甜的，軟乎乎的。咦，是棉花糖還是棉絮糖來著？」

「是棉花糖。可以讓媽媽和那個人見一面嗎？」

「還太早了，而且有一半是我的單相思。」

「既然只有一半是妳的單相思，表示對方也有一半喜歡妳嘍。」

「嗯……對方是個好人嘛。」

「真的是。」

房裡只剩下沉默。明明一個人的時候更安靜，但此時此刻隱約可聽見晴的呼吸聲，反而有種寂靜的感覺。

「……我還以為鈴愛喜歡小律呢。」晴喃喃自語。

「就算鈴愛喜歡律，律也不喜歡鈴愛。」鈴愛也喃喃自語般回答。不同於她平時那種隨時都要笑出聲音來的語氣，聽起來有些寂寥。

「媽媽，妳有仔細看過律的臉嗎？他長得非常清秀。」

「我知道啊。」

「媽媽，妳有看過律的成績單嗎？全部都拿滿分。」

「這樣啊。」

「媽媽，妳看過情人節的律嗎？收到的巧克力多到要用雙手捧著，還打折賣給車站前的岩田屋。」

「這樣啊。」

「律和我就像天上的月亮和地上爬的烏龜，而且律已經有心上人了。」

「這樣啊。」

房裡再度只剩下沉默，漫長到足以讓人以為對方已經入睡。晴又低語：「對媽媽來說，鈴愛就是天上的月亮。」

「咦？」

「看在媽媽眼中，鈴愛是最漂亮的女孩。」

「哦，還在說剛才的話題啊。」

「媽媽認為鈴愛是世界上最可愛的姑娘。」

「我是環球小姐嗎？」鈴愛笑著說。

晴一臉正色，正經八百地回答：「比環球小姐更可愛。」

「媽媽，妳知道這叫什麼嗎？」

「叫什麼？」

「這叫癩痢頭的女兒是自己的好。」

「哈哈，連妳都這麼說的話，我還真是沒臉見人了。」

鈴愛轉身，趴在床上，凝望枕邊的燈光。

「爸爸做的檯燈好有型啊。」

「嗯……爺爺和草太也幫了忙喔。」

「嗯……」

盯著柔和的光線看了好一會兒，鈴愛悄悄關掉檯燈。還想跟晴聊聊天，但她已經靜靜地睡著了。

鈴愛為晴蓋好棉被，背對她，閉上雙眼。

這天，兩人相約在古色古香、爬滿藤蔓的圖書館見面。

律坐在長椅上，時而望向路過的行人，時而閱讀手裡與機器人有關的書。

「律。」

聽到清的聲音，律抬起頭來，體貼地對喘著大氣跑來的清微微一笑。

「抱歉，直到最後一刻都還有人問問題……就拖到下課時間了。」

「沒關係，這種事很常發生。」

兩人並肩前行。

「我一直很嚮往第二堂課結束後，約在圖書館前碰頭的情節。」清悄悄靠近律說道。

這時剛好有兩個男生經過，律認識他們，簡單打了聲招呼，他們調侃地對律和清投以嘻笑的視線。

「怎樣啦！」律抗議，兩人這才笑著走開。

「我也喜歡在大學裡散步。」律說道，偷偷地看了清一眼。

「為什麼？」

「因為清是我的驕傲。」

「笨蛋。」

清柔柔一笑，用力抓緊律的袖口。

兩人依偎著走向律的住處。

自借廁所那天以來，清已經來過律的住處好幾次，對房裡的一切也已經熟悉到可以替律泡咖啡了。

「人類與機器人的未來好有趣。」清從自己的包包裡拿出書來還給律。

「真的嗎？下次要不要去宇佐川老師的研究室見識一下？」

「欸，可以嗎？」清興高采烈地拍手。

「啊……」

律的目光停留在清的指甲上，清的指甲塗成淡淡的紫色。

注意到律的視線，清下意識地將雙手藏在背後。

「你不喜歡女生擦指甲油嗎？」

「不會啊，顏色很漂亮。」

清嫣然一笑，大方在律面前展現指甲。

「我這輩子從沒擦過指甲油，可是，今天啊，去學校的路上，看到很可愛的指甲油……就在剛才來見你之前擦上了。」

「是喔……」

清的指甲為了練弓道剪得短短的。一想到她第一次塗上紫色的指甲油是為了自己，就覺得心裡有一股暖流經過。

「這是怎麼弄的？我沒看過。」

「欸，真的嗎？」

清覺得很好玩，從皮包裡拿出指甲油。

「用這個塗。像這樣，靠自己的右手為左手上色，所以右手不是要用左手塗嗎？」

「嗯嗯。」

「我擔心右手塗不好，還請朋友幫忙。」

「是喔。」

律燦然微笑。那是從未給鈴愛他們看過、充滿男性荷爾蒙的笑容。

「咦，怎麼了嗎？」

「沒什麼，只是想像一下妳請朋友幫忙塗指甲油的畫面，覺得很有趣。」

「她叫惠美，手很巧。啊，不如我幫你塗吧。」清自告奮勇地說。

律皺眉拒絕。「呃，不用了，男生塗這個很奇怪吧。」

清臉上閃過若有所思的表情。「只塗一根手指，如何？」

「……那或許可以。」

「很好……」

清趕緊抓住律的手，打開指甲油的蓋子。

「塗在無名指可以嗎？」

「嗯，都可以。」

既然律都這麼說了，清毫不猶豫地選擇律的左手無名指，彷彿要留下自己的印記，小心翼翼地塗上紫色指甲油。

「啊。」

清的手突然停下來。她的視線前方有張照片，貼在書桌後面不顯眼的地方。黑白照片拍下了貓頭鷹會四名成員的身影。

「照片上的人是誰？」

「拍得真好。」

「喔，故鄉的朋友。我們四個感情很好，還組成一個名叫『貓頭鷹會』的小團體。」

「啊，最右邊那個女生是朝露高中弓道部的木田原菜生，妳也認識吧。」

「哦，這麼說來……好像見過……另一個呢？站在你旁邊的女生？」

「她是從小跟我一起長大的鈴愛，榆野鈴愛，名字很奇怪吧。」

「鈴愛……長得好可愛啊。」

「咦，有嗎？啊，對了，鈴愛還曾經為我畫了一幅妳的肖像畫喔。」

「咦？」

「我記得收在這裡。」律邊說邊在書桌抽屜翻來覆去，找出一張畫，交給清。

與此同時，電話響了，律連忙拿起話筒，是晴打來的，說她想為鈴愛的房間換窗簾，問律有沒有認識的窗簾店家。

律花了點時間，仔細告訴對這一帶不熟的晴。

「我都在家，有什麼問題都可以隨時打電話來問我。」

律掛斷電話。清不著痕跡地問：「誰打來的？」

她已經把鈴愛的畫放回抽屜裡。

鈴愛的畫精準地掌握了清的美貌，但律不知道的是，清看著那幅畫時，不僅不開心，有一瞬間還露出苛刻的表情，瞪著那幅畫瞧。

「是鈴愛的母親。」律不以為意地回答，「她剛好來東京……說鈴愛工作太忙，她正幫忙打掃房間。我媽也是這樣，直到回去那天還在為我張羅一堆事。」

「你們感情好好。」

「誰？我和我媽嗎？」

「不是，是你和鈴愛，好到她媽媽還會打電話給你。」

「她只是打來問我哪裡有賣窗簾。」律藏不住臉上的笑意。

清不依地噘著嘴抗議：「你幹麼那麼高興？」

「因為妳吃醋了。妳很少吃醋，所以很值得高興。」

清撲向律，緊緊抱住他。

「你好過分。」清在律耳邊輕訴。

律凝視清的臉，滿心憐愛地笑了。

「看我的厲害……」

清用力地抱緊律，律也以相同的力道抱緊清。

清被抱緊到甚至有點痛，露出心蕩神馳的微笑。

「沒事吧，會不會痛？還能呼吸嗎？」

「就這樣死掉也沒關係……」

清的紫色指甲輕輕陷入律的背部。

來東京第二天，晴一早就奮力打掃。鈴愛顯然忙到連打掃的時間都沒有，乍看之下雖然好像有在整理房間，但床底下塞滿了大量的灰塵和零食的袋子。

同在一個屋簷下的小誠和裕子大概也好不到哪裡去。從家庭主婦的角度來看，共同空間就跟沒掃過一樣。不止女兒的房間，晴也把共同空間打理得一塵不染。

打掃到一半，她從廚房的櫃子裡找到一只陶鍋，想起自己寄給鈴愛的那一堆米還原封不動地放在那裡，便開始用陶鍋煮飯。

煮出來的飯充滿光澤，看起來美味極了。

晴去買了鮭魚、鱈魚子、梅乾等飯糰必備的食材，努力包起飯糰來，再把海苔放在瓦斯爐上烤一烤，裹在飯糰上，好吃的飯糰就大功告成了。

晴帶著飯糰去工作室慰勞大家。

鈴愛顧慮到菱本的觀感，以緊繃的語氣喊了聲：「媽。」

看到鈴愛侷促不安的反應，晴問菱本：「我打擾到你們工作了嗎？」

菱本卻說：「不會不會，哪兒的話！」一把接過晴手中的飯糰，朝後面的工作室喊：「鈴愛的媽媽送來了點心。」

眾人一擁而上，紛紛拿起飯糰送入口中。

秋風也吃得津津有味，讚不絕口地說：「好吃！」

原本堆成一座小山的飯糰，轉眼間搶食一空。

看大家都吃完了，晴回到鈴愛房間，拆下已被太陽曬得陳舊泛黃的窗簾，掛上新的窗簾。

清爽的藍色窗簾，彷彿從天空切下一般蔚藍。

晴滿意地望著窗簾在柔和的陽光下隨風搖曳。

坐在鈴愛煥然一新的房間地板上，晴伸了個大大的懶腰。

脖子左右轉動，僵硬得緊，果然還是累了。

視線不經意地停在貼有照片的軟木板上，晴把自己的照片移到最顯眼的地方，滿意地點點頭。

耳邊傳來敲門聲，還以為是鈴愛，打開門一看，原來是裕子和小誠。

「伯母，這是我和小誠的一點心意。」裕子遞出信封。

「是什麼呢？」

晴笑咪咪地接過，迫不及待地打開信封，是兩張義大利餐廳的午間全餐券。

意想不到的禮物令晴有些摸不著頭緒。

「飯糰非常好吃。」

這是小誠的肺腑之言，裕子也點頭表示同意。

「而且伯母還幫我們把廚房打掃得很乾淨，這裡的家事明明應該由我們三個平均分攤，可是我們實在太忙了，所以一直偷懶……這是謝禮。」

「你們太客氣了……」

裕子和小誠說這家店是他們和秋風商量之後決定的。之所以有兩張餐券，是希望她能和鈴愛一起去。

「謝謝你們……」晴眼眶一熱，趕緊用手按住眼頭。

「唉，歐巴桑真是太沒用了，一上年紀，動不動就掉眼淚……」

「我也覺得飯糰很好吃。說句不相關的，我和我媽處得不太好。我媽再婚了，自從家裡來了新爸爸，就一直……」裕子一臉悵然地低著頭。

小誠附和：「我也是。」臉上浮現彷彿早已看破的淡淡笑意。

「因為人家是這種人嘛，害我爸媽有點抬不起頭來……」

「才沒有這回事，你們都是好孩子……」這也是晴的肺腑之言。

「所以該怎麼說呢，那個……」找不到最適當的說法，裕子心煩意亂地搖搖頭。「這是我們的心意。」

「心意。」兩人深深地行了一禮。

晴將信封高舉到頭上說：「謝謝你們，我會好好地利用它。」

接著晴也跟兩人一樣，深深地低下頭去。

鈴愛回房時，晴正在收行李。

原本預定多待兩天，突然接到宇太郎的電話，說是臨時接到大筆外賣訂單，需要晴幫忙，所以決定要回去了。鈴愛這才知道杉菜食堂也開始做外送的服務了。

她隱約察覺到店裡的生意不是很好，但是作夢也沒想到光靠來店裡吃飯的客人，不足以支撐整家食堂的生計。

晴拿出裕子和小誠送的餐券給鈴愛看。

「工作很忙嗎？要是明天搭新幹線前能跟妳一起去就好了。」

鈴愛一時半刻答不上來。

明天不用上班，但鈴愛已經有約了，要和正人第二次約會。無論要穿哪件衣服、哪雙鞋子，要拿哪個皮包，甚至要穿那雙襪子，鈴愛都已經計畫好了。

「要工作啊，那就沒辦法了，別放在心上。」

鈴愛還在支吾其詞，不知該怎麼說才好，晴已經自顧自地誤會了。

鈴愛只擠出一句「抱歉」，並未對晴的誤會多作解釋，順勢下了台階。

她對晴說了謊。

早上醒來，鈴愛望著天花板。

明明一直期待今天的約會，心情卻重如千金，一點也開心不起來。對晴撒的謊始終沉甸甸地壓在心頭。

伴隨輕微的開門聲，晴走進房間，手裡拿著牙刷和毛巾，看來已經梳洗好了。

「早安。」

「啊，妳醒啦，早安。早上煮味噌湯好嗎？」晴正要拉開窗簾。

「啊，等一下。」鈴愛阻止，晴停止拉開窗簾的動作。

「媽媽，昨天是晚上所以沒發現，窗簾被陽光一照變得好漂亮呀。」

陽光隔著窗簾透進來，將又破又舊的小房間染成藍色的。

「接下來要變熱了，我覺得藍色比較舒服。」晴在鈴愛的床邊坐下。

「感覺好像在海裡，和媽媽一起在海底。」

鈴愛的比喻逗得晴哈哈大笑。

晴手腳俐落地準備好味噌湯和高湯煎蛋捲。儘管是用東京的材料製作，依舊有晴的味道，是楡野家的味道。

吃過早餐，晴邊洗碗，邊催鈴愛去工作。

晴問鈴愛不用跟秋風他們打聲招呼嗎，鈴愛連忙推說：「接下來是截稿前的地獄，大家都很忙，由我來說就好了。」

這也是騙人的。今天放假，奇妙仙子工作室根本沒人。為了不讓晴知道真相，鈴愛又說了謊。

「啊，小誠和裕子送妳的義大利餐券，那個要怎麼辦呢？」

「哦，那個啊，既然是大家的心意，我打算一個人去吃個午餐再回家。我也想嘗嘗提拉米蘇的味道。」

「……妳一個人不要緊嗎？」

「不要緊啊，又不是小孩子。」晴拍胸脯保證。

晴站在秋風之家的玄關送鈴愛出門。

「就在那裡而已，不用送了啦。」

「好久沒對妳說路上小心了，我想說說看嘛。好久沒當妳的媽媽了，就讓我當一下嘛。」

鈴愛幾乎不敢直視晴的臉。

「記得一定要幫我問候大家喔。如果是截稿地獄，我也不好再去打擾。大家都是好人……媽媽很放心。也要替我向小誠還有裕子打聲招呼喔。啊，我會寫信報告吃完義大利菜的感想，妳也要保重身體喔。」

「嗯……」

「妳快走吧，再說下去就沒完沒了。」晴揮揮手，送鈴愛出門。

「媽媽。」

那一刻，鈴愛想說實話，想為自己說謊騙人的事道歉，想陪晴去吃義大利菜，想由自己目送母親上車……可是，她說不出口。

「妳要加油喔，媽媽支持妳！」

鈴愛只能一如既往地笑著回應，但是謊言讓她的笑容扭曲。鈴愛以彷彿承受著錐心之痛的窩囊笑容向晴揮手。

鈴愛和正人並肩坐在代代木公園的長椅上。

兩人手裡各自拿著霜淇淋和咖啡，翻著雜誌，討論等一下要看什麼電影，但鈴愛始終提不起勁來。霜淇淋也幾乎一口都沒吃，就這麼融化了。

「啊，滴下來了。」

正人接過霜淇淋，吃掉滴下來的部分。鈴愛看也不看霜淇淋一眼，說了聲：「給你。」

「……鈴愛，妳今天很沒有精神耶。肚子不舒服嗎？居然連霜淇淋也不吃。」正人吃著霜淇淋問道。

鈴愛偷偷瞄了錶一眼，就快要一點了。她腦中浮現出晴坐在義大利餐廳裡，緊張地對著滿桌刀叉，手足無措的身影；或許其他桌都是兩三人成群結伴，有說有笑的，晴卻只能一個人孤單用餐。約會中，這些畫面不斷閃過眼前，令她進退失據、坐立難安。

「正人，對不起！」

鈴愛向正人說實話，包括晴今天就要回去、一個人去義大利餐廳吃飯，還有自己欺騙她的事，全都一五一十招來。

正人聽完鈴愛的告解，並沒有傻眼地表示「怎麼不早告訴我？」而是不可思議地說：「我們可以改天再約啊。」

「我知道你正忙著準備搬家，還要撥出時間來見我，而我每次截稿前也很難有時間見面，更重要的是……我想見你。」鈴愛宛如洩了氣的皮球說。

「伯母去的義大利餐廳是哪一家？」

「在青山……」

正人看了看時間。「我們走。」他抓住還沒反應過來的鈴愛往前跑。

這時，晴正在義大利餐廳享用大餐。

與鈴愛的想像大相逕庭，晴笑得很開心，心情放鬆，而且律就坐在對面。律打電話問晴是否順利買到窗簾了，晴告訴他鈴愛忙著工作，所以她正打算一個人去吃義大利菜。聽聞此言，律總覺得有些放心不下，自告奮勇說要陪她同行。

不愧是秋風推薦的義大利餐廳，服務和味道誠屬一流，氣氛也不會讓初來乍到的客人感到拘束。晴和律輕鬆地享用美食。

「啊……對了，小律，鈴愛好像談戀愛了……」晴啜飲著飯後咖啡，小心翼翼地問道。

律一臉了然於心的表情，「哦」了一聲。

「你知道啦。也對，那孩子什麼事都會告訴你，該說是百無禁忌嗎……」

「她從以前就這樣了。」

「那個……我有點擔心，你可以幫我留意一下嗎？」

「好的，沒問題，我會幫忙照看的。」律不假思索地答應下來。

對他來說，保護鈴愛已成為極其自然的一件事。他甚至認為，自己之所以早一步出生，就是為了保護鈴愛。

「真的嗎？」晴喜出望外地說，「太好了，分隔兩地難免擔心……」

「所以我才會在這裡啊。」

這時，門口不知在吵些什麼，一眼望過去，只見鈴愛正東張西望地走進店裡。

「媽媽。」鈴愛以泫然欲泣的表情呼喚晴，這才注意到律，滿臉問號。

「妳不是在工作嗎？」晴問。

鈴愛還來不及回答，正人就從她身後竄出，向晴行了一禮。

「妳好，我是朝井正人。」

即使處於一團亂的尷尬氣氛中，唯有正人彷彿站在遙遠的星球上，一臉傻笑。

走出義大利餐廳，律說自己還有其他事要辦，向大家告別。鈴愛與正人送晴到東京車站。

「不好意思啊，害你們約會到一半趕來。」晴滿臉歉意地說。

鈴愛又為說謊的事道歉。

「這種情況難免啦。」晴噗哧一笑說，「看來妳真的很喜歡他呢。」

這句話讓鈴愛羞紅了臉。

手裡拿著正人特地為她買的飲料和女性週刊雜誌，晴平安地踏上歸途。

送晴上車後，兩人前往正人常去的中菜館。

再也沒有會讓良心隱隱作痛的欺瞞，鈴愛總算能集中精神與正人約會。

兩人吃了很多，聊了很多，也笑了很多。離開那家店時已經很晚了。

「好好吃喔。」

「對吧？那家店的中菜還挺道地的。要是律也來就好了。」

「……你很故意耶。」鈴愛不看正人的眼睛，咬牙切齒地說。

正人以無辜的眼神看著她，眼裡沒有一絲惡意，也沒有半點執著。

「當我沒說。」

兩人穿過海豚公園，公園裡沒有其他人，非常安靜。

正人發現自己走在鈴愛左邊，立刻繞到右邊。

「啊……你總是這麼細心，都會刻意走在我右邊呢，我還以為只是巧合。」

「但我剛才也忘了。」

鈴愛咯咯笑。正人不著痕跡的體貼讓她覺得很窩心。

「今天真是謝謝你，我媽也很高興。」

「這種事妳早點說嘛，我可以配合妳的時間啊。已經很晚了，我送妳回家吧。」

鈴愛倏地停下腳步，緊緊抓住正人的衣袖。他停下腳步。

鈴愛低著頭對一頭霧水的正人說：「我的手不聽使喚……說它還不想分開。」

「鈴愛……」

「正人……我喜歡你。」鈴愛抬起頭，直視正人的雙眼，向他告白。

聽見鈴愛如此真摯的表白，正人的眼神卻游移不定。

「抱歉，鈴愛，我沒有這個意思。」

「什麼?!」

鈴愛打從心底震驚。正人說他想看見自己開心的表情，所以陪她一起玩仙女棒，總是不著痕跡地走在她右邊；如今卻說他沒有這個意思，簡直莫名其妙。

「我不管……正人，我喜歡你。」鈴愛抱住正人的手臂。

「放開我。」正人推開鈴愛的態度十分堅決。平常總是笑得溫柔、守護著鈴愛的表情，如今看起來好冷淡，好不近人情。

看到他的表情，鈴愛內心有個開關被打開了。

「我不放，阿正。」鈴愛緊緊摟住正人的手臂。

「我叫妳放開我，也不要叫我阿正。」

正人用力推開拚命抓著自己不放的鈴愛。

鈴愛被一把推開，四腳朝天地跌坐在地上。她大受打擊，動彈不得。

「妳沒事吧？」正人尷尬地別開視線，伸手要拉她起來。

鈴愛怎麼也無法握住他的手，只好靠自己的力量站起來，一言不發地跑開。

衝出海豚公園時，淚水已順著臉頰滑落，滴在胸口。

律是接到裕子的電話，才知道鈴愛失戀了。

裕子以陰鬱的語氣告訴他，鈴愛哭個不停，哭到無法呼吸。聽裕子轉述，鈴愛好不容易擠出氣若游絲的音量說：「我想見律。」律二話不說，要裕子轉告鈴愛，自己馬上過去。

一掛斷電話，律立刻衝出家門，拍打正人的房間。

看到律難看的臉色，正人馬上猜到他找上門來的原因，沉默地招呼律進屋。

他正準備搬家，幾乎所有行李都已經裝箱完畢，就等著搬走。

「別露出那種表情嘛。」正人邊把書塞進紙箱裡，平靜地說。

律按住正人的手，阻止他繼續打包。

「我覺得再也沒有比插手管別人談戀愛更不識趣的事了，所以一直沒說話。」

「我們沒有談戀愛……」

「……那為什麼、為什麼要跟她交往？」

「我們也沒有交往，只是玩過一次仙女棒，今天在公園散步，然後送她母親去搭新幹線而已。」

正人軟綿綿、輕飄飄的口吻還是老樣子，但律不由自主地握緊了拳頭。

「……這還不夠嗎？那傢伙對這種事根本沒有免疫力，別把她跟站在Mahajaro舞台上的女人相提並論。」

回過神來，律已經在大聲咆哮了。他下意識摀住嘴巴，慢慢吐出一口氣。

「啊，剛才那句話可能是我的偏見，對Mahajaro不好意思……」

「就是不想混為一談，才跟她說清楚的。」正人靜靜地說，「我就快愛上鈴愛了，不對，是已經愛上了。大概有十分之一？十分之三？還是一半左右？不，可能更多也說不定。」

「你是少女嗎？把話給我說清楚一點。」

「鈴愛說她喜歡我時，要是我立刻擁她入懷，一定會喜歡上她。要是我擁抱她又親吻她，肯定會百分之百淪陷。」

「這不是很好嗎，談戀愛不就是這麼回事嗎？」

正人搖搖頭。「像你這麼認真的人可能無法理解。我這種人不會有遊戲人間的感覺，一旦覺得好可愛啊、好喜歡啊，就會和對方交往，然後……」

「我明白。」律一臉不耐煩，打斷正人的話，「再來會發生什麼事我已經見識過了，然後女朋友就會愈來愈多對吧？就像養狗一樣，沒有人會因為養了新的狗而拋棄以前養的狗。你這套歪理我上次聽過了。」

「我不想讓鈴愛陷入這種窘境，也不認為鈴愛願意屈居當我第五個女朋友。」

「……什麼，你現在已經有四個女朋友了？」

「不是啦，我只是打個比方，我現在剛好單身。」正人用膠布封好紙箱，靠著紙箱滑坐在地上，仰望著律。「……更何況，我也很重視你。」

「啥？」

「你是我在東京第一個交到的朋友。別看我這樣，我其實很討厭人群，不擅長與人相處，可是我居然邀你搬去吉祥寺和我一起住喔。」

正人決定搬家後，曾經再三邀請律搬過去和他一起住，說他要搬去幫忙看家的房子還有空房間。律始終沒有給予正面回應，明明那麼抗拒住在鈴愛附近，卻又無法下定決心搬走。

「這是我第一次交到這樣的朋友……」說到這裡，正人忽然不安地抬頭徵求律的同意，「……我可以認為我們是朋友嗎？」

「請便。」律點點頭，「……但這跟鈴愛有什麼關係？」

「我不能跟律喜歡的人交往。」

「啥？」律從丹田吼出疑問句，「你在說什麼啊？」

「難道不是嗎？」

「……當然不是啊。我有清了，而且鈴愛現在喜歡的是你啊！」

「那只是因為你們沒有察覺到自己的心意而已。」

正人的口吻平靜地像是在陳述一個事實，令律火冒三丈。

「這句話是什麼意思？那種上帝視角的語氣又是怎麼回事？你以為你是誰？說得好像只有你看得最清楚一樣！氣死人了。我和鈴愛的關係、我和鈴愛的過去輪不到你來說嘴！」

律暴跳如雷地瞪著正人。正人垂下眼瞼，表情有些哀傷。律的怒氣有如野火燎原，一發不可收拾。

「我去看一下鈴愛。」

他看也不看正人一眼，丟下這句話，奪門而出。

正人依舊坐在地上，躲在一旁的貓靠了過來。他溫柔地撫摸貓咪，貓咪從喉嚨發出舒服的叫聲。

自從回到秋風之家，鈴愛的眼淚始終沒停過。

她向裕子和小誠交代始末，說著說著悲從中來，轉眼就哭掉一盒面紙。哭得太厲害，甚至引發過度換氣，幸虧有小誠教的呼吸法，才勉強喘過氣來。

她需要吃藥，讓精神安定下來。

小誠不知死活地說：「秋風老師應該有吧，漫畫家或多或少都有一點心病不是嗎？」

裕子提醒他：「這是歧視。」

況且鈴愛需要的是律，她想見律。無論何時，律都是鈴愛的鎮定劑。

裕子告訴鈴愛，律會過來。

鈴愛哭著等律，但又受不了只是眼巴巴地枯等，便打電話給晴。她無法一個人承受失戀的痛苦，只想不管三七二十一地說出來，不願只有自己一個人承受。

這時，律上氣不接下氣地趕來了。

「啊，來了，律來了！」

鈴愛告訴電話那頭的母親，邊用面紙按住哭到紅腫的眼睛。晴要鈴愛換律接電話，鈴愛不由分說地把話筒塞進律手中。

「沒有面紙了，我回房間去哭。」鈴愛對律說，拖著沉重的腳步回房。

抱著一盒新的面紙，她爬到床上，縮成一團繼續哭。

很快的，律輕輕地敲響了房門，走進房間。

「鈴愛……」律靜靜在床邊坐下。

鈴愛哭到打嗝，瘦弱的肩膀隨之劇烈起伏，令人看得好生心疼。

「我媽說了什麼？」

「問妳要不要離開東京。」

鈴愛聞言嚇住，抬起埋在床上的臉。

「我說還有我在，請她不要擔心。」

晴很擔心鈴愛。小時候，她看完煙火，興奮得三天睡不著覺。正因為晴深知鈴愛很容易一頭熱，才更放心不下。

「……打擊這麼大嗎？大到不能呼吸？」律問鈴愛。

她不住哽咽，氣息紊亂地回答：「他向我道歉，說他沒有這個意思。我從來沒聽過這麼痛苦的抱歉，沒想到這兩個字原來是這麼鋒利的刀子，一想起來，胸口就好痛。」鈴愛按住胸口，彷彿按住傷口一般。

「律，後面借我。」

「後面？」

「不要正面，後面，你的背。」

律背對鈴愛。她奄奄一息地坐起來，側著身體靠在他背上。被淚水冰鎮過的臉頰深刻地感受到律的體溫。

「每次作惡夢，我都像這樣抱著媽媽的背。」

「我是妳媽嗎？」

「律的背好溫暖啊，害我更想哭了。」

「是嗎？」

「只要一放鬆，眼淚就會流出來。」

「人都是這樣吧。雖然不到三十六度，但也算是正常體溫。」

「你是低溫動物嗎？」

「是恆溫動物喔，鈴愛。」

「話說再怎麼哭也是麻雀的眼淚，少得可憐。」

律不禁噗哧一笑。輕微的震動傳到背後，鈴愛也不禁微笑。

「哪怕是這種時候，律一笑，我還是會覺得很開心、很放心。」

「鈴愛，我啊……」

「嗯？」

「這輩子最早聽到的哭聲，大概就是鈴愛的哭聲。」

「怎麼說？」

「因為我不是早妳五分鐘在同一家醫院出生嗎？」

「哦……原來如此。」

鈴愛破涕為笑。淚水雖然還在奔流，但呼吸已經逐漸變得平穩。

「……左耳聽不見的時候，我也在律的身邊大哭。」

鈴愛想起那天在河邊哭到不行的事。剛開始，即使左耳聽不見，她也哭不出來，卻在律面前第一次哭了。就算她說「你可以先走」，律也一直陪在她身邊，直到鈴愛哭夠為止。

「也發生過那種事呢。」

「對呀……」

這次就像那個時候，律只是陪在哭個不停的鈴愛旁邊，就算鈴愛的淚水濡溼他的背，他也不以為忤地把背借給鈴愛。

「眼淚快止住了。」

雖然淚水還有如涓滴細流般不斷滑落，但已經不像水庫潰堤那麼誇張了。

「那真是太好了。」

律移動身體時，手指映入鈴愛的眼簾。她發現律只有無名指塗了指甲油。

「好漂亮的紫色。」鈴愛喃喃自語。

律瞥了紫色的指甲一眼，沒想太多地直說：「哦，是清幫我弄的。」

「是喔……」鈴愛不置可否地附和。

看著紫色的指甲，她有些怔忡地想，第一次聽見律直呼自己以外的女生名字。

第二天，律又來到正人的房間。

想找人說話的時候，他第一個就想到正人。不，正確來說是根本沒有其他人選。

正人說他第一次交到像律這樣的朋友；對律而言，正人也是如此。

正人笑容可掬地讓律進門，彷彿昨天的事沒有發生過。

律抱起靠過來的貓。正人的搬家作業似乎已告一段落。

「獨棟房子的話，米蓮應該能住得很愜意。」律開口。

「嗯，這是我最滿意的地方。你如果有空的話也過來玩吧。」

正人無限愛憐地撫摸律懷中的米蓮。

律知道他是個好人，正因為如此，才覺得更可惜，不禁說出平常不會說的話：

「我說你啊……認真談場戀愛嘛，鈴愛哭得好慘。」

「如果只跟一個對象交往，萬一被甩，不就變成孤家寡人了？」

「這不是廢話嗎？」

「太可怕了。我很軟弱，一定要有人陪在身邊，所以沒辦法認真談戀愛。」

與往常無異的棉花糖笑臉，看起來卻好像在哭。

「那是因為正人很溫柔嘛。」

正人不敢同意律這句話。貓咪突然掙脫律的手，跳到地上，一溜煙就消失在沙發底下。

「律，你還是比較喜歡鈴愛吧？」

「不，我想過了。」

「你想過啦。」

想是想過，但是被正人這麼一問，不免又有點不安起來。為了有信心和清好好走下去，也必須再仔細地思考一次。

「打個比方，那傢伙對我來說，就像哆啦A夢，是通往世界的大門。」

「這比喻好誇張。」

「她生病、左耳失聰的時候，跟我說有小矮人在耳朵裡跳舞。那傢伙的想像力和生命力都太強了，和她在一起會很有活力。」

「那為什麼不在一起呢？」

「因為她是哆啦Ａ夢，不是靜香，我對她沒有男女之情，一絲半點也沒有。」律斬釘截鐵地說。

「律，你這種全面否定的說法其實很失禮耶。」

「我們之間沒有邂逅，我們從出生就在一起了。不，說是我們生下來就立刻相遇也不為過。」

「好神奇，這不是很浪漫嗎？」

律聳聳肩。「她真的從出生的那一瞬間就躺在我旁邊了。」

「你還記得嗎？」

「不記得，是我媽一直提醒我，還留下照片。你要是看到那些照片——」

「可是律，就算你是大雄，《哆啦Ａ夢》這部漫畫沒有哆啦Ａ夢就不成立了。」

「啥，我是大雄嗎？」

「所以比起靜香，你應該選擇哆啦Ａ夢吧。」

雖然以哆啦Ａ夢為例，但正人的表情很嚴肅。

律一臉嫌棄地抗議：「欸，我的人生又不是動畫，我就不能談戀愛，不能結婚嗎？」

「反正絕大部分的夫妻過了幾年也就不再做那檔事了，既然如此，倒不如一開始就別做那檔事。」

「喂，慢著，我還年輕，別這麼快判我死刑。我還想談戀愛，也想跟平常人一樣……有朝一日生兒育女……雖然我還不確定自己想不想要小孩。」

「……這樣啊，這麼說也有道理。」

「對吧……」

還以為同樣身為男人，正人能理解自己的心情，但他抱起不曉得什麼時候又跑出來的貓咪，不懷好意地笑了。

「可是我認為你們是無法分開的，這是我的預言。」

「別做出這種預言，別詛咒我！」

「居然說是詛咒。」正人笑著說。

「而且我有心上人了。」律為了說服自己，說得十分堅定，「我喜歡清。」

正人不再多說什麼，只是抱著貓咪，臉上浮現出上帝般全知全能的微笑。

原本拜律所賜暫時止住的淚水，待律一走，又開始源源不絕地氾濫成災。三天過去，鈴愛的眼淚還沒有要打住的跡象。

工作時，怕眼淚滴在原稿上，鈴愛還發明了接住淚水的口罩。這麼一來，哭得再厲害，口罩也會吸收淚水，不怕弄溼原稿。

好不容易完成工作，她立刻衝回房間，趴在床上，摘下口罩，盡情地哭泣。

鈴愛趴在床上哭，反反覆覆地回想自己被狠甩的瞬間。每次想起正人說「我沒有這個意思」時，死纏不放的自己，被正人推開、一屁股跌坐在地上的自己，就覺得自己實在太慘了，忍不住哀哀哭泣。

「太糗了……糟透了……丟臉死了……好想死掉……」

明知別再想起比較好，但無論想什麼、做什麼，思緒都會飄回那一刻。

「鈴愛……」

裕子和小誠很擔心，在門口探頭探腦地叫她。

鈴愛只是趴在床上回答：「抱歉，請讓我一個人哭泣。」

「好，但是如果有什麼事，一定要告訴我。就算隔著牆壁，只要妳敲兩下，我就會馬上過來。」

「如果有我可以做的事，都可以跟我說。我有中森明菜的歌可以給妳聽喔。我們隨時都在這棟破爛的秋風之家陪著妳。」

裕子和小誠說完，關上房門。

鈴愛很感謝他們，但她現在還沒有多餘的力氣去接受這些溫柔。

她始終趴在床上，動也不動地哭泣。即便枕在頭下的手臂已經麻了，她也依舊保持相同的姿勢，堅若頑石。

耳邊傳來敲門的聲音。

「我都說了……讓我一個人……」鈴愛以哭到沙啞的聲音說到一半，突然噎住。她連忙撐起不聽使喚的身體，從床上滑下來，走去開門。

「律……」

不敢相信他會來，鈴愛半信半疑地喊他的名字。

律在門外淺淺一笑。

律熟練地在廚房煮湯。

加入豆腐、油豆腐、培根，還有通心粉，再以高湯粉調味。律煮的湯聞起來好香，引來裕子和小誠伸長脖子往鍋裡看。

「我做了很多，不嫌棄的話請用。」

「可以嗎？」裕子的語氣充滿期待，但當律問：「難得大家都在，不如一起吃吧。」裕子和小誠卻又不約而同地搖頭拒絕。

「鈴愛還在等你。」

聽在律的耳中，裕子這句話實在太誇張了。總覺得不管是裕子、小誠，還是正人，每個人都以為他倆的關係非比尋常。

律舀了一碗湯，走進鈴愛房間，交給她。

鈴愛喝下一口，終於破涕為笑。「好好喝。」

她發現律沒喝湯，問道：「你呢？」

「我吃過了。」

「每次律的氣喘很嚴重，或是身體不舒服的時候，和子伯母都會煮這個湯。」

為了打聽鈴愛的狀況，律偷偷打過好幾次電話到奇妙仙子工作室。聽小誠說鈴愛幾乎什麼也不吃，他便想起和子煮的湯。

「哦……妳知道這個湯啊？」

「嗯，我也喝過喔。大概是小學的時候吧。律沒來上學，我拿筆記去給你的時候，和子伯母給鈴愛喝的。啊，提起那麼久以前的事，不知不覺又喊自己鈴愛了。」

「……妳一點也沒變，每次有什麼心事就吃不下飯，高興起來又開心得手舞足蹈。」

「再來一碗。」鈴愛朝律遞出空碗。

律說：「來了。」從矮桌上的鍋子裡又為她盛了一碗湯。

「不管是在東京的時候，還是在梟町的時候，鈴愛都沒變。」

「……你是不是離開梟町後，反而覺得比較輕鬆了？」

「妳沒有這種感覺嗎？」

「沒有，對我來說都一樣。」

就連傷痕累累的此時此刻，鈴愛的語氣依舊篤定。

「因為妳很堅強，無論去到哪裡，肯定都一樣，但我很容易受到別人的影響。」

「……可是，這才是律嘛。」鈴愛放下湯碗，一字一句地說，「我覺得律就跟雲一樣，會隨著風的方向改變形狀，軟綿綿的。要是能躺在雲上睡覺，肯定很舒服。」

「不要隨便把人當墊被。」律笑著抗議。

他的微笑讓鈴愛放鬆臉部的線條，舀起湯，慢慢送到嘴邊。

「好好喝……」鈴愛輕聲說，突然注意到一件事。

「……律，你的指甲。」

鈴愛目不轉睛地看著律的指甲，塗成紫色的無名指指甲上貼著ＯＫ繃。

「哦……總覺得只有自己春風得意的話有點過意不去，所以就……」

「……律好善良。」鈴愛笑著說。

那是一抹很淡很淡的笑容，淡到彷彿就要這樣變成泡沫消失。

失戀後，鈴愛有段時間痛苦到無法工作，滿腦子只想趕快下班，逃回房間。但隨著日子一天天過去，她逐漸明白工作才是最好的藥方。只有專心處理眼前的原稿時，才能暫時忘記內心的痛楚。

漸漸的，工作時也不再淚流滿面了，鈴愛摘下用來擋住眼淚的口罩。

裕子和小誠這兩位工作伙伴也幫了大忙。只有一有空，他們就會不厭其煩地把鈴愛拖出蝸居的房間。不是在廚房裡刨冰吃，就是去娛樂室唱歌；再忙也不忘騰出時間，籌畫各種讓鈴愛開心的事。

多虧裕子與小誠的熱情，插在鈴愛心中的刺終於不再那麼扎心了。

一週後，鈴愛和裕子、小誠一起去面影咖啡廳吃拿坡里義大利麵。

踏進店裡時，與正人的回憶依舊讓心靈刺痛了一下，但食欲已經完全恢復，想吃拿坡里義大利麵的心情戰勝了心痛。

「太好了，太好了，鈴愛，妳終於恢復正常了。」裕子嫣然一笑。

鈴愛就像知道答案的小學生，興沖沖地舉起一隻手。「我還要吃鬆餅和巧克力聖代！啊，害大家擔心了，這頓我請客，但是超過一千塊的部分還是要自己付喔。」

鈴愛表達感謝的同時，也沒忘記要看緊自己的荷包。

這時，門上的鈴鐺叮鈴作響。

「律……」

律走進來，臉上掛著全然陌生的東京大學生表情。清幾乎是貼在他身上般從後面跟上。

鈴愛的視線有如自動對焦的雷達，捕捉到清塗成紫色的指甲。

「妳好。」不等律介紹，清笑著向鈴愛打招呼。鈴愛心慌意亂地低頭致意。

「妳好……啊，我認識妳，妳來我們學校參加弓道比賽的時候，我也去看了。」

「妳這裡沾到番茄醬了。」

清指著自己的嘴角，鈴愛連忙拿餐巾紙擦嘴巴。

清噗哧一笑。「妳反了。」

裕子在一旁聽到這句話，臉色頓時難看了一秒。

鈴愛並未聽出清意在言外的訊息，老實地擦拭另一邊嘴角。

「妳好。聽說妳參加過弓道的校際比賽，是個名人，而且射箭的樣子很帥氣。」

「謝謝誇獎。妳還畫了我的肖像畫對吧。」

「啊……妳看到啦，畫得不是很好。」

「哪兒的話，妳畫得很棒喔。」清嬌媚一笑。

「啊，那裡有空位。」

律找到座位。清微微點頭，正要與律走過去時，裕子突然站起來，擋住兩人的去路。

「妳好，我是鈴愛的朋友，小宮裕子。律，上次你煮的湯很好喝，謝謝你。」

裕子故意親暱地對律微笑。清問律：「什麼湯？」

裕子裝出天真無邪的表情告訴清：「律特地來煮湯給鈴愛喝，我們也跟著大飽口福。」

「是喔……你會做菜啊，我都不知道。」

「我不會啊，那次只是隨便亂做。」

律輕描淡寫地回答，清不動聲色地把手放在律的手臂上。

確定律與清移動到空位坐下後，小誠心驚膽跳地問：

「裕子，妳為什麼要故意講那些會讓人想入非非的話？」

「因為我看她不順眼。」裕子抱著胳膊，忿忿不平地說。鈴愛還在用餐巾紙擦嘴巴。

「已經擦乾淨了啦。」裕子心浮氣躁地點醒鈴愛。

她這才放下餐巾紙，如釋重負地嘿嘿傻笑。

「長得好漂亮。」小誠瞥了坐在稍遠處的清一眼。

「哪兒的話，妳畫得很棒喔。」裕子的語氣模仿得唯妙唯肖，瞪著正對律巧笑倩兮的清。

「這是什麼高高在上的語氣。」

「因為她確實高高在上啊。以身為女人的段位來說，的確高於鈴愛不是嗎？」

小誠滿不在乎地說著難聽的實話，將冰淇淋蘇打的櫻桃放入口中。

鈴愛不依地「喂！」了一聲。

她偷偷望向律他們那桌。兩人都點咖啡，律問也不問一聲就朝清的杯子加了兩瓢砂糖。

「謝謝，我不敢喝黑咖啡，像小孩一樣。」清含羞帶怯地說。

律笑著回答：「才沒有那回事呢。」

鈴愛連忙移開視線。「我吃飽了，還是不要點聖代了。」

「鈴愛真的好單純。」裕子被她打敗，調侃道。

鈴愛覺得裕子對一切都了然於心的表情很可恨，不服氣地反問：「妳什麼意思？」

律與清跟他們隔著好幾張桌子，靜靜地喝咖啡。

「下次也做給我喝嘛。」清喝下一口甜滋滋的咖啡，彷彿現在才想起來似地提出一個令她耿耿於懷的要求。「那個湯。」

「好啊。」律不以為意地笑著回答。

律認為這種時候要是拚命解釋會很遜，更重要的是，他很怕女生這樣逼問他，所以無論如何都要言簡意賅地回答，這樣比較酷。

得到律的承諾，清盈盈一笑，沒再多說什麼，慢條斯理地將咖啡杯舉到唇畔。

儘管被助手的工作追著跑，鈴愛他們也沒落下秋風塾的作業。

三個人都立志成為職業漫畫家。扮演好助手的角色、磨練技術固然重要，但是如果畫不出屬於自己的作品，一切都是白搭。

秋風塾的教學方法很特殊。秋風會問徒弟有什麼想法，現在在想什麼，而且一定要他們發表最近現實生活中令他們感到在意的事；再小的事都無所謂，都要牢牢地記在心裡。除此之外，也訓練他們將其昇華為故事。因為原創性與真實感是秋風認為最重要的事，他絕不引用別人的故事創作。

鈴愛他們今天也邊享用雙胞胎女傭製作的點心，邊發表自己感到在意的事。

小誠發表的是對三面鏡的恐懼心理。

「我對自己的正面很有信心，但我只有單面鏡。前陣子在百貨公司上廁所的時候，那家百貨公司就連男廁也有三面鏡，從左手邊看到的臉是一張我沒看過的臉。就開始覺得害怕，怕自己是不是其實長得不怎麼樣。」

秋風很滿意小誠的發表，不住點頭。

像這樣赤裸裸地袒露出自己的感情，也是秋風的訓練之一。秋風的論調是，倘若覺得難為情就無法突破，無法昇華為故事。

聽完小誠的報告，秋風提起以前自己看過的連續劇。有個美少女走進遊樂園的鏡子館，以為倒映在扭曲鏡子裡的臉才是自己真實的模樣，還為此自殺的恐怖故事。

「所以小誠的故事也可以發展成各式各樣的劇情。」

接下來，秋風點名鈴愛報告。

「妳該不會想要告訴我，妳什麼都沒準備吧。我知道妳剛經歷過慘痛的失戀，但我也不會因此放水。告訴大家妳的故事，最近有什麼令妳耿耿於懷的事嗎？」

「……指甲。」

裕子和小誠都憂心忡忡地看著鈴愛，鈴愛有氣無力地說。

「指甲？」

「對。律的指甲擦了很漂亮的紫色指甲油……而且只有左邊……只有左手的無名指。」

「是清幫他擦的嗎？」裕子立刻了然於心地問道。

鈴愛點頭。「沒錯，只有一根手指，肯定是清鬧著玩的。前陣子在面影咖啡廳見到清的時候，她的指甲也擦著同一種顏色的指甲油……」

「就是這種充滿人間煙火的生活瑣事！接著說，多說一點！」

秋風興奮極了，整個人探向鈴愛。

「楡野，當時妳有什麼感覺？當妳看到律的紫色指甲時。」

「是不是想折斷他的手指？」小誠也好奇地看著鈴愛，雙眼閃閃發光。

「到底怎樣？」秋風繼續追問。

鈴愛看著空氣，想了一下。「倒是沒有想到要折斷他的手指……後來律來煮湯給我喝時還貼上OK繃，說是我失戀了，只有自己的戀情一帆風順有點過意不去，所以暫時收斂一下。」

秋風扶著下巴，專心地聽鈴愛敘述。

鈴愛不看任何人，彷彿正照看著自己的心說道：「這一整個禮拜，律只有一根手指擦上指甲油的事，比我被阿正甩掉，甚至比任何事都令我印象深刻……我想以後就算想擦指甲油，大概也不會選擇紫色了。」

「這不是很好嗎，對自己誠實是最理想的狀態。」秋風難得稱讚鈴愛。

她一臉底氣不足地仰頭看秋風。「因為不懂自己心裡在想什麼，反而更加耿耿於懷。老

師，倘若正視自己的內心是創作的原點，這不是一件很辛苦的事嗎？」

「正視時是很辛苦沒錯，可是一旦昇華為動人的故事，而且讀者也喜歡的話，妳的心就會得到救贖。」

「看到律的指甲，妳會覺得受傷嗎？」裕子問。

鈴愛慢吞吞地搖頭。「我也不知道……」

鈴愛是真的不知道。為了創作，或許必須正視自己的內心世界，直到想通這一點為止。但她又覺得，自己雖然想成為漫畫家，唯獨這一點，她不想搞得太清楚。

清一瞬也不瞬地盯著貓頭鷹會四人組的黑白照片。雖然擺放得很隨意，但看得出來律很寶貝這張照片。

律出去租錄音帶了，家裡只剩清一個人。她隨興地坐在地板上，直勾勾地盯著照片中的鈴愛。照片中，鈴愛咧著嘴巴開懷大笑，旁邊的律也笑著，表情比現在青澀一點。

清目不轉睛地盯著鈴愛天真無邪的表情，然後用紫色的指甲在鈴愛臉上打了個叉。

清嘆了一口氣。

「我回來了。」耳邊傳來門鎖轉動的聲響，律回來了。

清趕緊把視線從照片上移開。

「《當哈利遇上莎莉》被借走了，所以我借了《雨人》回來。」

律從錄影帶出租店的袋子裡拿出錄影帶，放進錄放影機。

「咦……」清發現律的指甲貼著ＯＫ繃，也發現ＯＫ繃是貼在自己做的記號上。

律馬上意識到清的視線，不以為意地說：

「喔，上次做菜時怕弄掉指甲油，所以貼上ＯＫ繃。」

「傻瓜，指甲油才不會因為做菜弄掉呢。」清笑著說，敏感地察覺到律在說謊。

她那過於敏銳的雷達聚焦在「做菜時」這句話。律是在煮湯的時候貼上ＯＫ繃的。清頓時從律情急之下扯的謊言覺察到核心所在，但這一切完全掩埋在她的笑容底下。

兩人依偎著坐在床上看《雨人》。播放到片尾曲時，清緊挨著律，頭靠在他肩上，身上穿著向律借的Ｔ恤和運動褲。

親密的氣氛下，清一根一根地觸摸自己的手指數數。數完十根手指後，抓起律的手，輕撫他的無名指，數到十一。

「這是我的第十一根手指。」清說出這句話，撕掉ＯＫ繃。「跑出來了。」看到隨即探出頭的紫色指甲，清淺淺一笑。

「你會覺得這樣很煩嗎？」

「不會，我其實不討厭這樣。」律回答得很乾脆

他起身走向廚房，打開冰箱拿出水，旋開瓶蓋，對著瓶口猛灌起來。

「你不討厭黏人的女生嗎？」清抱著膝蓋，仰頭看著律問道。

「不如說我更喜歡黏人的女生。」律笑著回答，「這不正是戀愛的醍醐味嗎？」

「真成熟……」

「妳以為我會更孩子氣一點嗎？」

「……對呀，因為你長得很可愛。」

律在清面前蹲下，伸出左手的無名指。「我會永遠帶著清的第十一根手指。」

律將拿在右手的保特瓶遞給清。清默不作聲地接過，一臉自然地喝光裡頭的水。

蟬聲吵得人不得安寧，一回神，季節已進入夏天了。

菱本布置的竹葉在秋風之家的中庭迎風搖曳。

七月七日，是牛郎織女一年一度重聚的日子，也是鈴愛的生日，同時也是律的生日。

秋風一早就在準備烤肉的道具，鈴愛等人則在短箋上寫下自己的願望。

「你們也太貪心了吧，一個人是想寫幾張啊。」秋風目瞪口呆地說。

竹子上已經綁了一大堆短箋。鈴愛祈求家人健康、祈求自己能成為漫畫家、祈求杉菜食堂生意興隆，最後又寫了一個心願，而且為了讓神明看到，還綁在最顯眼的地方。

在中庭放上桌子，宴會的前置作業便準備得差不多了。

食材陸續上桌，其中甚至還有出版社送來的頂級松阪牛。

「對了，機會難得，要不要叫律和正人一起來吃？啊……」

秋風難得會想到別人，卻又自悔失言，趕緊閉上嘴巴。

鈴愛笑著搖搖頭。現在就算聽到正人的名字，胸口也不會那麼痛了，感覺這輩子可以為他流的眼淚已經流光了。

「那光找律來也好啊。這些肉最好在今天全部趁新鮮吃掉。啊，對了，順便再買個蛋糕回來。」

「可以嗎？」鈴愛突然變得容光煥發。

秋風露出前所未見的溫柔微笑。「生日嘛。」

他還大方給了買蛋糕的錢。鈴愛和裕子一起前往律的住處。

途中經過蛋糕店，鈴愛開心地選了一整模的圓形生日蛋糕，卻在經過海豚公園時，臉色開始有些怯懦，一再問裕子：「不知道律在不在家。」

裕子只能側著頭表示自己沒辦法回答，但隔不到一會兒，鈴愛又提出相同的問題。

「今天也是律的生日……」

「我知道，妳剛才已經說過了。」

「啊，這樣啊，我說過啦。」

當律住的大樓映入眼簾，鈴愛仰望律的窗戶，從口袋裡掏出哨子，吹了三下。

「律——」

鈴愛的叫聲迴蕩在住宅區裡，但等了好一會兒也不見律探頭出來。

「不在嗎？大概去約會了，畢竟是生日嘛……」鈴愛自言自語地說。

裕子催她：「走吧。」

但鈴愛還一臉不死心的樣子。「等一下。」

她又吹了三次哨子。「律，生日快樂！」

還是沒有反應，窗戶關得緊緊的。明知律大概不在，鈴愛還是很想對律說一聲「生日快樂」。

「走吧。」鈴愛失落地對裕子說，「我們每年都會互相祝對方生日快樂。」

「嗯。」裕子善解人意地點頭附和。

兩人轉身背對窗戶，準備走回事務所。這時，窗戶開了。

鈴愛第一時間回頭，從窗口探出頭來的卻不是律，而是清。只見她笑著俯視鈴愛。

「清……搞砸了……」

鈴愛忍不住呻吟。就連她也知道不該在清在的時候來找律。

「找律有事嗎？」

「沒有，那個……」

「要不要上來等？」

「咦？」

「上來吧，我已經開門了。」

清以過於開朗的語氣，說著讓人無法拒絕的話。屈服在她不由分說的迫力下，鈴愛和裕子只好上樓。

清在律的房間裡熟門熟路地倒茶，有如自己家一樣。

鈴愛和裕子都不敢拿起茶杯，屋裡瀰漫著一觸即發的緊張氣氛。

「我猜律應該很快就會回來了。」

這到底是怎麼回事？本能雖然感知到危險，但鈴愛還是沒搞清楚現在是什麼情況。

「啊，不好意思，我們在趕時間。」

鈴愛急著想要離開，但清用力抓住她的手臂，不讓她走。

「我想跟妳聊聊……」

「咦……」

「我想跟妳聊聊。」

清臉上始終掛著笑容，鈴愛卻覺得她的笑容好可怕，自己好像被蛇盯住的青蛙。她全身無力地重新坐好。

「請問……你們住在一起嗎？」裕子插嘴。

清瞥了她一眼，眼神像是在看小配角。

「啊，我是不是很多餘……」裕子誠惶誠恐地說。

但清也沒有當她不存在，淡淡地回答：「我們沒有住在一起，我來是因為今天是他的生日。地上不是有一盒蛋糕嗎？」

經她這麼一說，鈴愛和裕子才發現有盒蛋糕翻倒在地上。

「我們吵架了，所以他才會跑出去。」

「他……」

鈴愛不自覺重複這個字眼。裕子撿起蛋糕盒，翻回正面。

「我已經沒勇氣打開來看了……」清自嘲地笑了笑。

「那裡不是貼了一張照片嗎？」清指著貓頭鷹會成員的黑白照。「我要他把那張照片拿下來，他不肯，說那是他很重要的回憶，說貓頭鷹會的伙伴現在也是他的朋友，所以不能拿下來。」

說著說著，清的音量愈來愈大，語帶哽咽。「照片裡，妳就站在律旁邊，笑得一點煩惱也沒有。就算已經是過去的事，我也不喜歡律擁有我不知道的往事。」

「我要回去了。」鈴愛一骨碌地站起來。她已經不怕清了，但有股怒火靜靜在心裡燃燒。她擔心再這樣下去，可能會說出什麼不該說的話。

「慢著。」事到如今，清也毫不掩飾自己的怒氣。「我不知道什麼火箭大使，但是可以請妳不要吹哨子呼喚別人的男朋友嗎？」

鈴愛絲毫沒有要打擾清和律談戀愛的意思，只希望自己珍惜的事物永遠都不要改變。這兩種心態或許完全相反，但她還不是很明白這點。

「都怪這張照片！」

清把手伸向貼在牆上的貓頭鷹會照片，作勢就要拿起來撕。鈴愛連忙抓住清的手阻止。

「住手！這是律的爸爸，這是彌一叔拍的寶貝照片，裡頭有菜生，也有屠夫，不可以撕破！」

鈴愛與清扭打在一起搶照片，裕子在一旁看得心驚膽戰。

「而且律回來看到會很難過的，不要這樣！」

鈴愛這句話讓清眼裡射出凌厲的目光。她粗聲粗氣地說：「……律會難過是什麼意思？妳是律的什麼人，什麼人？給我消失！」

「我才不消失！」回過神來，鈴愛也大聲地吼回去，「那指甲油才是什麼意思？憑什麼連律的手指都塗上指甲油？噁心死了！」

「妳說什麼？噁不噁心輪不到妳來批評。」

隨著說出來的話愈來愈不客氣，兩人扭打的力道也愈來愈凶狠。

裕子鼓起勇氣，插進兩人之間。「住手，鈴愛，住手。妳這個野丫頭、岐阜的猴子，給我住手！清也是，平常那個迷人的清跑去哪兒了？」

「把律還給我！律是我的，律從出生的時候就跟我在一起了，把律還給我！」

鈴愛作夢也沒想到自己會說出這些話。這些想法藏在內心深處很深的地方，就連自己也沒有意識到。她幾乎是在腦中一片空白的狀態下吐露真心。

「妳在說什麼，律是我的才對！」

清推開鈴愛。鈴愛一屁股跌坐在地上，順勢抓住清手中的貓頭鷹會照片，照片應聲撕成兩半。

「哈哈哈，是妳自己撕破的喔，白癡。」清嗤之以鼻地嘲笑鈴愛。

鈴愛茫然地凝視自己手裡撕成兩半的照片，殘破的照片再也找尋不到律的身影。

這時，門開了，律走進來。

他先是被鈴愛與裕子嚇了一跳，看了一眼被鈴愛與清的扭打場面搞得亂七八糟的房間，問道：「怎麼了，發生什麼事了？」

「什麼事？事情可大了，你這個處處留情的男人……」裕子咬牙切齒地嘟囔，扶起被推倒的家具。

律把蛋糕放在桌上。

不知道地上那盒蛋糕是誰打翻的，但鈴愛馬上意會過來，律是去買蛋糕了，而且他左手無名指的指甲還是紫色的。鈴愛這時已經隱約了然，自己輸了。

「打擾二位，我先告辭了……我們的蛋糕也快要融化了。」鈴愛以生硬的語氣說道，搖搖晃晃地站起來。

在擦身而過的瞬間，她對律說：「律，生日快樂……」

律沒有回祝她生日快樂，她也不打算回頭。

拿起自己的蛋糕，鈴愛和裕子靜靜離開律的住處。門在背後砰地一聲關上。

「律……」清緊抱著律，他也溫柔地擁抱清。

他的視線前方是鈴愛絕塵而去的房門。

失去鈴愛的預感，讓他的雙眼蒙上寂寞的陰影。

鈴愛在秋風之家的中庭，迎接十九歲的生日之夜。

蛋糕上插著十九根蠟燭，鈴愛心不在焉地站在蛋糕前，眼神空洞。奇妙仙子工作室的人難得為她唱了生日快樂歌，她也幾乎一個字都沒聽起去，直到裕子推推她的肩膀說：「回神了。」三魂七魄才勉強歸位。

鈴愛連忙吹熄蠟燭。所有人都在拍手，一口一聲地祝她生日快樂。

就連始終堅持這是七夕餐會的秋風也笑著拍手。

鈴愛努力擠出笑容，可是眼神沒多久又開始渙散。

她的心思飄回以前過的生日。

八歲生日，她與律一起開慶生會，自己卻吹熄所有蠟燭，律氣得跳腳。

十歲生日，她在律的窗外吹哨子，對他說「生日快樂」。律一臉不領情地說要送她生日禮物，色彩繽紛的氣球從窗口緩緩飄下。

十七歲生日，她一樣在律的窗外吹哨子，對他說「生日快樂」。律笑著說：「我都忘了。」

話說回來——鈴愛想起來了——這個哨子也是律送給她的生日禮物。

九歲生日，律突然冒出一句：「這給妳。」遞給她這個哨子。

「呼呦呦！是哨子。」鈴愛又驚又喜。

律告訴她，哨子是彌一去蓼科[1]攝影時帶回來的紀念品。

「你居然拿來轉送給我？」抱怨歸抱怨，鈴愛試著吹了一下，雙眼為之一亮。「好美的聲音！我要用這個呼喚律。」

「什麼意思？」

「火箭大使啊，我家有這套漫畫，手塚治虫畫的。我爸說火箭大使是英雄！」

「我是英雄嗎？」

當時律喜出望外的表情，鈴愛仍歷歷在目。

每個生日都有律的陪伴，他們一定會祝賀彼此，這一切是如此理所當然。可是今年，律卻不在這裡，接下來的生日肯定也不會再有律相伴。

鈴愛凝望盤子裡的蛋糕，視線逐漸模糊。

「咦，鈴愛，妳怎麼了？」小誠為自己夾了一塊蛋糕，驚訝地問。

「難不成是太感動了？」

鈴愛哇的一聲放聲大哭。「對不起，我……」

鈴愛只能淚眼模糊地擠出這句話，腳步蹣跚地走向自己的房間。

裕子攔住想追上去的小誠。「讓她一個人靜靜，理由我晚點再告訴你。」

雖然大惑不解，但小誠也沒再深究。

「她沒事吧？」秋風問道。

裕子模稜兩可地點頭回答：「沒事。」

曾幾何時，不讓人安寧的蟬鳴也靜了下來。夜幕悄悄籠罩大地。

面影咖啡廳的時鐘顯示已近深夜。鈴愛與律面對面坐著。

幸好時間已經很晚了，店內幾乎沒有其他客人，非常安靜。

1. 位於日本長野縣，為高原地形，楓葉與雪景頗負盛名。

律打電話約鈴愛出來。

「我有話想跟妳說……」律這麼說，語氣跟鈴愛聽慣的完全不一樣。

明明是律說有話想跟她說，可是自從在店裡碰頭，他幾乎沒吭過一聲。

鈴愛為了掩飾哭紅的雙眼，從頭到尾一直低著頭。

老闆今天不在店裡，打工的女服務生粗手粗腳地在兩人面前放下檸檬汽水和咖啡。

律也不伸手拿起咖啡杯，而是沉重地開口。

「……妳回去以後，我發現貓頭鷹會的照片破掉了，清說是妳撕破的。」

「當時我可能逞強說是我撕破的，但事實上是清要撕那張照片，我阻止她時，兩人推來推去，不小心才撕破的，她還笑我白癡。」

鈴愛盡可能想以持平的語氣說，但言詞之中無論如何都無法不流露出悔恨。

「我不知道清說了什麼，要相信誰是你的自由。」

「我相信妳喔。」律不假思索地說道。

只有那一瞬間，鈴愛的臉上浮現出一絲血色。

「我認為事實就是妳說的那樣，清在吃妳的醋。」

「……不只我，她也吃貓頭鷹會的醋。清說她不喜歡律擁有她不知道的往事。」

律並不驚訝，大概早知道清會這麼說。

「愛情真可怕，居然讓人變成這樣……」

鈴愛用吸管在檸檬汽水裡繞圈圈，細緻的泡沫浮上水面，旋即消失。

她繼續說：「我從來沒想過……可是和清吵架後，我覺得自己好可怕，覺得人好可怕，不曉得會做出什麼事來。」她喝了口檸檬汽水，喊了聲：「好酸哪！」

「妳是不是對清說，我是妳的，要她把我還給妳？」律以慎重的語氣問道。

鈴愛低垂目光，據實以告：「……說了。」

「這句話踩到地雷了。」

「律是清的嗎？」

「我不是任何人的所有物。我就是我，既不屬於清，也不屬於鈴愛。真要說的話，甚至不屬於生下我的和子。」

鈴愛忍不住笑了。「居然在這裡搬出和子伯母嗎？」

律並沒有笑。「嚴格來說嘛。可是妳卻告訴清我是妳的，這樣不行喔。」

「一想到律會被搶走，就不經意脫口而出了。我一直在律身邊，不管是小學的慶生會，還是在貓頭鷹會或教室裡，律的身邊都是我的位置！為什麼，為什麼那女人會在你房裡。」鈴愛說到哽咽，淚眼模糊。理智明明很清楚律想表達的意思，但愈說愈覺得自己受盡委屈。

律目不轉睛地看著鈴愛。平常的律，臉色不耐之中卻帶著溫柔，始終待在她身邊；眼前律明明待在她身邊，卻一點也沒有相依相伴的感覺。

「我怎麼從剛才就一直用岐阜腔講話，明明已經會說標準語了，秋風老師也一直提醒我為了畫漫畫要改口。」鈴愛抽了張面紙，用力擤鼻涕。「接下來我要用標準語講話。」

「妳是故意要逗我笑嗎？」律連眉毛也不挑一下地說。

鈴愛搖頭。「並沒有。」

其實自己也想不明白，但如果不否認，感覺律真的會很傻眼。

「我想搬離這一帶。」律靜靜地說，「好跟鈴愛保持距離。」

「是嗎。」

「我喜歡清，不想傷害她。」律說得好像這是一件非說不可的事。

鈴愛咬緊牙關，拚命忍住就快奪眶而出的淚水。

「我……我只是想跟以前一樣，想跟律在一起，希望律陪在我身邊，希望待在律的身邊。」

「……我也是這樣打算，但破壞遊戲規則的人不就是妳嗎！」

律大聲怒吼，一拳敲在桌上。動也沒動的咖啡灑了一點出來，弄髒了咖啡碟。

「律，我發現一件事。」這次換鈴愛語氣平靜地陳述。

「什麼事？」

「就算你氣到跳腳，我也一點都不害怕。」她的心情反而比剛才冷靜。

倒是律的氣息愈發紊亂。

「你在哭嗎？」

「……是快哭了，不過還是可以試著笑一下。」律笑得無懈可擊。

「為什麼要笑？」

「因為這是妳看到我最後的表情了。」

「……你居然可以笑著說出這麼殘酷的話。」

「是妳不好。我們不是最要好的朋友嗎？不是死黨嗎？這是如果不小心維繫就會失去的關係喔，甚至比情人更——」

「我不懂這麼複雜的關係……」

「妳也稍微了解一點複雜的事嘛。」律說得十分懇切，「我們不可能再像以前那樣了。」

「律已經不需要我了嗎……」鈴愛的語氣既像發問，又像是自言自語。

律的嘴角有些扭曲。

「這是什麼話。妳還不是在這裡吃了正人做的巧克力聖代，喜歡上正人？」

「你在審犯人嗎？」

「到底是怎樣？」律不自覺地模仿起刑警劇的審訊官口吻。

「沒想到我這麼有魅力吧？」鈴愛說。

「才怪，妳根本沒拐到任何人。」

「看你笑成這樣——」

「我才沒有笑。」笑容已經從律的臉上消失。

「笑一個嘛，律。這是最後一次了不是嗎？笑給我看。」

在鈴愛的要求下，律勉為其難地擠出一抹笑容，受不了地數落了一句：「傻瓜。」

此刻的感覺，就像兩人明明還是小學生，卻假裝成大人，拚命模仿大人講話。鈴愛都快搞不清楚自己到底幾歲了。

「明明一切都和小時候一樣，但其實一切都跟以前不一樣了。」鈴愛感嘆。

「……因為我們已經不是小孩子了。」

鈴愛也不再推託自己聽不懂；就算聽不懂，也必須接受事實，努力搞懂。

「一想到律不在身邊，感覺就連腳下的地面都崩塌了。」

「……妳又變回岐阜腔了。」就連說話冷冰冰的律，也恢復了一點岐阜腔。這是鈴愛今天第一次看到律那張不耐煩中帶著溫柔的臉。

「感覺地面突然不見了，好可怕。」

「……太遲了，鈴愛。已經太遲了。」

這時打工的女服務生萬分抱歉地告訴他們要打烊了。

「要來我家繼續談嗎……」鈴愛問道。明知已經太遲了，卻還是忍不住想問。

律一臉凝重地保持沉默。

鈴愛無力地笑了。「已經沒有繼續了嗎？遊戲結束。」

「……我送妳回去。」律毫不戀棧地站起來說。

鈴愛拖拖拉拉地起身。

走出店外，兩人默默地走向秋風之家。

天空沒有一朵雲，月亮的輪廓異常清晰。

「妳的鞋子好可愛。」律打破沉默。

鈴愛低頭看了自己的鞋一眼。「是我平常穿的鞋子。」

「……咦，是喔。」

「你平常才不會說這種話，是流血大放送嗎？」

「為什麼要流血大放送……」律說到一半，噤口不言。

因為是最後一次了。鈴愛和律都沒說破，細細咀嚼這句話的意義。

沉默再度橫亙在兩人之間。

鈴愛抬頭看天空，碩大的月亮看起來好近，彷彿跟在他們背後。

「律，最後可以再答應我一個任性的要求嗎？」

「什麼要求？」

「來玩回憶遊戲吧。」

律微微一笑說：「這是什麼遊戲。」

鈴愛沒解釋，細數最先浮現在腦海中與律的回憶。

「隔著木曾川的傳聲筒！」

「是有這回事……」律想起來，會心一笑。

鈴愛陸續舉出許多單字：旋轉畫筒、燈火咖啡廳、畢業典禮。

明明只是單字，回憶卻在眼前甦醒過來，令人無法承受。

「鈴愛的精美和服。」或許是也想參與，律舉出一個單字。

鈴愛穿和服去新年參拜後，轉身就去了律家，把抽到大吉的籤送給正在準備大學考試的律。

鈴愛聞言，懷念地瞇細了雙眼。

「Mahajaro。」

鈴愛這次提到的單字引來律的抗議：「這不是前陣子才發生的事嗎？」

鈴愛搖搖頭。「回憶沒有前後之分。」

Mahajaro 也是鈴愛很珍貴的回憶。

兩人順藤摸瓜，想到什麼就說出來。每當對方舉出一個單字，回憶就源源不絕地湧現出來。就這樣一路玩到秋風之家。

「到了。」

鈴愛在無齒翼龍中庭停下腳步，抬頭看律。

七夕短箋挨著無齒翼龍樹，迎風搖曳。鈴愛和律都不約而同地想起，今天是自己的生日。

「生日快樂，鈴愛。」律看了看手錶，充滿歉意地補上一句，「雖然過了三分鐘。」

「謝謝。再見了，律。」鈴愛背向律，走回秋風之家。

「讓我送妳到最後一刻吧。」律對鈴愛的背影說。但她並未回頭，只是舉起一隻手。

「我一直想試試這種反應，是叫作冷硬派嗎？」

「我知道妳想講什麼。」

鈴愛裝瘋賣傻，自始至終沒看律一眼。不能看他。鈴愛面向前方，無聲地流淚。

「再見了，律。」

「再見，鈴愛。」

鈴愛無法承受再見二字的重量，拔足狂奔。

律目送鈴愛離開，直到她的背影消失在眼前。

一陣風吹過，吹動了七夕的短箋，沙沙作響，聲音意外嘈雜。律心不在焉地看著短箋，有張藍色的短箋映入眼簾——鈴愛寫的藍色短箋，綁在最顯眼的地方。

「保佑律能成功發明機器人！」

看到這句話的瞬間，律撕下那張短箋。

他生下來就認識鈴愛了，卻在即將邁入二十歲的夏天與她分開。最後一刻，律唯能偷走的，只有一張鈴愛的夢想。

七夕隔天，奇妙仙子工作室放假。鈴愛抱著膝蓋，空洞的雙眼沒有一絲光采。

裕子擔心得要命，去便利商店買了鈴愛喜歡吃的熱狗美乃滋麵包回來給她。

即使在跟裕子聊天，回憶也會突然湧上心頭，鈴愛放聲大哭。裕子輕輕地抱緊她，拍她的背，為她順氣。

「失去律就等於失去地面，連要站穩都很不容易……」

「……感覺很不踏實吧。」

「連呼吸都覺得好辛苦，每次呼吸都忍不住想哭。」

裕子溫柔地摩挲鈴愛的背，深深地嘆了一口氣。

「這種似曾相識的感覺是怎麼回事？雖然場景不太一樣，但感覺是第二次了，而且還接踵而來……」裕子感嘆。

「接踵而來？」

「鈴愛，我實在不想提起，但妳被阿正甩掉那天是六月的尾聲；而昨天，就在七夕這天，妳又被律甩了，居然兩個禮拜內被男人甩了兩次。」

鈴愛揚起臉，不可置信地瞪大又紅又腫的雙眼。

「真的耶，接踵而來，我都沒發現。兩個禮拜兩次，等於一個禮拜一次。照這樣發展下去，我這輩子要被甩幾次啊？」

鈴愛邊說邊打開裕子買回來的熱狗美乃滋麵包。

「咦，妳要吃啊？」裕子有些詫異，從便利商店的袋子裡拿出牛奶。

鈴愛配著三角牛奶[2]狼吞虎嚥地大啖熱狗美乃滋麵包。

這時小誠提心吊膽地走進來。

「鈴愛，妳沒事吧？不瞞妳說，我還以為妳和律一定會在一起。」

「那我也老實說了，我也這麼想。」不知不覺，鈴愛已經大口大口地吃掉半個麵包，微微側著頭說，「我自己也有這種感覺。小誠，我要吃菠蘿麵包。」

「啊，好啊……妳怎麼知道我買了菠蘿麵包。」

「因為你喜歡菠蘿麵包。」

小誠立刻回自己房間拿來菠蘿麵包。鈴愛配著牛奶嚥下最後一口熱狗美乃滋麵包，又把菠蘿麵包送入口中。

「等一下，鈴愛，妳沒事吧？」鈴愛吃得太快，裕子不由得擔心起來。

鈴愛點點頭，繼續吃。

2. 在日本昭和時期（一九二六年—一九八九年），有不少牛奶的包裝為三角錐狀。隨著時代變遷，為求運送方便，牛奶包裝逐漸改為目前隨處可見的立方體型式，三角牛奶也成了令日本人感到懷念的昭和時期代表物品。

「我喜歡的到底是阿正還是律呢？」

「這就不用煩惱了，鈴愛，反正那兩個人都不要妳了。」

聽裕子這麼一說，鈴愛傻里傻氣地說：「說得也是。」

說完，她繼續吃麵包，彷彿要填滿自己內心的黑洞。

失控的食欲有多瘋狂，鈴愛的悲痛就有多深刻。

鈴愛與裕子、小誠在無齒翼龍的中庭享受午休時光。

她失控的食欲還沒恢復正常。唯有在吃東西的時候，才能得到些許安慰。

「……律最後送我到這裡。」

鈴愛一開口，裕子和小誠便異口同聲地說：「妳說過了。」

這段話，裕子他們至少已經聽她說了十次。

鈴愛不以為然地搖搖頭。「那我再說一些我沒說過的部分。」她情不自禁又變回岐阜腔。

「最後我們聊了很多從小到大的回憶，一起回想……結果我又想起以前律是怎麼說話、怎麼笑的。我們一起吃大阪燒、一起從畢業典禮上溜走……我們有太多共同的回憶了。」

裕子與小誠頻頻點頭稱是。

「可是，我發現一件事。」她又不由自主地換成標準語，「我們肢體接觸的記憶太少了，我幾乎不記得他摸過我，這就是我和律的相處模式。」

「連手也沒牽過嗎？」裕子問道。

鈴愛點頭。「沒有。小時候可能有，但我忘了……」

「妳不會想靠近他嗎？」小誠問。

鈴愛陷入沉思。「我也不知道。但我想觸摸阿正，我是真的喜歡過他。」

「那肯定就是愛情。」裕子溫柔地說明。

「鈴愛與律的關係可能更深刻一點，比愛情更深刻一點。」

「……那是什麼顏色？」

鈴愛的問題讓裕子陷入沉思。「顏色？顏色啊……我也不知道是什麼顏色。」

「妳剛才講的那些，或許只有我這麼想。律的心離我太遠，摸不到也搆不著，再怎麼走也走不到……」

待鈴愛反應過來，只見小誠攤開記事本，正行雲流水地猛抄筆記。

「小誠，你在做什麼？」

「啊，抱歉。鈴愛，或許妳自己也沒注意到，但這句話說得真好。我要寫下來，以免忘記，這句話一定能派上用場！要是能畫成分鏡就好了。」

「……秋風老師一直要我畫下來……要我畫成漫畫。」

聽完小誠的解釋，鈴愛想起秋風的交代。她有好幾次在工作時，情緒突然無法控制，衝進廁所哭。從廁所回工作室的路上被秋風叫住，還以為要挨罵了，他卻要鈴愛畫下來。

「別光顧著哭，不對，要哭也沒關係，但是試著畫下來吧。畫成漫畫，畫成故事。畫下來以後，妳會變得輕鬆，也會得到救贖。我相信創作、講故事一定能拯救妳。因為故事具有治癒人心的力量。」

秋風真摯的教誨雖然觸動了鈴愛的心，但還不足以讓她採取行動。她的心早已冰凍成石，重到無法輕易撼動。

「秋風老師的意思不是說畫下來就能忘記，而是能讓我變得輕鬆，讓我得到救贖。他的意思是說，所謂的故事、所謂的創作具有治療人心的力量……」

「治療人心的力量……」裕子低喃。

鈴愛的視線無神地落在小誠的筆記上。

在秋風塾的課堂上，秋風告訴鈴愛等三人，今後如果有他覺得好的作品，隨時都會推薦給《非洲菊月刊》。終於要正式展開成為專業漫畫家的創作之路了，裕子與小誠目光嚴肅地點頭，只有鈴愛還一蹶不振。

接下來是腦力激蕩的時間，秋風最先指名鈴愛。

「月亮躲在屋簷後。」鈴愛脫口而出。

秋風興奮地說：「哦，這個題目好。」在白板上寫下「月亮躲在屋簷後」。

「這是個什麼樣的故事？」

「一對情侶在談分手，看到了月亮……」

「很成熟呢，有別於妳的風格。」

「女人一直看著掛在視線角落的月亮。」

「是滿月嗎？」

鈴愛回想記憶中的夜空。「接近滿月……明晃晃的月色像是人工做出來的……感覺像有兔子在搗麻糬。兩人聊起從小到大的回憶，希望在愉快的氣氛下道別，不想最後一刻變得死氣沉沉。」

秋風一言不發地聽著，不再出聲附和。

鈴愛沉浸在自己的世界裡，接著說：「我沒能告訴律：『啊，你看，月色好美。』」

她並未發現，虛構的情侶話題不知從何時開始，變成了自己和律的故事。

小誠小聲地問了一句：「為什麼？」

「因為被回憶侷限住了嗎？」鈴愛細思片刻，以疑問句的方式回答，「因為只能討論回憶，不能提到現在的事……不能再增加兩人之間的回憶了……所以說不出口。明明以前不管想到什麼都會告訴對方……」

鈴愛說到這裡，突然噤若寒蟬，驚愕地睜大雙眼。

「怎麼啦？」秋風趕緊問她。

鈴愛淚眼模糊地回答：「一旦稱他為對方……律好像就真的離我遠去了，我突然覺得好害怕。『對方』是什麼意思？我真的要變成孤零零的一個人嗎？」

秋風用力抓住鈴愛的雙肩。

「楡野，就是現在，快去畫，妳一定能畫出傑出的作品！」

「咦？」

「妳有天分，這是上天賜予妳的機會！不對，是律賜予妳的機會！」

「律……啊，現在光是提到律的名字都好傷心……比在腦海中想到他還要傷心……」

鈴愛繼續吐露悲切的心聲。秋風伸出大手，粗魯地摀住她的嘴巴。

「別再說了！鈴愛，說出來太可惜了。妳不要再說話了，給我畫成漫畫。」

鈴愛未盡的傷春悲秋都被秋風堵住，變成語焉不詳的嘟囔。她掙脫秋風的箝制，重獲自由後，大口大口地呼吸。

「給我畫下來！」

「魔鬼……」鈴愛尖叫。

秋風以無比嚴肅的眼神看著鈴愛，嚴肅到近乎恐怖的地步，不禁讓人覺得，他為了畫漫畫不惜放火燒房子的時候，大概就是這種眼神。

「魔鬼又怎樣，去給我畫！」秋風由始至終不曾移開目光，直勾勾地看著鈴愛。意識過來，她也以同樣認真的目光看著秋風。

鈴愛坐在自己的房間裡，面向書桌，盯著空白的稿紙。

她的眼神與面對秋風時無異，認真到近乎恐怖，彷彿正隔著空白稿紙注視著什麼東西。

她文風不動，雙眼發直地與原稿用紙對峙，突然使勁地抓住鉛筆，在沒打草稿也沒先畫分鏡的狀態下開始作畫。

她的第一部漫畫，是在律問她要不要畫漫畫、對漫畫一無所知的情況下，使出渾身解數完成的。這次就跟當時一模一樣，鈴愛傾注自己的一切，開始描繪自己的世界。

一九九五年　東京

看了看時鐘，時間指向兩點半。

鈴愛無法立刻確定現在是深夜兩點半，還是下午兩點半。工作室拉上厚重的窗簾，不分日夜，二十四小時都有人工作，所以永遠都開著燈。

她已經好幾天沒踏出工作室一步了。

「由香，這裡的遠近距離不夠嚴謹；小丸，這裡要貼上網點。」

她對兩位助手做出簡單的指示，自己忙著為主要人物上墨線。但才畫一會兒，突然就到了極限。

「我要睡覺。」鈴愛一骨碌地站起來，向助手宣布，拖著蹣跚的腳步走向休息室，就像被棉被吸住似地，倒在床上。

「幾點叫妳？」由香連忙跟進休息室問。

「不用叫我。」鈴愛勉為其難地撐開眼皮說，「由香，我是睡美人，除非有王子親吻，否則醒不過來。」

「老師……」由香心想，老師太久沒有王子的滋潤，人已經變得怪怪的了。

鈴愛對助手的心思渾然未覺，恢復正經表情說：「開玩笑的。」看了一眼放在床頭的時鐘，她告訴由香，「三點半叫我。」

不確定再次醒來是深夜三點半還是白天的三點半，只知道現在的行程緊湊到不容許她睡超過一個小時。

睡覺，起床，畫畫，吃飯，睡覺，起床，畫畫。鈴愛的時間就像輸送帶一樣，一天接著一天，不曾間斷，有的只是名為截稿日的斷點。勉強還稱得上是芳華正茂的二十四歲，鈴愛已經成為職業漫畫家了。

五年前，鈴愛勢如破竹開始描繪〈月亮躲在屋簷後〉。當時她就深信自己一定可以很快變成專業的漫畫家。秋風說她有天分，而她對漫畫也有熱情。

然而，好不容易完成的漫畫卻被批評得一無是處，重畫上百次也得不到秋風的認可。鈴愛還在原地踏步時，裕子已經早她一步出道了。那時，某個大師拖稿開天窗，《非洲菊月刊》選擇刊登裕子的戀愛喜劇〈等我五分鐘〉救火。自此，她有了責任編輯，開始以爭取連載為目標努力。

由於裕子搶得先機，鈴愛和小誠愈發想拿下新人獎。當同年紀的學生們參加聯誼活動、夜夜笙歌，在天花板吊著大風扇的時髦餐廳裡，喝著莫斯科騾子、鹹狗或泡泡雞尾酒等名稱念起來幾乎要咬斷舌頭的飲料時，他們正沒日沒夜地畫著漫畫。

就在投稿新人獎的前一刻，鈴愛臨時決定放棄〈月亮躲在屋簷後〉，改畫另一部作品。因為重畫太多次，她已經搞不清楚〈月亮躲在屋簷後〉到底哪裡有趣了，甚至忍不住吐嘈：「月亮躲在屋簷後，然後呢？」最後決定改用〈瞬間盛開〉這個描寫熱愛攝影的女高中生與跳高男選手的故事去參加比賽。

剛好就在這時，小誠求鈴愛把〈神的備忘錄〉的點子讓給他。他的樣子顯然被逼得走投無路，鈴愛沒想太多就答應了。

小誠與鈴愛的選擇，分別換來最糟糕的結果。

當時小誠受到來自母親強大的壓力，要他繼承家裡的和服店，別再搞同性戀，也別再畫漫畫了。一心急著想出道的小誠，被一家名叫《愛慕月刊》的漫畫雜誌編輯說動，發表〈神的備忘錄〉，而且為了配合那家雜誌的風格，〈神的備忘錄〉被大改成激情路線。

秋風發現這件事那天，剛好也接獲通知，確定小誠榮獲新人獎。

秋風對小誠的背叛怒不可遏，將他逐出師門，也主動辭退了新人獎。他無法原諒小誠不相信他，也不相信自己的天分；而對於輕易把〈神的備忘錄〉的點子拱手讓人的鈴愛，也同樣不諒解，揚言也要將她逐出師門。

「妳以為妳是誰？上帝嗎，還是天才？這個業界的天才要多少有多少。專業人士死都不會借用別人的點子！聽好了，靈感只會在渴望靈感渴望到快要發瘋時才會從天而降，成為職業漫畫家就是這麼回事。截稿前一定要畫出來，萬一什麼都想不出來就完了，妳的漫畫家人生也完了。」

秋風命令鈴愛立刻和小誠一起滾出秋風之家，多虧小誠拚命幫她求情，鈴愛才得以勉強保住一條小命。

小誠離開秋風之家後，鈴愛接到榮獲新人獎的通知。因為小誠辭退了獎項，使得鈴愛從備取變正取。雖然是天上掉下來的禮物，但出道就是出道。在她來到東京第二年，也就是二十歲的夏天，鈴愛總算憑著〈瞬間盛開〉正式成為漫畫家。

出道後沒多久就開始連載，到了二十四歲的現在，〈瞬間盛開〉已經連載到第三年，單行本也出了四本，讀者回函的問卷調查結果和漫畫的銷售量都無可無不可。雖然沒有大紅大紫，但也培養出一批忠實讀者，以上就是鈴愛的現狀。說得好聽是《非洲菊月刊》的中流柢柱，但身為職業漫畫家，這個飯碗實在不算捧得太安穩。實際上，隨著單行本一集一集出版，銷售量也愈來愈低。

鈴愛覺得故事一成不變，讀者大概也感受到了，畢竟那只是個發生在高中畢業前半年內的故事，卻拖泥帶水畫了三年。

裕子與鈴愛出道時，秋風也整修了秋風之家，好讓她們能當成工作室使用。相較於以前那棟破破爛爛還有燒焦味的建築物，鈴愛現在的工作室舒適又乾淨，簡直像是在作夢一樣。

不過現在，只剩鈴愛還住在翻新的秋風之家裡。

最早出道的裕子不僅在男性漫畫雜誌上連載，還曾有過拍成電影的計畫，風頭一時無兩。只可惜紅得快，下跌的速度也快，連載沒多久就腰斬了。

秋風和鈴愛，還有後來靠自己的力量抓住出道機會，如今已成當紅炸子雞的小誠都在為裕子想辦法，但她本人卻選擇走入婚姻。她一直在尋找自己能安身立命的地方，最後找到的容身之處不是漫畫，而是嫁給心愛的人。

裕子從秋風之家出嫁，由秋風代替父親牽她的手走紅地毯。

在那之後，裕子的工作室就一直空在那裡。也有人想租，但秋風拒絕了。秋風認為，如果裕子有個可以回來的地方，她的婚姻可能會走得順遂一點。

大概是腦子太興奮了，鈴愛睡得不是很熟，由香還沒來叫她，她就醒了。

腦子開始高速運轉，但眼睛還睜不開。已經好一陣子沒有好好地睡過一覺，身體的節奏變得很奇怪。

「不行，想不出來……我也陷入低潮了嗎……不對，我一直是這樣……怎麼又冒出岐阜腔了，怎麼搞的……」鈴愛盯著〈瞬間盛開〉的分鏡，在床上翻來覆去。

這時，遠處傳來電話鈴聲。

「唉……打來催稿了。」

鈴愛一股腦地將被子拉高蓋住頭。由香接起電話，走到休息室，喊了一聲「老師」。

「榆野不在家，她死了。」鈴愛躲在被子裡回答。

「不是的，」由香解釋，「老師，是岐阜的木田原菜生小姐打來的電話。」

鈴愛腦中立刻浮現菜生懷念的臉龐。她掀開被子，焦急地衝向工作室，拿起話筒。

「是菜生呀，好久不見了！」一下子又變回岐阜腔。

菜生告訴鈴愛，下個月為了慶祝貴美香六十歲大壽，打算叫上所有貴美香接生的孩子，舉辦一場盛大的宴會，問她能不能回去。鈴愛與貼在書桌前的月曆大眼瞪小眼。

「嗯……要截稿。」

「可是我好想見妳，而且……」

「而且？」

「律也會來喔。」

聽到這個名字的瞬間，內心深處一陣抽痛。

自從五年前的七夕一別，她和律就再也沒有見過面了。

鈴愛再次與月曆面面相覷。回過神來，她已經認真在思考要怎麼擠出時間了。

將睡眠時間壓縮到極限，以前所未有的速度飛快地畫完漫畫，鈴愛總算趕在貴美香六十歲慶生會前一天回到岐阜。

晴為好久沒回家的鈴愛做了一桌好菜，有漢堡排、牛排、生魚片、五平餅、朴葉壽司等，全都是過年、聖誕節或生日才有機會吃到的大餐。晴看鈴愛吃飯，洋溢著幸福的表情。

鈴愛一個勁兒地把食物往肚子裡塞，差點撐破肚皮。

「菜生不是在名古屋百貨公司的鞋子賣場工作嗎？」宇太郎喝著飯後茶說道。

「然後西園寺家那個……」

「屠夫嗎？」

「沒錯沒錯，屠夫從京都的大學畢業以後，就去名古屋的名央建設上班，他們都是從梟町通勤嗎？」

「屠夫家那麼有錢，一個人在名古屋租房子住。」

「他總有一天要繼承家業，所以只是出去見世面吧。對了，律現在在做什麼？」

鈴愛沒告訴晴她和律的事，也沒告訴家裡任何人。不管是談戀愛，還是失戀，鈴愛對家人全都知無不言、言無不盡，唯有律的事隻字未提。不過，全家人都隱約察覺到兩人的變化。鈴愛以前動不動就把律的名字掛在嘴上，如今卻閉口不提，自然瞞不過家人的法眼。

聽宇太郎提到律的名字，全家人都偷偷地窺探鈴愛的表情。

晴假裝平靜，語氣輕鬆地說：「你忘啦，律從西北大學畢業後，考上京大的研究所，現在人在京都。」

根據屠夫提供的情報，律原本在宇佐川教授麾下從事機器人開發，後來為了追隨調到京大任教的教授，考上了京大的研究所。

「然後鈴愛是漫畫家，成了最有出息的人。」宇太郎眉開眼笑地看著鈴愛。

宇太郎撤下了杉菜食堂書架上曾是他心肝寶貝的古早少年漫畫，光是鈴愛的《瞬間盛開》就擺了快三十本。

「我知道妳很累，真不好意思，這是蛭川伯母拜託的。」晴滿臉歉意地說。

鈴愛接過晴手中快十本的《瞬間盛開》，趴在榻榻米上簽名。

「沒關係，問題是他們真的會看嗎？」

鈴愛機械化地簽名，忍不住發起牢騷來。姑且不論簽名的體力，一想到這些漫畫可能連一次都沒被看過，就被供在書櫃裡，總覺得心情有些複雜。

「妳的漫畫畫得還順利嗎？」宇太郎問道。

「還可以。不行的話，我就回來繼承家業當店花吧。」

鈴愛把低潮和再版的不安都藏在心底，笑得滿不在乎。

鈴愛的房間還原封不動地維持高中時的擺設。她躺在床上，仰望飛龍在天的天花板。

睡不著。

她一骨碌坐起來，從包包的口袋裡掏出哨子——火箭大使的哨子。

鈴愛捨不得丟掉哨子，這總讓她想起律。

有一次，她真的想扔掉，還拜託裕子和小誠幫她丟掉。兩人舉棋不定，但在秋風代替他們幫她扔掉的瞬間，鈴愛就後悔了。

結果秋風只是作勢要扔，沒有真的扔掉。從此以後，她小心翼翼地把哨子收在自己看不見的地方。

鈴愛坐在床上，小聲地吹了三下。

「居然還帶回來……」準備回家時，鈴愛無法不意識到哨子的存在，卻又自欺欺人地假裝是冷不防想起，特地把哨子放進包包口袋。

她用力地握緊哨子，有點害怕明天的到來。

早上，晴叫醒好不容易睡著的鈴愛。她半夢半醒地走向客廳，在看到晴從洗衣籃裡拿出色彩鮮艷的亮黃色洋裝時，原本睜不開的雙眼頓時瞪大了好幾倍。

「啥咪？」鈴愛一臉茫然。

原本極為好看的洋裝，如今只有慘不忍睹四個字可以形容。

「剛才打開烘乾機就看到這個慘狀。」晴同情不已地說。

鈴愛把臉埋進掌心裡。「真不敢相信！這是我今天要穿的衣服說……媽，這可是REDAHAA啊，REDAHAA！妳知道這一件要多少錢嗎？說出來可能會嚇死妳。」

「媽媽看了也知道。」

這種作工細緻的衣服是要送洗的，就算熨也熨不回原本的樣子。

洗衣機是草太開的。他補充：「我看到那邊有一堆要洗的衣服，就全扔進洗衣機裡了。」

聽到的瞬間，鈴愛忍不住一拳揮向他的右臉。於是乎，儘管已經長到二十四歲和二十三歲，姊弟倆依舊扭打成一團。就連仙吉趕來，也阻止不了他們的混戰。

宇太郎和晴也加入戰局，集合三人之力，好不容易拉開兩人，鈴愛已經完全失去鬥志了。

她之所以有勇氣回來，之所以有勇氣參加今天的慶生會，完全是因為買了那件洋裝。

鈴愛打算立刻回東京，所以沒帶換洗衣物回來。晴借她的衣服全都是鬆垮垮的歐巴桑洋裝，而且一看就知道是便宜貨。在家裡穿是很輕鬆沒錯，但是再怎麼樣都太沒有品味了。

晴多次要她一起出門，鈴愛死也不肯穿晴的衣服去參加貴美香的慶生會。鈴愛為自己找了很多理由，穿成這樣不僅對貴美香很失禮，身為衣錦還鄉的漫畫家也太沒面子了，她不希望別人認為她都到了東京還這麼土。

但晴一眼就看穿這都是藉口。

「其實是為了小律吧。」晴打扮得光鮮亮麗，出門前還戴上珍珠項鍊，對宇太郎說。

「哦，是嗎？」宇太郎很驚訝。

「當然是啊。姊姊是為了能體面地見到律，才買了名牌洋裝。」草太了然於心地說。

他站在門口，等著和父母一起去慶生會，臉上還有被姊姊揍過的紅腫痕跡。

唧唧唧唧唧，蟋蟀發出高分貝的叫聲，似乎要勾起人悲傷的情緒。

鈴愛從客廳裡望向院子。全家人都去參加慶生會了，只剩自己一個人在家，安靜到極點，唯有蟋蟀的叫聲格外擾人。

沒有衣服穿、去不了慶生會的鈴愛簡直是灰姑娘。她嘆氣，都怪草太那個笨蛋。

慶生會的邀請卡還在矮桌上，鈴愛下意識地拿起來，發現底下有本小冊子。打開一看，裡面是所有由貴美香接生的嬰兒照片，依照時間順序排列，標示著出生日期、時間與姓名。

鈴愛慢慢翻頁，找到自己的照片。照片中的小女嬰跟小猴子沒兩樣，下面寫著自己的名字，楡野鈴愛。看到那張照片，鈴愛想起一件很重要的事。

她滿腦子只有律的事，卻忘了今天是貴美香醫生的生日。

貴美香接生了脖子被臍帶纏住的鈴愛，是她的救命恩人，而且不管是律受傷的時候，還是鈴愛的左耳聽不見的時候，都是貴美香在幫助他們。

從呱呱墜地的瞬間，貴美香就一直守護著他們，而今天，是她的六十歲生日。

鈴愛猛然站起，身上還穿著歐巴桑洋裝，直奔慶生會場。

當鈴愛趕到會場，慶生會已經結束了，工作人員正忙著收拾善後。

鈴愛找到正和會場工作人員說話的貴美香，衝上前去。

「對不起，我遲到了。生日快樂。」鈴愛獻上在路上買的花。

「謝謝。」貴美香笑得雲淡風輕，跟以前一模一樣。

鈴愛問貴美香有沒有穿上慶祝六十歲大壽的紅色背心，貴美香搖頭說：「才不要，那個穿起來好像耍猴戲的猴子。」不過她倒是買了輛紅色的跑車代替，還說為了考駕照，目前正在上駕訓班。

貴美香問起鈴愛的工作，她突然變得坦誠，向貴美香坦白工作上的辛苦與不安。貴美香也看過《瞬間盛開》。即使相隔兩地，她依舊守護著鈴愛。

兩人移動到大廳，並肩坐在長椅上，翻開印有嬰兒照片的小冊子。小冊子裡除了鈴愛和律，還有屠夫和菜生的照片。仔細一看才發現，鈴愛的照片排在律前面。

「明明是律比較早出生。」

「女士優先嘛。」

「……律長得好清秀啊。」

從小到大，鈴愛看過無數次律襁褓時的照片。如今重新再看，律真的長得很清秀，使一旁鈴愛皺巴巴的小臉看起來更像猴子。

「律也來了喔。」

鈴愛對這句話產生了劇烈的反應。打從一踏進會場，她就一直下意識地尋找律的身影。

「不過他好像今天就得趕回京都。啊，對了。」

貴美香從皮包裡拿出一本雜誌，看上去是理科的專業雜誌，鈴愛這輩子大概都不會拿起來看。貴美香說是律要轉交給她的。

「這上頭有律的報導。」

「什麼？」

「好像是律在京都大學參加的宇佐川研究室，在機器人的研究上得了什麼獎。我就知道那孩子會成為發明家。」

貴美香翻開到那一頁給鈴愛看。報導中有研究人員的合照，律站在人群裡，笑得很開心。

「是喔，好厲害。」鈴愛垂著眼說。

她很高興律實現了夢想，但也很傷心自己竟是經由別人的轉述才知道的。

貴美香笑著告訴鈴愛：「他說，因為是鈴愛的夢想，所以才能實現。」

「咦，我的夢想？」

「嗯，他有點喝多了，主動提起這件事。妳不是在十九歲的七夕短箋上寫下這個願望嗎？」

鈴愛立刻想起與律分開那天——保佑律能成功發明機器人！

鈴愛的確在短箋上寫下了這個願望，律看到啦。他在實現自己夢想的同時，也實現了鈴愛的願望。

「啊……啊啊……」鈴愛不由得淚流滿面。

貴美香把那本雜誌交給鈴愛。「這給妳。律要給的人不是我，而是妳。」

鈴愛用力握緊貴美香給她的雜誌。她想向律說一聲恭喜，想直接告訴律：「謝謝你實現了我的夢想。」

「律說他要從夏蟲站搭車回去，剛才和要搭電車的人一起走了。」

如果才剛走，或許還追得上。鈴愛剛這麼想，幫忙收拾會場的菜生正好從裡面走出來。

「鈴愛，妳也遲到太久了吧！」菜生笑盈盈地迎上前。

鈴愛以火燒眉毛的語氣向她求救：「菜生，送我一程。」

夏蟲車站幾乎跟記憶中一樣，沒有任何改變。

黃昏時分，鄉下的小車站月台點著一盞微弱的燈光，小蟲受到光線的吸引，紛紛奮不顧身地撞上去。幾個男生圍在燈光下大聲笑鬧，沒有絲毫顧忌地推來搡去，就跟高中時一樣。律也置身其中，臉上掛著與當時無異的青春笑容。

聽到律的聲音了。無論在多嘈雜的環境下，我立刻就能辨識出他的聲音。好想念你的聲音，那聲音將我包圍。就算只有一隻耳朵聽得見，我也一定能聽見你的聲音。只要側耳傾聽，我知道，律就在那裡。

鈴愛在車站前下車，連跟菜生揮手道別都草草了事，朝著律的聲音往前跑。

她穿過剪票口的瞬間，電車也靜靜滑進月台。

律在另一邊的月台上。視線被電車截斷，但即使只有短短一剎那，她依舊捕捉到律的身影。

「律！」鈴愛放聲大喊，然後及時想起，從皮包的口袋裡拿出哨子。

她使出全身力氣吹了三下，懷念的哨聲響徹安靜的月台。

電車停了一會兒。鈴愛望向被電車擋住的對向月台，再望向通往月台的樓梯，下定決心拔腿就跑，但才跑沒幾步，她突然停下腳步，彷彿被按下了暫停鍵。

晴的廉價洋裝映入眼簾。

意識到這一點，鈴愛再也無法移動半步。

她失魂落魄地凝視看不見的月台。隨著電車慢慢加速前進，對向月台逐漸變得清晰。

鈴愛只能雙眼發直地直視前方。

月台上不見律的身影。已經沒有半個人了。

鈴愛茫然自失地呆站了好一會兒，輕聲嘆息。眼角餘光瞥到月台中央、安裝在過時廣告上的鏡子。看到自己隱約浮現在鏡子裡的模樣，她不由得苦笑。

「好邋遢……」寬鬆的便宜歐巴桑洋裝、脂粉未施的臉，看起來既像大媽，又像高中生。

或許這樣也好，鈴愛再次深深嘆息。

這時，有條長長的影子慢慢移向鈴愛腳邊，她猛然抬起頭來。

律正從樓梯上下來，踩著慢條斯理的腳步，走向鈴愛。

兩人在月台正中央目不轉睛地看著對方。

「鈴愛。」律喊道。

沒有一絲笑意的臉上，是鈴愛未曾看過的成熟表情。

一九九五年　岐阜

在空無一人的夏蟲車站月台，律的腳步聲聽來格外響亮。

鈴愛傻傻看著律走下樓梯，緩緩靠近。

「鈴愛。」

律細細咀嚼般地喚了聲她的名字。光是這樣，就讓她打從心底暖了起來。

「律……」

兩人在月台正中央，面對面凝視著彼此。

時隔五年再相會，律的眼睛、鼻子、嘴巴仍是記憶中的形狀，一點兒都沒變，只不過板著臉的律看來有些成熟。或許是因為第一次見他穿西裝吧，這身打扮一如鈴愛從前想像過地那般挺拔。

她旋即想起自己身上是晴的寬鬆連身裙和露指涼鞋，一身家居打扮。都怪草太對她穿正式洋裝很有意見，問她是要去參加貴美香醫生的派對嗎？於是鈴愛故意選擇晴的家居服，此刻卻打從心底後悔了。

「啊……我穿這樣……頭髮這樣……也沒化妝……」

鈴愛按著頭髮，緊抓連身裙。

律卻似乎不以為意，眼神突然變得溫柔。「好久不見……」

鈴愛沒察覺到自己正貪婪注視著律。她有些緊張。如果是小時候……不，如果是五年前，她一定想都不想就跑上前，可是現在的她，卻連要走近一步都猶豫半天。

鄉下的電車班次很少。律要搭乘的下班電車，還要一段時間才會來。兩人從月台走進候車室，並肩坐在長椅上。

「我本來要穿的那件衣服是非常漂亮的黃色，聽說那叫亮黃色……」

「亮黃色。」

「牌子是鼎鼎大名的 REDAHAA。」

「REDAHAA。」

鈴愛的話匣子一開就說個不停，律則是偶爾魂不守舍地重複她的話。

鈴愛想要引他做些反應，所以不停說話。

「我為了今天砸下積蓄。」

「嗯。」

「可是啊，草太那個笨蛋卻用洗衣機洗我的 REDAHAA，還脫水十分鐘……結果衣服洗壞不能穿了。」

「嗯……」

鈴愛這番話原本是想要逗律笑，他的嘴角卻完全沒有牽動一下。

鈴愛很焦慮，湊近看向律的臉。「律，你在聽嗎？」

「對不起……我聽妳的聲音聽得太入迷了，好懷念的聲音……」

「你說這種話太犯規了。」

鈴愛的心裡一陣刺痛。不管她願不願意，都因自己這句話想起過去越界的事。律是我的——當時聽到清要她消失，鈴愛忍不住這樣回擊。她沒想到自己心中竟然有這種想法，而且這句話也扎扎實實一直存在她心底。

說出這句話之後，鈴愛和律就分開了。

「你過得好嗎？」鈴愛以若無其事的語氣問，嗓音有些沙啞。

律緩緩點頭。「嗯，還可以。我在京都念研究所。」

「我聽說了，你在做機器人研究吧，人形機器人？剛才貴美香醫生把有報導你的研究雜誌拿給我看。她給了我這個。」鈴愛從包包裡拿出雜誌給律看。

「是嗎……」

「啊，我也很努力呢。我當上漫畫家了，出了一部名叫《瞬間盛開》的漫畫，也在《非洲菊月刊》上連載。」

「我知道，我有看。」

聽到他的坦白，鈴愛錯愕地睜大眼。「騙人？」

「沒有騙妳，是真的。」

鈴愛晃著雙腳無法平靜。她心想，原來律一直在看著我；即使兩人分開，他仍然一直在看著我。這想法使她心底深處泛起了陣陣漣漪。

「和子女士很開心，在我們家、照相館裡放了好幾本妳的漫畫。啊，老爸說，改天他要幫妳拍作者近照，說會把妳拍得美若天仙……」

「不行，我老了，已經快要二十五歲了。」

「可以修圖。」律說得認真。

鈴愛霍然站起，在律的面前張開雙臂。

「律，你看清楚我這副模樣！我身上穿的是媽媽的連身裙，這是木田原時裝店的特價商品。腳上還套著涼鞋！我媽的涼鞋。」

「嗯，我也在想，妳居然敢穿這樣出門。」

「和你久別重逢，我卻穿成這個樣子！」鈴愛當場蹲下掩面，「好想躲起來。」她以細不可聞的聲音喃喃說著，下一秒卻靈光乍現，猛然站起大喊：「有了！」

她伸出自己的雙手，遮住律的雙眼。那股只差沒把腦袋撞過來的魄力，逼得原本一張撲克臉的律，也不自覺露出慌亂的表情往後退。

「哇！妳要做什麼？」

鈴愛拚命把雙手朝律的雙眼伸過去。「這樣就沒問題了，這樣子你就不會看到我了。快把我想像成美女！把我想像成長大變成漫畫家、漂亮又時髦的樣子！」

律用力揮開鈴愛的雙手。「別鬧了。」

鈴愛喘著氣，肩膀上下起伏。

律定睛注視身穿寬鬆連身裙、頂著素顏的青梅竹馬，感慨萬千地說：「妳還是一樣出人意表啊。」律的眼裡突然泛起淚光，哽咽著嗓音又說了一次：「出人意表。」

「律……你為什麼哭了？」

「我也不知道……」律看著手足無措的鈴愛，吐出這麼一句話。

律彷彿真的不知該何去何從，鈴愛第一次聽到他這樣無助的語氣。

敲擊車窗的聲響驚醒了菜生。

菜生送鈴愛到夏蟲車站，就把車子停在車站前的停車場等她。原本只打算閉眼假寐，卻不小心睡著了。

菜生揉揉眼睛，搖下車窗。車窗外，一身華麗西裝打扮、有如落魄相聲家的屠夫微笑站在那兒。他說是從貴美香醫生那兒聽說她在這裡。

菜生一邊解除副駕駛座的車門中控鎖，一邊說：「你今天的穿著還是一樣突兀。」

兩人沒有太多話好說。為了消磨時間，只好翻翻車上的嬰兒手冊。這本小冊子裡全都是貴美香醫生接生的嬰兒，但他們早已看過好幾遍，沒有打發時間的作用。

「妳要在這裡等多久？」屠夫大大伸了個懶腰問。

菜生看著夏蟲車站的方向，回答：「等到鈴愛回來。」

「她沒有回來，表示趕上了吧。」

菜生看看手掌大的時刻表，告訴屠夫下一班電車到站的時間。

「等她回來之後，打算做什麼？」

「我們大概會去燈火咖啡廳。」

「是嗎？這樣的話，我也一起去。」

菜生不禁想起高中時代，她與屠夫共謀，好幾次想撮合鈴愛與律兩人獨處；他們相信這兩人才是命中注定的一對。

「菜生，妳的車該洗一洗了，車窗玻璃好髒啊。」屠夫跟惡婆婆一樣用手指滑過車窗說。

「要你多事。」菜生不悅地把臉轉向一旁。

「害你的電車跑掉，對不起。」

走向候車室角落的自動販賣機時，鈴愛突然想到應該道歉。

律緩緩搖頭，瞥了一眼時刻表。他的眼淚已經止住了。

「沒關係，這樣正好。」

「嗯？」聽到律的喃喃自語，鈴愛忍不住抬起頭。「正好」是什麼意思？她有些好奇，但是待她來到自動販賣機前專注思索要喝什麼，很快就忘了這個問題。手裡拿著零錢的律很自然地把頭轉向左邊。鈴愛慢了一秒才來到律的左邊。

「為什麼我總覺得像這樣朝左邊一轉頭，就會看到妳站在那兒。」

「我告訴你為什麼，因為我的左耳聽不見，只有右耳能聽見，所以總是像這樣站在你的左邊。我從小就緊跟在你的左後方追著你跑。」

「原來如此，原來是這樣。妳要喝什麼？我請客。」

律以沒有鄉音的標準日語說著，語調自然到彷彿那才是自己的母語。明明他人就在自己從小生活的地方，卻像個來自遠方的異鄉客。鈴愛突然覺得難受。

「也不過就是請個一百塊錢的東西，跩什麼。」

「如果妳選奢侈奶茶的話，就是一百二十圓了。」

電車遲遲不來，他倆只得聊天打發時間。

為了避免冷場，鈴愛一邊喝著奢侈奶茶一邊尋找話題。奶茶一眨眼就喝光了，律也差不多同時喝完。他把空罐扔向一段距離外的垃圾桶裡。

「他高舉雙手，準備投球了！」鈴愛開著玩笑進行實況轉播。

律投出的空罐撞到垃圾桶邊緣，「匡啷」掉在地上。

「唉呀，可惜。」

聽到鈴愛這麼說，律聳聳肩，跑向垃圾桶撿起空罐扔進去。接著鈴愛也拋出空罐，可是空罐與垃圾桶的差距不止一星半點，根本朝著完全相反的方向飛去。

「不！」

鈴愛連忙撿起空罐扔進垃圾桶，然後坐回律的旁邊。她本想假裝沒事，卻莫名介意起兩人之間拉開的微妙距離。如果是以前，她一定會毫不猶豫地縮短這段距離。不，應該說從前的她根本不會意識到什麼距離。

「妳帶哨子來了。」律看著鈴愛掛在胸前的哨子說。

鈴愛微微點頭。

「吹來聽聽。」

「你就在我身邊，我為什麼要吹？我只在真正需要的時候吹。」

「是嗎？」

「你剛才聽到了？」

稍早，鈴愛對著準備搭上電車的律吹了哨子。

「嗯，遠遠聽到了。」

「是嗎……」

就像自己總是在找尋律的聲音，原來律也在找尋這個哨子的聲響。一思及此，鈴愛覺得自己似乎得到了救贖。

「不過，你真的很厲害。」鈴愛翻開刊登律報導的專業雜誌，佩服不已地說。

雜誌上的律看起來比眼前的律更帥氣。

「也不曉得和子女士為什麼要買一大堆。」

「這種東西，做父母的當然會買一大堆。」

鈴愛的這番說詞，完全根據自身經驗，充滿說服力。律聽了輕輕笑了笑，接著突然一臉嚴肅，靜靜地說：「五年前，我偷走了妳的夢想。」

「嗯？」

「在送妳回家那次七夕的回程上。」

鈴愛想起那次七夕。

她寫下「希望律成功發明機器人！」並把短籤綁在最醒目的地方，希望神明一下子就能看到。一想到律看過那張短籤，還為她實現了夢想，她的胸口逐漸湧上一股感動。

律翻找包包，拿出一張小紙片遞給鈴愛。藍色的紙片——就是當年那張藍色短籤。

鈴愛輕輕打開對摺的短籤，上頭有自己熟悉的字跡。希望律成功發明機器人！

實際看到這張短籤，五年前的往事也來到眼前，寫實得令人恐懼。

「我的夢想，實現了呢。謝謝你……」

「為什麼？該道謝的應該是我吧。」

「可是，你的夢想是實現我的夢想啊……」

兩人不自覺凝視對方。率先垂眸的是律。

「啊，對了。」鈴愛突然想到，把短籤夾進律的報導那頁。

「呃，當書籤？」

律看著她的舉動，稍微笑了笑。短籤看來的確很像書籤。

「夢想書籤，這是夢想實現的記號。」

鈴愛微笑，露出孩子般直率的笑容。

在車上，肚子有點餓的菜生和屠夫一起，一邊望著鈴愛和律所在的車站，一邊吃著甜麵包。想到自己的舉動好像正在埋伏跟監的刑警，菜生自己都覺得好笑。

「律和清分手了嗎？」

聽到菜生的提問，屠夫老實回答：「嗯，他們只交往了三年。」

「這樣啊，後來呢？」

「應該沒跟誰交往吧？我沒問過。」

「屠夫，你單身的時間跟你的歲數一樣久吧？」

「沒錯，隨著我的年紀愈大，沒有女朋友的年資也在持續更新中！」

屠夫在狹窄的車內舉起一隻手，理直氣壯地主張著。

菜生看著屠夫的眼神，就像在看一個丟人現眼的弟弟。她再次把視線轉回夏蟲車站。

如果律已經和清分手，怎麼沒有立刻聯絡鈴愛呢？菜生護友心切，瞬間產生這種想法。

可是仔細想想，律並不是因為和清交往，才和鈴愛分開，而是因為鈴愛越界了才分開的；因為鈴愛跨越了青梅竹馬的界線，說律是她的。

那麼，律為什麼回到梟町來呢？菜生心想。當然是為了慶祝貴美香醫生的六十大壽，但只是這樣嗎？律不可能沒有考慮過會遇到鈴愛，畢竟他很聰明。或許他找到了全新的界線，與之前被打破的界線不同，不是嗎？能夠讓兩人重新在一起的新界線。

兩人此刻在聊什麼呢？菜生不自覺帶著祈求的心情望向車站建築。

就快到下班電車到站的時間。

電車快來了，卻似乎沒有人要搭車，月台依舊空無一人。

律的包包擺在跨越鐵軌的天橋上，兩人正甩出手猜著拳。鈴愛出布，律出石頭。

鈴愛嘴裡說著：「鳳梨[3]。」一邊走下階梯。

她朝領先的律大喊：「剪刀石頭布！」律懶洋洋地出了石頭，再次輸給鈴愛的布。

「你怎麼又輸了。」鈴愛嘿嘿笑著，又說了一次「鳳梨」，同時衝下樓梯。

「妳真的覺得好玩嗎？」律看著一階階靠近自己的鈴愛，冷冷地說。

鈴愛雙手交握，往外一翻，回答：「只是打發時間，電車就快來了。」她從指縫間往外望，思考著下一步該出什麼。以打發時間來說，未免太認真。

「……鈴愛，我的工作確定了。」律冷不防說。

鈴愛鬆開外翻的雙手，看著階梯下方的律。

「嗯？」

「大阪菱松電機的中央研究所，我要去那裡打造機器人。」

「好了不起，那家公司不是很有名、很頂尖嗎？恭喜你！」

「謝謝。」

兩人一瞬間注視著彼此。

鈴愛開口：「剪刀石頭布！」律反射動作出了布，鈴愛出剪刀。

「我贏了！巧克力[4]。」

才說到「巧」，鈴愛已越過律站的位置，抵達階梯最下層。

「『克力』要折回來。」

聽到律這麼說，鈴愛回頭：「什麼，不會吧？」

「真的。」

鈴愛連忙折返，下一秒卻吹起一陣強風把她的頭髮往上捲，也啪啪掀開放在律包包上的雜誌，高高捲起夾在裡面的短籤。短籤就這樣乘風飛得又高又遠。

3. 鳳梨的日文開頭（pa），與剪刀石頭布的「布」同音。
4. 巧克力的日文開頭（cho），與剪刀石頭布的「剪刀」同音。

律轉頭看去，也注意到了。「啊……」

鈴愛衝上前想要追回短籤，卻一個不穩失去平衡。眼看就要順勢往後倒，律用力抓住她的胳膊拉住她。

「短籤……」即使失去平衡，鈴愛還是想要追回短籤。

律扶著她的肩膀。

「沒關係，反正夢想已經實現了，我也見到妳了。」

「律……」

律突然面對鈴愛，開口：「鈴愛，妳要不要嫁給我？」

聽到出乎意料的問題，鈴愛的一雙大眼圓睜。

他與她，從小玩過無數次表白遊戲。不管是認真表白或被表白，雙方都能立刻識破對方是在開玩笑，也不曾上當受騙。就是這樣的默契，讓他們樂在其中且覺得對方很特別。可這次不同，鈴愛馬上就明白這不是平常的玩笑。她心中的震撼，說明了律的表白是來真的。

一九九九年　東京 I

鈴愛望著窗外發呆，櫻花飄落。她注意到自己停下上墨線的動作，連忙再度動筆。

一九九九年世紀末，鈴愛已經二十七歲。再這樣下去，恐怕到二十一世紀她都無法結婚。鈴愛經常想起當年。

律在夏蟲車站向她求婚，已經是四年前的往事了。

「鈴愛，妳要不要嫁給我？」律表白後，接著說：「要不要跟我一起去京都？」

對於他的問題，鈴愛想也不想就回答：「對不起，我沒辦法。」

「啊……也是，我開玩笑的。」律立刻以看不出情緒的完美撲克臉回應。

「不對，我不是開玩笑，我是認真的，只是……我和妳不是那種關係吧。我們就像是同一天出生的兄妹，或者說靈魂伴侶。對不起，妳就忘了我剛剛說的吧。」

忘不了，也不是因為兩人「不是那種關係」。鈴愛喜歡律，肯定是，可能是……絕對是喜歡律。問題是，當時的她「沒辦法」去京都。

鈴愛那個時候在想，自己的漫畫作品沒有再刷，連載也陷入瓶頸。照理說夢想是實現了，她卻隱約察覺到自己快要溺死在夢想裡。所以，要成為獨當一面的漫畫家，眼下她必須做的是站穩腳步、拚命踢水才行。鈴愛相信自己的夢想，相信自己能夠實現夢想，因此她認為自己必須留在東京，留在秋風之家。

她的「沒辦法」是這個意思，卻在聽到律說「我和妳不是那種關係」時，半句解釋也說不出口。她很想告訴對方「我們不是『不是那種關係』」，但滑進月台的電車卻把律載走了。

而今，鈴愛留在秋風之家，原本是為了成為獨當一面的漫畫家；四年過去，她卻回鍋去當秋風老師的助手。

她的作品因為讀者問卷的排名急速下滑，被迫停止連載。原本擁有兩名助手的漫畫家，瞬間變成無業遊民。她以《蒲田進行曲》[5]裡，安次滾下池田屋樓梯的氣勢，一口氣摔下漫畫家的階梯。現在，她偶爾在搬家公司打工，同時擔任秋風老師的助手，勉強維生。

她一邊向秋風確認色調編號，一邊畫背景。鈴愛以遠比四年前更快、更正確的速度動著筆，同時窺看秋風的神色。

接下助手工作，她就獲准繼續住在秋風之家，因此她對老師只有感謝。然而每次畫著不是自己作品的漫畫原稿時，她還是一陣苦澀。

「啊——早知道我應該答應嫁人的！早知道那個時候應該對律說『YES』。」

鈴愛仰頭喝下面影咖啡廳老闆端來的啤酒，「咚」的一聲把少了半杯啤酒的玻璃杯粗魯地放在桌上。

「鈴愛，別一口氣喝光啊。」

小誠冷冷看著鈴愛，裕子則是沒好氣地嘆息。

5.《蒲田進行曲》：一九八二年上映的日本喜劇電影，獲得同年日本電影旬報年度十大佳片第一名、最佳導演、女主角、劇本。主角之一的安次滾下池田屋樓梯的橋段，為該電影的高潮之一。

「鈴愛，這些話我們已經聽妳說過幾百遍了，妳要後悔幾次才甘願呢？對吧，小酷？」

裕子拿吸管餵懷中的兒子小酷喝果汁，以甜膩的語氣喚著他。婚後的裕子少了從前的尖銳，鈴愛心想，她的婚姻生活應該過得很幸福吧。

「我真羨慕妳，有溫柔的老公和可愛的孩子，還不愁吃穿。」

鈴愛以氤氳的雙眸看向裕子。

裕子說：「哇，鈴愛開始發酒瘋了。」同時把兒子抱緊。

「妳當時為什麼不答應律的求婚呢？」小誠單手拿著紅茶杯，略偏著頭。

鈴愛怒喊：「還不都怪你們！裕子嫁人去了，小誠自立門戶……如果連我也離開，秋風老師豈不是太可憐了？枉費他那麼認真指導我們。」

鈴愛眼見裕子和小誠盯著自己，只好硬著頭皮招供：「對不起，我亂說的。」

「老實說，剛才說的原因只占其中百分之十三。」

「好少！」小誠忍不住調侃。

鈴愛縮縮脖子傻笑。「基本上我就是一個只顧慮到自己的人。」

「嗯，我想每個人基本上都是這樣。」裕子語氣冷淡地回應。

鈴愛再次猛仰頭灌下啤酒，一鼓作氣地說：「我現在，啊，我是指距離現在四年前的一九九五年……我在那個時間點認為，自己如果去了京都，就接不到工作了。」

「嗯，也是，想到要離開東京畫畫就會令人不安。」裕子頗為認同地點頭。

「而且，其實我以為自己的作品會愈賣愈好。」

小誠和裕子用力點頭。

「我想過，等到作品大賣時，我就要反過來向律求婚。」

「呃，這聽起來好像不太對。反過來求婚……又不是投籃比賽，誰先求婚又有什麼關係？」裕子說得有其道理。

「嗯，不過這也很像鈴愛的作風。」小誠笑著說：「想要掌握自己人生主導權的感覺。就像男同志堅持任何時候都不能露出腋下。假如不露腋下是身為男同志的信念，那麼掌握人生主導權，就是鈴愛的信念了。」

真是因為我想要掌握人生主導權嗎？鈴愛自己也不清楚，她只知道眼前的情況完全不是她原本預期的樣子。

「結果……為什麼會變成這樣？怎麼辦？我沒工作，年紀又漸漸大了……我覺得自己好像會就這樣進入三十歲、變成四十歲。早知道那個時候就不該拒絕律。」

鈴愛抱著腦袋亂撥頭髮。

小誠再次稍微偏頭，不解地問她當時為什麼回答律「對不起，我沒辦法」。

「妳那樣回答，不管在誰聽來都會認為是『我和你不會有譜』的意思。」

「我不是那個意思。」鈴愛趴在桌上，硬是擠出聲音說：「我的意思是『我現在沒辦法，等我的作品大賣之後我會去找你』。」

「妳為什麼不把整句話講完呢？」裕子不悅地說。

鈴愛用力咬唇。「我還沒來得及說出口，電車就來了，律也就搭上那輛電車回京都去了。」

裕子與小誠不約而同深深嘆息。

小誠突然看了看店裡的時鐘之後站起。

「啊，對不起，我該走了，等一下要和講談館出版社吃飯。」

「吃飯……要吃好料嗎……真羨慕你。」

鈴愛以陰沉的眼神看著小誠匆忙把包包背上肩膀，心想，裕子、小誠和我，我們三人原本一起生活，作著同樣的夢，並且為了夢想而努力。究竟是哪裡變了，才變成現在這樣呢？

鈴愛喝著加點的啤酒，這次她小口小口地舔著。

「我不能畫了……」鈴愛冷不防對裕子坦白。

裕子沒有驚訝。「因為分鏡沒有過關？」

「豈止分鏡沒有過關，我根本就畫不出來，沒有半點靈感。好痛苦。」

「鈴愛……改天我們去哪裡走走，放鬆心情好嗎？」

裕子微笑替鈴愛打氣，鈴愛惶惑不安地回以笑容。她不認為散散心就能改變自己現在這種停滯不前的狀態，但裕子的心意她很感激。

即使鈴愛的作品停止連載，晴每個月仍會購買《非洲菊月刊》。她很想直接問問鈴愛連載結束之後，現在是什麼狀態，但或許她在忙吧，電話總是打不通。晴快速翻著《非洲菊月刊》尋找鈴愛的漫畫作品，卻沒有找到。

她闔上雜誌嘆息。

「怎麼了？還是沒有嗎？」宇太郎以輕快的口吻問。

即使鈴愛的連載喊停，宇太郎的心情仍一如往常，沒有因此感到消沉。晴覺得他這種開朗個性在過去和現在都拯救了自己。她對宇太郎回以僵硬的笑容。

「嗯，真是的，究竟幾月分的月刊會有她的新作呢？」

「連載一旦被喊停，要再開新的連載不是那麼容易。」

草太把自己了解的情況說出來。

宇太郎安慰道：「那孩子正好可以趁機充充電吧？每個創作者一定都需要充電，誰教她是藝術家呢？」

「那個孩子才不是什麼藝術家……」聽到宇太郎的話，晴板著臉小聲說。

她相信鈴愛有作夢的能力，所以送她去東京，但是光有夢想就能夠帶給鈴愛幸福嗎？為了夢想捨棄掉所有一切，這真的是鈴愛的幸福嗎？

晴輕輕打開鈴愛房間的門，進入房內，坐在房間中央。

房間因為主人長期不在，蒙上一層薄薄的灰塵；也因為用來放置家中不用的物品，飄蕩著一股類似倉庫的寂寥氣氛。

晴慢慢翻著鈴愛留下的相簿。

細細看完最後一張照片後，她平靜地做出了決定——她決定替鈴愛安排相親，也決定寫信給秋風老師。

秋風在個人房間裡看信，是晴寫來的。

看得出來這封信反覆重寫了好幾次。看著上頭謹慎的字跡，秋風頻頻嘆氣，表情嚴肅。

「今天，我鼓起勇氣，拿起筆。

那孩子在我眼裡，只是一個沒有什麼值得一提、平凡卻非常率真且溫柔的人。她是我們唯一的女兒。

我也希望她能好好作夢。她可以在秋風老師身邊學習將近十年，而後出道，我已經很滿足了。

我是個平凡人，嫁給小食堂老闆，生下那孩子和她弟弟，養育他們長大。我的人生就只是這樣，但很幸福。我認為女人的幸福，還是要進入家庭生孩子，而非工作。我希望那個孩子也能夠抓住幸福的人生，即使平凡也沒關係。

有人想要找那個孩子相親，對象是我們本地信用金庫的課長，沒有結過婚，我認為是很不錯的婚事。那個孩子因為左耳聽不見，很早就放棄相親，但對方表態不介意。那孩子今年也二十八歲了。做父母的總有一天會死，比孩子早離世。

那孩子左耳聽不見，有人願意娶她，我就放心了。只要有人願意支持她，與她共度人生，我就能夠安心死去。請原諒一個鄉下母親上不了檯面的願望，儘管笑吧。隨信附上鈴愛相親對象的照片。

老師，我是那孩子的母親，也最清楚她與您不同，她不是能夠出人頭地的特殊人物。假如我們女兒找上老師您商量，請您……拜託您……老師，體諒我這個做母親的心情。

我一個無知的鄉下人做出這種無禮要求，真的很抱歉。

但我不懂藝術，我只希望那個孩子結婚生子。」

秋風讀到這裡，臉頰已經劃過一道淚痕。

他隨手擦去淚水，深深靠進椅背裡，仰望天空長長嘆息。

一如之前在面影咖啡廳說好的，鈴愛、裕子與她兒子三人去了橫濱中華街。鈴愛原本還半信半疑，只是外出走走，能夠改變什麼呢？但實際散散心之後，發現心情居然有了驚人的轉變，就像為原本緊閉的房間換上新鮮空氣。

她愉快地回到自己的房間，卻在打開一份大信封後，再度變得沉重。

信封裡是相親照和晴寫的信。

「這位先生在東美濃信用金庫擔任課長。

妳要不要帶著輕鬆的心情相個親呢？

我認為不是壞事。

母字」

鈴愛來回看著晴的信與相親照。「媽到底在想什麼？」

她隱約察覺到晴的擔心，也愧疚自己害她擔心，但這一招未免來得太突然。鈴愛沒有打開相親照，只是瞪著封面看；儘管她也好奇，然而一旦打開，感覺就像順從了晴的打算，她不願意如此。聽見敲門聲，她沒有多想就問：「誰？」

聽到秋風的聲音回答：「是我。」鈴愛連忙打開門。

「沒想到老師會過來秋風之家。」

「嗯，偶爾過來走走。」

秋風一邊說著一邊環顧鈴愛的房間，難得有些侷促不安。

「啊，對了、對了！我今天和裕子、小誠一起去了橫濱中華街，也買了東西給老師。」

鈴愛把中華街買的面具遞給秋風老師。他與目光炯炯的面具互瞪了好一會兒。

「那是小誠挑的。」

「是嗎？謝謝。」秋風稍微扯動嘴角微笑，開口道謝。

鈴愛沒把秋風的反應放在心上，只顧著繼續自說自話：「還有，老師，我看到橫濱的海就有了靈感。下一篇作品，標題是〈總有一天遇見你〉！你也覺得不錯吧？」

「嗯、嗯嗯……」

秋風很難判斷這個標題是錯還是不錯。

鈴愛倏地靠近秋風，眼睛閃閃發亮說：「老師，請再開一次秋風塾吧。反正你現在也需要增加新的助手，聽聽老師的漫畫教學很有用，而我也會找回初衷好好加油的！然後，我會讓編輯看看分鏡，畫好分格邊框！」

「怎麼？妳去了一趟中華街，心情似乎變得不錯。」

「幸虧有聽裕子的建議，小籠包也好好吃！」

兩人沉默了一陣。鈴愛見秋風說完要講的話，也沒有要走的樣子，不解地注視著他。秋風轉頭避開鈴愛的視線，連忙指著相親照。

「那個是什麼？」

「啊，是我媽失去正常判斷力寄來的東西。好笑吧，現在這時代了還相親，都什麼時代——」話還沒說完，鈴愛就因秋風突然戴上中華街面具而錯愕地住嘴。

「榆野，妳何不去試試相親？」

秋風隔著面具，模模糊糊地把無法當面說出口的話說完。

「什麼！」

見鈴愛驚訝，秋風拿掉面具再度認真開口：「妳何不去試試相親？」

鈴愛立刻垮下一張臉。「老師的意思是，要我放棄當漫畫家、回家鄉去嗎？」

「不是，我沒有說那種話的資格。妳已經是獨當一面的漫畫家了。獨當一面，這說得有點多餘。」

鈴愛緊咬嘴唇。即使明白秋風沒有那個意思，但這句話還是狠狠踩到鈴愛的痛處。沒在畫漫畫的漫畫家，算什麼獨當一面的漫畫家，只是無業遊民罷了。

秋風把雜誌遞給鈴愛，告訴她有一份雜誌占卜專欄的插畫工作。需要的只是很小、沒人會注意到的插畫。鈴愛更加用力抿緊嘴唇。儘管她知道這也是必須有人做的重要工作，但她在不自覺中養出的無用自尊，卻因此受傷了。

「啊，這不是現在的妳應該做的工作。抱歉，忘了吧……」

秋風打算收回雜誌，鈴愛卻死命抓住。

「我做，這個我做！我可以辭掉搬家公司的打工！雖然搬家公司的時薪算起來更高，不過還是畫插畫比較好，至少跟畫漫畫類似。」

鈴愛勉強擠出微笑，那是騙子獨有的、格外耀眼的笑容。

「我怎麼可能考慮相親呢？」

鈴愛此刻仍拚命維持著快要偽裝不下去的笑。

「我會繼續努力畫漫畫！」

「妳剛才說的標題是，呃，〈一定要見到你〉？」

「是〈總有一天遇見你〉。」

「抱歉。那個先畫出分鏡給我看看吧，久違的秋風塾重新開張！」

「遵命！」鈴愛臉上洋溢著真心的笑容。

秋風看著她的臉，輕輕點頭。「妳若能畫出好作品，就能夠爭取到頁數。」

「是！」

「還有，楡野，這是最後的機會了。」

「咦？」

「我的意思是，妳最好帶著這種心情去創作。」

「是！」

秋風朝她伸出手，鈴愛不解。

「那麼，相親照就先由我替妳保管著。」

「呃……」

「如果妳有其他選擇，就不會盡全力了吧。」

「不是，我本來就沒有考慮過相親。」

說是這樣說，她卻無論如何都不肯放開手上的相親照，與秋風互相拉扯著。

「不看比較好。如果是又胖又禿的大叔，妳就會認清現實，明白現在找上妳相親的水準就是這種程度。反之，萬一是福山雅治那種長相，妳就會想要辭掉漫畫家這份鳥工作。」

鈴愛放鬆手上的力氣。「我就不看照片，交給老師了。」

「我就收下了。」說完，秋風抱著相親照和中華街面具離開。

望著他的背影，鈴愛在心中反覆說——這是最後的機會了。

首先，必須讓秋風看看〈總有一天遇見你〉的分鏡。鈴愛立刻開始行動，趁著助手工作的空檔整理靈感、做筆記。

她不想浪費時間睡覺，飯也沒有好好吃，埋頭努力著，但很快就卡關了。靈感還是靈感，沒有變成故事，不管她花多少時間想破頭還是不成。她隱約清楚自己再繼續這樣浪費時間也不會有用，於是完全束手無策的她找上裕子求救。她要裕子來當自己的助手，卻幾乎沒有工作能夠讓她幫忙。

總之，鈴愛一心企盼能與裕子談談，找尋一些靈感。

「標題叫〈總有一天遇見你〉嗎？很有感覺！」

裕子看了〈總有一天遇見你〉的筆記之後說。

鈴愛原本對於〈總有一天遇見你〉這個點子有些沒把握，聽到裕子這句話，開心得差點掉眼淚。她很快就得意忘形起來，猖狂地說：「對吧？」

「妳很有想法，」裕子一手托腮想了想，說，「妳總是很有想法，問題出在整個故事架構。妳的弱點在於——河裡有桃子咚隆隆地漂過來，緊接著河裡有顆西瓜咚隆隆地漂過來，再來就是一顆哈密瓜咚隆隆地漂過來，那桃太郎呢？」

「不會有桃太郎，我的漫畫就是這樣。」鈴愛沮喪地說。

她自己也隱約有感覺，只是裕子用「桃太郎」來打比方，讓她更加明白這個問題的嚴重性。鈴愛難過地想像著水果一顆接著一顆不斷地漂過去。

「追究起來，我就連個起承轉合、結局都沒有，最後結束在整條河都是水果！我無法寫出全面性的劇本，所以吸引不了讀者，問卷調查也因此落後，使得連載中止，所以——」

「所以？」

鈴愛從書桌抽屜拿出橫線筆記本給裕子看。她有好幾本封面誇張裝飾著電影照片、貼紙和插畫的筆記本。

「我嘗試把喜歡的電影寫成劇本。每個短篇故事的順序也是看這個就很清楚。」

裕子小心翼翼翻開筆記本。內容整理出摘要簡介、劇情轉捩點的重要短篇等，而且到處都有鈴愛畫的電影場面插畫。

「真沒想到妳一直在做這種東西。」

「嗯，自從妳離職之後。我知道我的弱點在這裡，所以做了這個。」

「了不起，鈴愛，妳一邊連載〈瞬間盛開〉一邊做這種東西嗎？妳的時間還真多啊……」

「沒有，時間根本不夠用，所以我為了節省吃飯時間，只用能量棒和牛奶打發一餐。」

「能量棒？」

「均衡營養的食品。」

「嗯。」

「連泡麵的三分鐘我也等不了。我不喜歡工作被打斷，為了不浪費時間上廁所，我就穿著紙尿褲工作。」

聽完鈴愛不以為意揭露的刻苦生活，裕子忍不住皺起眉頭。但她沒有要博取人同情的意思，對鈴愛來說，這些都只是不想浪費時間所採取的舉措而已，沒有更深層或更淺層的意義。這些刻苦不算什麼，寫不出劇本更悲慘。

「我發現自己就快要三十歲了，在這一行已經快要十年了。所以我想把〈總有一天遇見你〉當成最後一次機會。」

「嗯，如果有什麼我能幫忙的，妳儘管告訴我，我會替妳加油。總之今天就先從畫框線開始吧。」

「對不起，我沒有錢，請不起助手。」

見鈴愛深深鞠躬，裕子笑著說：「就等妳大紅之後再付薪水給我吧。」

裕子既然願意出面幫忙，表示她相信自己，鈴愛對此很開心。為了裕子，也為了自己，她在心中發誓，這次無論如何都要拿到連載機會。

「小酷今天去哪兒了？」鈴愛問早早開始動工的裕子。

裕子動著筆，回答：「啊，我請我媽幫忙顧著。」

「咦，妳媽？」鈴愛忍不住反問。

雖然沒有聽裕子親口說過，不過她記得裕子和母親的感情不怎麼好。

裕子注意到鈴愛的表情，難為情地笑了笑。

「嗯，好像生了孩子，人就會變。我們現在處得還不錯。」

「妳也變了不是嗎？」鈴愛說。

「呃……哪裡變了？」

「變成媽媽的表情，很棒的表情喔。」

「有嗎？」裕子靦腆笑了笑。

鈴愛覺得她這樣的表情很美。有了自己的歸屬後，人就會露出這麼溫柔的微笑嗎？

「好，我們加油。」鈴愛重新替自己打氣。

她應該待的地方是這裡；為了繼續待在這，她必須畫出漫畫，而且是好漫畫。

裕子目光溫和地看著奮力動筆亂畫的鈴愛，輕輕點頭說：「嗯！」

秋風在自己的房間裡振筆疾書。不是在畫漫畫也不是在畫分鏡，他在寫信。

「楡野晴女士，您好，謝謝您前些日子的來信。

我與令千金談過之後，了解她仍有強烈的意願想當漫畫家……」

秋風的字跡行雲流水，寫到這裡停住，接著嘆了口氣，把信紙揉成一團。

「在創作新作品嗎？」菱本泡茶過來，開口問。

「不是，我在回信……前一陣子的信。有點難寫。」

「即使是秋風老師這麼有文采的人也覺得難寫呀？」

「文采贏不了父母的愛……」

秋風喝下一口茶，那茶一如往常完全符合他的喜好。

「看完那封信，我……反省了一下，這才意識到，我這是霸占了人家的女兒，從她高中畢業到現在，已經整整十年了。」

「那都是鈴愛自願的。她崇拜老師的漫畫，懷抱夢想，自己主動來到這裡。」

「鈴愛有鈴愛的想法，但做母親的也有做母親的想法。」

「您說得……也沒錯。」秋風也有秋風的想法，菱本溫柔同意他的話。

她知道秋風對小誠放下身段，拜託他幫忙引介講談館出版社的編輯；也知道秋風拜託那位編輯給鈴愛一次短篇漫畫的機會，而不是由他出馬。

「我希望她這次的漫畫能夠成功，也算為了她的母親……」

「明白。」菱本默默在秋風遞過來的茶杯裡倒入紅茶。

書桌上的分鏡畫到一半，就這樣擺著。

鈴愛完全停下手上的動作，直直瞪著分鏡。她鼓勵自己，總之先隨意畫點什麼吧，否則沒有個起頭，卻什麼也畫不出來。什麼也想不出來，腦子一片空白。

鈴愛直盯著分鏡瞧，咬下左手握著的一整條長羊羹。她的右手沒有動作，只有左手在動。羊羹變得愈來愈短。

「不對！」鈴愛把分鏡揉成一團亂扔。

「嗚——畫不出來，看不出來，看不到接下來的發展！」

鈴愛仰頭一躺，在地上躺成大字形，就這樣專心吃著羊羹。羊羹終於只剩下一口大小，鈴愛隨手把剩下的羊羹扔進嘴裡。

「有點噁心，我又吃多了。」

她覺得想吐。鈴愛朝著床蠕動過去，一臉泫然欲泣的表情，蒙頭躲進棉被裡。

畫不出來的時候，她總愛攝取大量的甜食，接著就去睡覺。從畫連載漫畫那時起就是這樣。大概是因為腦子被迫做了超過自身負荷的工作吧。糖分是腦的汽油；因為大腦被超越本身能力的工作量狠操，需要吃下大約一條羊羹才能補回來。但即使她補充了汽油，工作量仍超過原本能力所能負荷，於是大腦強制關機了。

鈴愛揉著沉重的胃緩和不適，逐漸睡去。

即使在夢裡，她仍然在自己的房間裡畫漫畫。她把沾水筆插進墨水瓶準備畫線，卻什麼也畫不出來。明明移動了筆，卻沒有沾上墨水。鈴愛很慌亂，再次把沾水筆插進墨水瓶中，但仍舊沒有沾上墨水。

反覆試了好幾次都沒有沾上墨水，鈴愛焦急地把手指插進墨水瓶中。手指沾上了墨色。明明用沾水筆試了好幾次都沾不上，此刻墨水卻把手指染黑。

叮叮叮叮，鬧鐘聲響起。鈴愛立刻睜開眼。

「啊，截稿日。現在幾點?!」鬧鐘繼續響著。她弄不清楚這會兒究竟是幾點，連忙看看鬧鐘，發現是半夜三點。

「原來是夢……我在作夢。不行，繼續睡下去又會作惡夢。我得起來、得起來……」

但她贏不了瞌睡蟲，眼睛逐漸閉上，又再度作夢。這次，夢裡仍在畫漫畫。只是與剛才不同，這次畫得很順利，沒有迷惘也沒有苦惱，能行雲流水地畫出來。

「太棒了，今天畫得超順。」

鈴愛想把沾水筆插進墨水瓶沾墨水，卻沾到旁邊杯子裡的咖啡，她甚至拿起墨水瓶誤喝了墨水。

夢到這裡醒來。鈴愛舉起雙手遮眼，哀怨嘆息。「好無趣，連作的夢都這麼無趣，我根本沒有才華。必須起來不可，必須起來……」

無奈瞌睡蟲再度來襲，鈴愛敗給了睡意。

這次夢的舞台不再是自己的房間，而是杉菜食堂。

宇太郎和晴拿出陳列在食堂書櫃上的《瞬間盛開》。

鈴愛問他們在做什麼，宇太郎回答：「我們店明年起就要變成圖書館了。」晴則是以鈴愛第一次聽到的標準日語說：「沒人借閱的書要丟掉，以免占空間。」

仙吉雙手抱著《瞬間盛開》從店後側出來，說：「沒辦法，這些得報廢了。」

「呼喲喲，報廢！爺爺怎麼會曉得這麼難的詞?!」

三人無視吃驚的鈴愛，清理掉每本《瞬間盛開》。

接下來廉子也登場了，突然貼心地說：「至少要留下一本吧？」

「小氣，應該留三本啊！」

鈴愛這樣拜託廉子，卻也終於反應過來廉子不該出現在自己面前。

「奶奶妳怎麼會在這裡？妳不是過世了嗎？」她小聲說完，猛然抬頭。

「是夢吧？是夢嗎？我這是在作夢吧！」

鈴愛深信這是作夢，要求廉子賞她一巴掌。

「現在不是作夢的時候，快點起來畫分鏡，給我起來！」

此時，突然出現一位背光、看不到長相的男子。

「鈴愛！別管分鏡了，我來接妳了。」

「你是誰？」

「我是東美濃信用金庫的課長。」

「原來是我的相親對象，好耀眼！」

男子背後的光芒太炫目，鈴愛頭昏眼花，忍不住抬手去擋。

這時，她醒了。鈴愛喘著氣坐起來，渾身冷汗弄得一身溼。

窗外燦爛的晨光直接照在她的臉上。

「我睡著了。」

時鐘指著六點。

鈴愛醒來時，秋風已經出現在工作室裡優雅地喝著咖啡。

雙胞胎來到他跟前，整齊劃一地說：「我們拿郵件過來了。」

秋風酷酷地回應：「謝謝。」接過昨天送到的郵件。

他固定在早上檢查郵件。若是利用工作空檔查看，就無法保持專注。秋風一邊喝著咖啡，一邊查看。雖說是查看，不過大多還是在沒有打開的情況下就交給菱本去處理。這個查看動作只是在確認有沒有需要自行處理的郵件。

他翻看郵件的手突然停住。

一張印著收件人與寄件人名字的明信片映入眼簾。

寄件人是「萩尾律、萩尾賴子」。

秋風不禁懷疑自己的眼睛，但是寄件人的確是萩尾律、萩尾賴子。

他連忙翻到明信片背面。背面的照片上，是穿著燕尾服的律與新娘禮服打扮的女人。照片底下清楚印著「Just Married」字樣。

「新婚。」秋風茫然說著。沒弄錯的話，這是律的結婚通知明信片。

收到律的結婚通知明信片後，秋風簡直像捧著快炸開的氣球般驚恐。該說慶幸嗎？幸好他這天沒有安排鈴愛擔任助手。她應該正在自己的房間裡完成秋風介紹的雜誌占卜頁小插畫。

秋風也沒有做自己的工作。他進了休閒室，卻無心打撞球或玩俄羅斯方塊。就在他焦慮地到處打轉時，菱本通知他裕子來了。

裕子過來當鈴愛的漫畫助手。秋風請菱本告訴她，無論如何先過來休閒室一趟。裕子無比懷念地走進休閒室，還帶上小誠一起。已經是暢銷漫畫家的小誠，照理說忙自己的工作都沒時間睡覺了，不過他說剛交稿，所以過來幫鈴愛的忙。

「怎麼連小誠也來了？」

秋風沒好氣地把臉轉向一邊，說話的語氣卻有些開心。

「老師，好久不見。」兩人齊聲問候。

雙胞胎端出咖啡招待兩人。小誠看著雙胞胎，無比懷念地瞇起雙眼。

「妳們還是沒變呢。」

雙胞胎露出完全一樣的笑容，以同樣角度優雅鞠躬後，快速退出休閒室。

「說什麼還是沒變，她們兩人也和你們一樣經過了這些年，都二十八歲了。仔細看還會發現她們的眼角上長出皺紋……」

秋風望著雙胞胎離去的方向，喃喃說。

「想想也該考慮嫁人了。待在這裡，年紀愈來愈大……」

秋風的腦海中掠過晴那封信的內容。

他考量到鈴愛的心情，支持她在漫畫家之路上重新站起，但此刻他仍懷疑自己這樣做是否正確。回過神來，才發現裕子和小誠正一臉好奇地看著他。

秋風稍微咳了咳，破題說道：「其實……我有點事情想找你們商量。」

裕子和小誠同時往前傾，秋風把律的結婚通知明信片放在兩人面前。

裕子立刻反應過來，錯愕屏息。「這是……」

「什麼，律結婚了？」小誠拿起明信片，悲傷嘆氣。

「為什麼受到打擊的人是你？」裕子冷冷說。

「啊，沒事沒事。」小誠擺擺手企圖掩飾，把明信片放回茶几上。

「就是這件事……」秋風雙臂抱胸，注視著明信片嚴肅地說。

一看到明信片，兩人就已察覺秋風打算商量的內容是什麼。他們想起正在努力繪製占卜頁插畫的鈴愛。休閒室裡氣氛沉重，一陣沉默。

「不過，我說他老婆……」小誠死盯著明信片，突然開口，接著稍微偏著頭，卻說得一針見血：「很難形容……以律的結婚對象來說，不覺得太路人了嗎？」

裕子也「嗯」一聲認同點頭。「鈴愛比她可愛一百倍。」

「啊，我沒注意到這個。」秋風再次拿起明信片看看女方的臉。即使鈴愛可愛一百倍這句話裡有裕子的偏袒，新娘的長相確實乏善可陳。

「的確……」小誠愕然呼吸一窒，雙手遮住嘴巴。

「這該不會是『非自願結婚』吧？」

「什麼是非自願結婚？」秋風不解問道。

小誠故意以演話劇般誇張的口吻解釋：「假設一個男人因為某些原因，在精神上變得有點脆弱，而這原因通常其實就是被真心喜歡的女孩子給甩了。」

「是嗎。」

「這種時候，當有另外一個女人出現，大力施壓。」

「是。」

「對了，這時施壓方式就是重點。」

「這種情況與女人猛烈追求男人有點不同。」裕子補充。

小誠重重點頭，彷彿在說這補充來得正是時候。

裕子繼續說道：「這個萬分期待與男人結婚的女人，從男人身邊逐步進攻。親戚、父母，一個不妙連公司上司都包括在內，逐一攻陷他身邊的人際關係。在男人沒發覺時，這個女人已經與男人的父母相處融洽，還送給未來的婆婆手織小毯子蓋腿保暖用。」

「或者是烤麵包送去男人的公司。」

聽到小誠這麼說，秋風不解偏首問：「麵包？」

裕子用力點頭。「沒錯，這種心機女就是在以前偶像劇會演的『關鍵』時刻，帶著關東煮上門，不讓完治去見莉香。只不過現在是帶著麵包上門。」

「麵包女！」

「嘴裡還說著：『我不小心做太多麵包了。』這樣！」

小誠扭著身子扮演麵包女，旋即又緊握拳頭恨恨地說：「哪有可能麵包做太多！」

「女人藉由與周遭其他人打好關係，不知不覺把兩人的關係往結婚的方向帶。」

「最後，女人的父親突然找上門，語帶威脅地問：『喂喂，你打算怎麼辦？你會和我們家女兒結婚吧？』其實新娘私底下早就預約好婚宴場地，劈頭就問：『你覺得赤坂皇家飯店的楓之間宴會廳和王國大飯店，哪一個好？』要你二選一。於是結婚就成了板上釘釘的事。」

裕子和小誠的話聽來很像是某處的都市傳說，秋風忍不住發抖。

「真有這種事嗎？」只是誇大其詞吧？秋風扯唇笑著。

裕子卻一臉嚴肅，不留情面地說：「老師，你太天真了。你或許在漫畫界是天才，可是在現實生活中卻只有幼幼班程度。」

秋風無法反駁，虛脫地靠著撞球檯。

「所以等到新郎發現時，人已經在夏威夷，乘著馬車往婚宴會場去了。」

小誠望著半空，彷彿從那兒能夠望見什麼。

「啊？剛才不是說赤坂皇家飯店嗎？」秋風一本正經地吐槽。

裕子反駁：「那只是打比方。」

「而男人到這個時候才終於覺醒——我為什麼在夏威夷這種大太陽底下，穿著白色燕尾服乘坐馬車？身旁是身穿白紗、一臉得意的新娘。」

「如果女方是那種人的話……」

秋風再次看向明信片上女方的容貌。女人的模樣文靜親切，看起來的確像會送麵包去公司的樣子。不過她真的會設下陷阱，以婚姻束縛男人嗎？這點倒是看不出來。

「我是不清楚原因啦，可是她連老師這邊都特地寄明信片過來通知結婚消息，感覺很像是想要讓更多人知道『律是我的』，哪怕是多一個人也好。」

小誠強力主張。他這番熱血發言聽來莫名有說服力，令人不禁懷疑他是否曾實際被這種型的女人拋棄過。

秋風忍不住喃喃自語：「原來如此。」

「唉，先不提他們是怎麼結婚的……重點是，榆野還不曉得律結婚的消息吧？還沒有從岐阜那邊聽說嗎？」

「我猜她應該還不曉得。畢竟鈴愛的嘴巴比棉花還鬆，她如果得知消息，一定會跑來跟我說：『裕子妳聽我說、聽我說。』」

「這樣啊。」

點頭的瞬間，秋風「啊」的一聲，腦海中閃過一件事。「我懂了……怪不得榆野的母親寄相親照給榆野，原來是這個緣故，因為律結婚了。」

晴是故意不把律結婚的消息告訴鈴愛吧。但是既然晴知道了，鈴愛得知消息也只是時間早晚的問題。有沒有辦法在她聽到之前，先以婉轉的方式告訴她呢？

看到秋風焦慮地來回踱步，小誠惶恐地提醒他，鈴愛那兒會不會已經收到同樣的明信片了？

秋風僵在原地。

「這張明信片……也會寄給榆野嗎？」

「是的。以這位新娘來說，很有可能這麼做。」裕子也點頭。

秋風再次拿起明信片。照片上的新娘看來笑容可掬，秋風卻覺得毛骨悚然。

鈴愛穿著鬆垮垮的衛生衣，抓抓幾天沒洗的頭，坐在書桌前。她接到的插畫工作是畫占卜頁的星座標誌。儘管她知道要印在雜誌上的只是非常小的圖案，她還是有身為職業漫畫家的面子，因此畫出了超乎必要的精緻插畫。

她差點就要超過截稿日才完成稿子。放下筆的瞬間，鈴愛全身虛脫無力。

好想睡好想睡，腦袋又沉又痛。可是不能睡，她必須完成〈總有一天遇見你〉的分鏡，這才是她的正職工作。時間被插畫工作占去而沒有畫漫畫，原來就本末倒置了。然而即使她再次面對停在一半就沒有進度的分鏡，還是想不出後續要如何發展。

「莉歐與祥太偶然在祭典這天相遇，莉歐聽見祥太的聲音，心想：『這一定是祥太……』於是大叫：『祥太！』祥太回過頭。」

鈴愛站起來實際扮演莉歐與祥太。到這裡都有具體的畫面，感覺不壞。問題是接下來。照理說應該要猶如偶像劇般相逢，鈴愛腦海中的莉歐與祥太卻站著不動。鈴愛強迫自己變成莉歐與祥太，硬是擠出台詞。

「祥太?!莉歐?!這些日子過得如何？過得好嗎？」

她回到桌前，直接把嘴裡的台詞寫進分鏡。用嘴巴說的時候就已經覺得呆板，寫成文字之後，台詞看起來更空洞。

「不對！這樣講好蠢。」

鈴愛把分鏡揉成一團拋出去。地板上散落著無數紙團，猶如花田。

「這些日子過得如何？過得好嗎？……改用岐阜腔來說還不是一樣，無趣的台詞還是一樣無趣。」她再次把用岐阜腔寫的分鏡揉成一團，隨手一拋。

鈴愛雙手抱頭，緊揪頭髮。「怎麼辦？真的想不出來，腦子裡一片空白。」

好痛苦，自己腦海中沒有半個故事。她一想到自己或許沒有才華，就覺得一陣冷。即使換個想法告訴自己，不可以拿才華這種含糊字眼當藉口，但想不出來就是想不出來。她心想，既然練習畫排線這種事情，只要努力就能夠學會，點子也只要努力就能夠想出來。

「以前點子都會接二連三冒出來……祥太?!莉歐?!馬車從兩人之間通過。呃，這是哪個時代啊？不對，不行！而且我不會畫馬車……咦，祥太發現莉歐了？那個，不是、不是莉歐嗎？嗯？莉歐果然也看見祥太，在哪邊在哪邊？不行，我的腦袋愈想愈古怪了！」鈴愛把頭髮抓得亂七八糟。

叮咚——這時候門鈴響起。

「啊，來了來了。應該是來拿星座插圖原稿吧。」

鈴愛以一頭亂髮和衛生衣的姿態，毫不猶豫地走向秋風之家的玄關，把剛完成的星座插畫原稿交給宅配大哥。

「收到，感謝。還有這個包裹，因為妳剛才不在。」

宅配大哥交給她一個紙箱。鈴愛一直都待在房間裡，只是睡死了才會沒聽見有宅配上門。紙箱是晴寄來的。

鈴愛用腋下挾著紙箱，順手把塞滿信箱的信件和報紙拿出來後，搔搔穿著衛生褲的屁股，走回房間去。她把紙箱和郵件一股腦兒放在桌上，就往冰箱走去，拿出一大盒優格，直接用大湯匙挖著吃。

她隨手翻開報紙，看了看朱鷺寶寶誕生[6]的消息，卻連一個字也沒看進眼裡。

「怎麼辦，一點頭緒也沒有。」

她大手一揮，把報紙放到一旁，再次看著分鏡。

「兩人在夏季祭典上聽見彼此的聲音，重逢。到這裡都很好，接下來……怎麼處理？啊！有沒有人可以幫我想呢？」她重重嘆了一口氣，丟開分鏡。

6. 一九九九年五月，新潟縣的佐渡朱鷺保護中心，成功孵化出人工繁殖的瀕危鳥類朱鷺。由於日本的朱鷺當時已接近滅絕，再加上這是日本首次人工繁殖朱鷺成功，日本國民對此十分重視。

事到如今，她才深深明白自己當初把〈神的備忘錄〉點子讓給小誠時，秋風盛怒的原因，也懂了什麼叫「妳總有一天會遇到熱切渴望靈感的時候」。

她再次嘆息，下一秒瞥見一旁的紙箱。

「媽媽寄了什麼東西給我呢？」

鈴愛起身找剪刀，準備打開紙箱。剛交稿的書桌亂到不行，找了半天還是沒找到剪刀。她把報紙挪開，把分鏡移開，正要把書桌上的郵件也拿開，卻愣住，停下手上的動作。

在廣告傳單和帳單底下，隱約可見一張明信片，稍微可以看到部分白紗的裙襬。鈴愛還沒有反應過來那是裙襬，卻有一股不祥的預感。

從出生以來，截至目前為止，最不祥的預感。

她戰戰兢兢挪開上面的郵件，看到律與穿著新娘禮服的陌生女人的照片，還有「Just Married」的字樣。

看到完整的明信片的瞬間，鈴愛屏住呼吸。

鈴愛拿出最近才辦的手機，慢吞吞按下杉菜食堂的電話號碼。電話響了幾聲後，她聽到晴熟悉的嗓音。

「媽，我是鈴愛。」

「啊，鈴愛。怎麼了？最近好嗎？」

「嗯……還可以，我收到妳寄來的東西了。」

鈴愛以空洞的語氣回答，臉色蒼白。

晴沒有察覺鈴愛的異狀，以為她因為很久沒打來而雀躍。

「啊，寄到了嗎？我拿到朴葉，所以想說可以做朴葉壽司寄給妳，結果一不留神就寄了一大堆莫名其妙的東西過去。」晴笑著說。

「還有爺爺田裡的高麗菜、滷小芋頭，五平餅也放進去了。」

「對不起……我還沒有打開來看。」

結果紙箱就這麼擺著，還沒有拆開。

「怎麼了？妳快點拆開看看啊。妳很忙吧，要冰的東西記得放冰箱。」

「嗯，我很期待開箱……」

「妳怎麼了？」晴終於注意到鈴愛心不在焉的反應，開口問。

鈴愛的餘光盯著明信片的白色禮服，語氣冷冷地問：「媽，律他結婚了？」

晴沒有回答，只隱約聽見她嚥了嚥口水的聲音。

沒有回答就是回答，兩人之間橫亙著又深又暗的沉默。

「律結婚了？」

鈴愛不理會凝重的沉默，又問了一次。她的問話聽來落寞。

一陣安靜，就在她以為得不到答案時，晴回答了。「嗯，結婚了。」

她的嗓音有著不自然的開朗高亢。

「什麼時候結的婚呢？上個月吧。我忘記跟妳說……」

「是嗎……」

「婚禮在京都舉行。他不是從京都大學的研究所畢業後，就進入大阪的菱松電機嗎？和子說，女方是公司那邊的……櫃檯小姐。」

「這樣啊。」

律在夏蟲車站說過的話，再次迴蕩在鈴愛的腦海裡。那天，律問：「妳要不要嫁給我？」他對明信片照片上的女人，也說了同樣的話吧。這個想法使鈴愛很難受。

「他不是有養烏龜嗎？」晴提起。

「妳是說象龜嗎？」

「嗯，聽說那隻烏龜去年死掉了。」

「嗯……」

「大概是因為這樣覺得孤單就結婚了……」

「媽，妳在開玩笑嗎？」

聽到鈴愛的嗓音嘶啞，晴連忙否認：「不不，不是，和子也是這麼說的……」

「算了。」鈴愛無力地低語。

突然想起自己當時回答：「對不起，我沒辦法。」她勉強扯出一抹笑容。這笑容固然難看，但多虧如此，她才能勉強心平氣和地開口說話。

「不過律能夠結婚真的太好了。那傢伙從小就是個怪咖，又是理工宅，我還以為他結不了婚呢。」

聽到電話那頭，鈴愛的聲音中滲出藏也藏不住的悲傷，晴死咬著嘴唇。

「對不起，媽，我得繼續去畫分鏡了，掛電話了。」

「啊、呃、嗯！」

「謝謝妳，我會好好享用，也幫我跟大家問好。」

鈴愛掛掉電話，拿著好不容易找到的剪刀打開紙箱，機械式地把寄來的食物塞進冰箱。昏暗的廚房裡，冰箱淡淡的燈光照在她面無表情的臉上。肚子一點也不餓，但鈴愛還是從寄來的食物中拿了幾樣擺在餐桌上。

她對晴的料理本該懷念不已，卻嘗不出任何滋味。

鈴愛伸出筷子夾起滷小芋頭。就在她把小芋頭切成兩半時，淚水突然湧了上來。眼淚一旦滿溢出來就停不下來，沾溼了她的臉頰與脖子。

鈴愛緊握筷子，在切成兩半的小芋頭前放聲大哭。

休閒室裡，秋風正在打電話。裕子和小誠戰戰兢兢聽著來電答鈴等待著。要如何告訴鈴愛有關律結婚的消息呢？如果她已經知情，又該如何反應？秋風煩惱到最後有些自暴自棄，決定直接問問另一位當事者，也就是律本人。

「老師，你是來真的嗎？」

裕子表示，這麼做已經是侵犯他人的私領域了。但秋風豎起食指抵唇，要裕子閉嘴。

秋風這通電話，是打去律工作的菱松電機。

在這個時代，民眾對於個資還不夠謹慎。秋風自稱是律的大學教授，彬彬有禮地希望對方代為轉個電話，電話就直接轉到律那邊去了。

老師究竟打算說什麼？裕子和小誠擔心得要命，秋風也沒理會他們，對律表明自己是漫畫家秋風羽織。

「啊……老師！好久不見。」

「很抱歉突然打電話找你。」

說著，秋風將電話轉成擴音，接著朝裕子和小誠意有所指地挑眉。儘管他們兩人覺得不該聽老師與律的對話，卻又輸給好奇心，輕輕點頭。

「我收到明信片了……就是你的結婚通知。」

「啊，居然連老師那邊也寄了……」

律的語氣有些疲憊與無奈。由此可知，他事先並不曉得明信片的事。

裕子和小誠面面相覷，彼此重重點頭。

「太好了，這是喜事。恭喜恭喜。」

「謝謝你。所以老師是為此特地打電話過來嗎？真是我的榮幸。」

他說這話的語氣親切，給人精英上班族的感覺。秋風的來電應當會使他不自覺想起鈴愛，這會兒卻察覺不到他有半點情緒上的波動。

「嗯，恭喜。我很替你高興……是沒錯，不過有件事我想問一下。唉，呃，那個，該怎麼說，要說我像是家長，或者該說我就是好奇，總之有一件事情想要問問你。」

秋風百般猶豫之後，還是開門見山地問了最想知道的事：「你的結婚對象不是鈴愛？」

「老師……」律壓低了聲音，「啊，老師，你能否等我一下？」

他說要換個沒人的地方繼續談。在聽著轉接電話的等待音樂時，秋風吐氣。

「老師，你的問題……好直接啊。」

小誠緊緊摀著心臟，語帶責怪。「總覺得有點緊張。」

秋風說得氣定神閒，又不安地看著電話。

過了一會兒，就聽到律在沒人的地方重新拿起電話的聲音。

「抱歉，讓你久等了，我是萩尾。」

在一瞬間的安靜之後，律平靜地說：「那個，鈴愛拒絕我了。」

「什麼？」秋風驚呼。

老早就聽鈴愛說過上百遍的裕子和小誠，則是沉默低著頭。

「我要她嫁給我，她對我說沒辦法。」

「沒辦法……」

「對。既然她說沒辦法，我想我們就是沒可能了。她不是說讓她考慮看看，也不是說給她一點時間，而是沒辦法。」

裕子忍不住想大喊——不是，那是誤會！鈴愛說的沒辦法不是那個意思。旁邊的小誠按住裕子的嘴，她的聲音傳不到律那兒。裕子呻吟掙扎著，想要擺脫小誠的手。

「老師，我偶爾會想起你告訴我的話。」

律的嗓音沉穩，語氣中的無奈卻刺進秋風心中某個柔軟的地方。他突然關掉擴音，拿起無線電話，走到裕子的聲音傳不過來的房間角落。

「在那個能夠看到無齒翼龍的中庭裡。」

聽到這句話，秋風立刻想起自己與律兩人談話的那晚。當時，律悄悄離開速寫課聚餐，來到外面。

「我說了什麼？」

「你的意思差不多是，人生雖然會遭遇許許多多事情，但只要真心誠意地活著，就沒有白費。一切的經歷都是為了未來做準備。」

「我確實說過。」秋風記得自己的確說過這段話。

「老實說，我曾在想，自己的人生為什麼會發生這麼悲傷的事情。被鈴愛拒絕，當時真的很痛苦。」他的語氣淡然，也有些自嘲，反而讓人感覺到律的心有多痛。

「我為了鈴愛，當然也有一部分是為了自己，在十九歲的七夕那天，找到鈴愛寫的短籤，實現她的夢想。」

「啊，那張深藍色短籤的事我也知道。」

「我當時還太年輕，花了不少時間才發覺自己的心意。可是，在夏蟲車站與鈴愛重逢時……」

律告訴秋風那張短籤被風吹走的事，也說了自己告白的事。當時，鈴愛想去追短籤，卻失去平衡跌倒。扶住鈴愛的那瞬間，他開口問：「妳要不要嫁給我。」

「儘管我們的夢想飛走了，但我想要抓住鈴愛。」律對自己所說的話稍微笑了笑。「啊，抱歉，我說得很難懂吧。」

「沒事，我覺得你說得很好。」

「可是她的回答是『No』。」

「是嗎？」

「是的，老師。」律笑著，彷彿在講什麼天經地義的事情，說：「在我走過那段痛苦時期之後，我決定與賴子在一起。無論任何時候，她總是在我身邊。至於鈴愛，我今後將會以遠方老友的身分為她加油。」

秋風聽到電話那頭，有人在喊律的名字。

「抱歉，老師，我要去開會了……」

「啊，好好，在你這麼忙的時候打電話給你真是抱歉。」

「老師，我很期待你的漫畫新作。啊，另外就是……」律有些支支吾吾，「最近似乎沒看到鈴愛發表漫畫……」

「用不著擔心。」秋風連忙掛保證，「敬請期待，她的作品將會在下個月講談館出版社的《月刊艾美》上發表。」

律鬆了一口氣，道謝後掛上電話。

秋風把無線電話放回充電器上，重重嘆了一口氣。

他心想，不管是為了律還是為了鈴愛，都必須讓〈總有一天遇見你〉完成。如今秋風能夠做的，只有這件事。

裕子甩開小誠的阻攔，逼近秋風。

她主張要把鈴愛「沒辦法」的真正含意告訴律，解開雙方的誤會。

秋風卻舉起一隻手阻止她。「人生呢，是一條單行道，無法回頭重來。即使鈴愛對律說的那句『沒辦法』不是那個意思，即使其中有誤會，也已經太遲了。」

「太遲了嗎？」裕子以悲傷的表情詢問，彷彿這是她自己的事。

秋風肯定地點點頭。「律已經結婚了，也打算在人生路上繼續向前走。現在把真相告訴他已經沒有意義了。他有自己的人生要過。」

直到打電話之前，秋風也認為或許還有轉圜的餘地；儘管結婚這個事實太沉重，但如果雙方都有意願，又有某些奇蹟出現的話，或許他們還有機會——秋風的心裡也有這樣超現實的期待，因此他才會問律：「你的結婚對象不是鈴愛？」

可是，律已經完全走出來了。對於「痛苦」，他用的是「當時」，這表示在他心中，那些全都過去了吧。不，是他花了些時間，才讓那些痛苦成為過去。

「老師……」

「已經過去的真相，無法贏過此刻的現實。每個人都活在現在，而未來也將要繼續活著。我們無法活在昨天，只能活在明天。」

裕子不甘心咬著下唇，小誠碰碰她的手臂安慰她。

連裕子都這麼難過，鈴愛要是知道的話，會做出什麼反應呢？回到整件事的最初，秋風想要與裕子、小誠重新商量如何告訴鈴愛這消息。這時，雙胞胎戰戰兢兢走過來。

她們先道歉偷聽到秋風等人的談話，並報告她們去看過了鈴愛的狀況。兩人說，一想到鈴愛是不是也收到了明信片，就突然對於她沒有出現在奇妙仙子工作室覺得擔心。

一聽到雙胞胎說按了幾次電鈴，鈴愛都沒有來開門，秋風與裕子等人面面相覷。平時鈴愛為了畫分鏡或工作，經常躲在房間裡好幾天都不會現身，不過這次他們卻有很不好的預感。

秋風等人趕往鈴愛的房間喊著她的名字，也按了好幾次電鈴，然而情況正如雙胞胎所說的，房裡沒有任何反應。叫門聲與電鈴聲空洞地迴蕩在無人的房間裡。

沒有主人的房間餐桌上，仍靜靜擺著用筷子切成兩半的滷小芋頭。

擴音喇叭播放著童謠〈晚霞漸淡〉的旋律，告訴大家現在時間是傍晚五點。

鈴愛聽著遠處傳來那有些分叉的尖高樂聲，在住宅區裡走著。

她手裡拿著律的結婚通知明信片。

鈴愛單憑著明信片上的地址就跑來大阪。她換掉了身上的衛生衣，卻因為沒錢也沒時間買新衣服，所以身上的衣服很舊，上半身與下半身的搭配也不協調。不過，此刻的鈴愛也沒那個閒工夫去在意打扮。

她確認了好幾次指示牌上的地圖與電線桿編號，找尋律的家。她在住宅區裡打轉，終於找到位在那個地址的房子。那棟獨門獨院的新屋有著耀眼的白牆，很有新婚的感覺。

「就是這裡……」

鈴愛茫然注視著這棟房子。她沒有打算按電鈴。

她只是過來看看。具體而言要看什麼也不清楚，但她覺得必須親眼確認律已經結婚。就在這時候，通往院子的玻璃門打開，一個女人走出來，手腳俐落開始收衣服。她收下男性內褲和睡衣，接著收下自己的內衣。

鈴愛就像鬼壓床般，雙眼一瞬也不瞬地盯著她的舉動。

女人收下所有晾乾衣物後，注意到鈴愛的視線，把頭轉過來。那張臉就像女兒節娃娃般普通，五官也不是太深刻，毫無疑問就是結婚通知明信片照片裡的女人——賴子。

兩人四目交會。既然視線對上了，就沒法裝作沒發生。

鈴愛下意識開口：「請問……」

「有事？」抱著洗衣籃的賴子文靜地偏著頭。看到她充滿資深家庭主婦的冷靜氣質，鈴愛不自覺畏縮。

「請問這附近……這附近有便利商店嗎？」

鈴愛想不出接下來該說什麼，就隨口說了痛苦的腦海中第一個浮現的問句。

「便利商店在車站附近有，不過……」

「這樣啊……」

「您不是從那個方向過來的嗎？」賴子這句質疑很合理。

「我錯過了沒看到。」

鈴愛硬是擠出笑容，但賴子沒有笑。她冷靜的小眼睛緊盯著鈴愛的臉，像是在掃描鈴愛的所有情報，彷彿藉此就能看穿一切：她與律的關係、她的分鏡進展不順、皮膚乾燥還素顏。鈴愛莫名覺得害怕，又往後退了一步。

「謝謝。」她順勢要轉身走向車站，賴子突然語氣雀躍地喊住她。

「啊，難道妳是律的朋友？」

「咦……」鈴愛不自覺回過頭。

「妳手上那張明信片該不會……」

對方發現鈴愛拿著結婚通知明信片。

鈴愛僵在原地。「因、因為他說我來到附近的話，請務必過來坐坐……」

縱使知道自己先是假裝成找便利商店的路人，接著又說這種話，未免太不自然，鈴愛卻也只能這麼說。

「方便的話，請進來等他吧，律就快回來了。」賴子面帶笑容說著。

那張看來從容不迫的笑容，彷彿在告訴所有人鈴愛是外人。

鈴愛的腦子變得一片空白。她動著比構思分鏡時更空白的腦子，思索如何逃走。冷汗溼了她整個背。這時，站在原地不動的鈴愛突然聽到熟悉的聲音。

「賴子、賴子，你們家裡有砂糖嗎？我買到不錯的鰈魚，想用燉的。」

那是和子的聲音。聽見那聲音中的溫柔，鈴愛受到的打擊比看到賴子長相那瞬間還要大。

「啊，我這就過去。」賴子回應和子之後，再次朝鈴愛微笑。

「我婆婆，律的母親也來了，如果方便的話——」

「不了，啊，對不起！沒關係。再見！我必須、我必須去便利商店。」

鈴愛像發燒亂講話般叨念著便利商店，落荒而逃。她的確是逃走了，她害怕被賴子喊住所以拚命往前跑。

她很想繼續跑下去，但缺乏運動的身體發出慘叫。鈴愛停下腳步大口喘氣。

在她過來之前，也想過自己一定會覺得很可悲吧。她是為了變得可悲，才故意過來的。

沒想到現實卻比她想像中，可悲數百倍。

秋風等人拿著備用鑰匙進入鈴愛房間，確定她不在家。

房裡沒有留下遺書。餐桌上吃到一半的料理就這樣擺著，簡直像是犯罪現場。裕子和小誠擔心她是不是吃飯吃到一半被人擄走，立刻就想打電話報警，都被秋風擋了下來。

「榆野的確很有可能吃飯吃到一半就臨時決定出門。」

裕子等人也覺得有可能。沒頭沒腦就突然採取行動，是鈴愛的特殊技能。

此時，剛結束與講談館出版社會議的菱本走進來。她和平常一樣沉著冷靜，不過腳步還是比平常要亂了些。

「我聽雙胞胎說了，她們說鈴愛失蹤了？」

菱本稍早在開會時談到，如果鈴愛這次能夠順利在截稿日之前交稿，就有機會開連載。

這是秋風斡旋來的機會。只是編輯在考量鈴愛的漫畫潛力時，比想像中更嚴謹。

「偏在這麼重要時候……」菱本呻吟。

鈴愛五天後就必須交稿了。

「這些可以收掉了吧？」

看到已經乾掉的滷小芋頭和白飯，小誠問。

秋風隨意點點頭。「這些不是現場證據，收掉也無妨。再說明信片有沒有寄到楡野這兒，我們也不清楚。或許她只是剛好出門了。」

秋風這樣說著，拿起鈴愛書桌上的分鏡。看著看著，眉間蹙起深深的皺紋。

「我們要解決的問題，反而應該是這邊。」

「分鏡嗎？還沒有完成嗎？」

秋風一語不發把分鏡遞給小誠，雙手支著書桌沉吟。

「這個分鏡是什麼東西？根本不成故事啊！」翻著分鏡的小誠難過地垂眸。

「楡野已經江郎才盡了嗎？」

「老師！」聽到秋風的話，菱本輕斥。

「會不會是聽到律結婚的緣故呢？」秋風想找理由說服自己，於是想到什麼就說什麼。

小誠搖頭。「老師，這個分鏡是她在得知結婚消息之前就畫的，而且老師，鈴愛的作品最近一直都是這種感覺。」

「你是什麼意思？」

聽到小誠的話，秋風霍然起身，以冷冽的眼神瞪著他。即使「江郎才盡」是他自己說的，卻無法忍受別人否定鈴愛。

「老師，把榆野的分鏡拿給小誠看的人是你。」菱本一聲輕斥。

「也對……是我沒注意，抱歉。」

小誠捧著鈴愛的分鏡僵在原地。秋風吐出一口氣，朝他鞠躬道歉。

「在這種重要的時候，那個傢伙到底去哪兒了？」

這次秋風把憤怒的矛頭指向鈴愛。

「我去附近找找。」裕子說完就跑出房間。

這附近鈴愛會去的地方不多。她首先前往面影咖啡廳。

鈴愛離開家裡時還是早上，等她回過神來，已經晚上了。鈴愛幾乎才踏上大阪的土地，就折回東京。她推開面影咖啡廳的大門。

門上才響起「鏘啷」的鈴聲，就見老闆跑過來。

「鈴愛！」

「晚安。」鈴愛心不在焉地回應。

老闆安心地鬆了一口氣。

「太好了，剛才裕子來過，她很擔心地在找妳。我立刻幫妳聯絡她。」

鈴愛慢吞吞找出自己的手機，找了半天才發現手機早就沒電關機了。

「啊，真是的！」焦急的老闆用店裡的電話打去奇妙仙子工作室。

鈴愛失神地望著老闆的舉動。

「為什麼這麼緊張……是因為快到截稿日了嗎？我又不會逃走。」

鈴愛自言自語般喃喃說著。

「你好，我是面影咖啡廳的老闆。鈴愛來了來了。嗯，還活著。嗯，有點、不太有精神的感覺……不過不要緊。」

「老闆，你有紙嗎？」

正在講電話的老闆聽到鈴愛突然這麼問，轉頭看去。只見原本在發呆的鈴愛突然變得很緊張。老闆忍不住按住電話，問：「妳要衛生紙嗎？」

「只要不會暈開的紙都可以，我要畫分鏡。」

鈴愛連笑都沒笑，簡單扼要說完要說的話。

看到她非比尋常的樣子，老闆掛了電話，連忙替鈴愛找紙過來。

接到面影咖啡廳老闆來電通知鈴愛平安無事，裕子和小誠鬆了一口氣，安心了。但秋風眉間的皺紋非但沒有消失，反而變得更深。

他看過菱本幫他找來、刊有鈴愛作品的雜誌。在〈瞬間盛開〉後，鈴愛繪製的短篇漫畫不是太多。漫畫很快就看完了。

「有夠糟……這個，小誠，你看過了嗎？」

「是……」

「小宮，妳呢？」

「是，我也看過了。之前也覺得很擔心。」

她的反常如此清楚可見，之前怎麼可能沒有注意到呢？鈴愛所畫的每一格漫畫，彷彿都在痛苦吶喊。

「〈瞬間盛開〉我讀到了最後，當時的情況沒有這麼慘。你們跟她談過她的這種情況嗎？」

裕子和小誠同時搖頭。

「那傢伙沒有發現自己畫不出來嗎？」

「她有說過自己畫不出來，也似乎為此很痛苦。」

聽到裕子的話，秋風重重嘆息。即使是暢銷漫畫家，他也明白畫不出來的痛苦。

所有人凝視著鈴愛的漫畫，沉默著。

「榆野現在人在面影咖啡廳畫分鏡嗎？」在漫長的沉默後，秋風問。

原本低著頭的裕子立刻抬頭並點頭。「是的，老闆剛才有打電話來。」

「只能祈禱了，我想相信她……」

聽到秋風堅定的語氣，裕子和小誠也雙手合十祈禱著。

鈴愛大口吃下草莓鮮奶油蛋糕，又用叉子舀起半塊熔岩巧克力蛋糕，硬是塞進嘴裡。她甚至把咖啡杯拉過來，機械式地放入好幾匙砂糖。

這場面光看就令人溢胃酸，老闆也忍不住上前制止。鈴愛卻以空洞的表情說：「我需要糖分啊。糖分不足的話，我的腦袋就無法運轉。老闆，我還要蒙布朗。」

老闆不再多說什麼，繼續把蒙布朗端給她。

鈴愛大口吃著蛋糕，面對著老闆準備好的白紙。空白的影印紙上仍空無一物。

「吃到覺得好噁心，卻還是什麼靈感也沒有……」

才華這種東西很殘酷，文思泉湧的時候就像溫泉水般氾濫，止也止不住；然而某個時候，又像放了三天的氣球般萎縮，而且萎縮後，幾乎就不會再膨脹了……

投入再多能量，鈴愛的腦袋還是沒有啟動的跡象，只有胃酸燒灼的感覺更旺盛。胃是滿的，自己的腦袋卻一片空白。鈴愛因絕望而臉色蒼白，儘管如此，仍咬牙握著筆。

她勉強畫出分鏡，回到奇妙仙子工作室時已經是深夜。平常這時間秋風早已休息，鈴愛仍希望他幫忙看看分鏡，所以往工作室去。沒想到不止秋風在場，裕子、小誠、菱本也都在。他們都很擔心鈴愛，為了她勉強留下來。

秋風問她去了哪裡，鈴愛老實回答。

「妳說妳去見律的老婆？」秋風大聲驚呼。

鈴愛在錯愕的秋風面前抬頭挺胸。「這麼一來我才能夠畫出好作品！」

鈴愛頂著亂糟糟頭髮、穿著皺巴巴的衣服，一如面影咖啡廳老闆所云，看來落魄寒酸，唯有那雙眼充滿熱情，閃閃發光。

「老師，你之前不是對我說過嗎？」

她那莫名高亢開朗的語氣聽來格外駭人。秋風等人膽戰心驚地注視著她，彷彿正看著負傷的野生動物。

「你叫我不要逃避痛苦，你說痛苦之中存在著真實，所以我試著將自己逼入絕境，試著在自己的傷口抹鹽。我想知道，在看過律的、律結婚後的生活之後，會有什麼樣的心情？會受什麼樣的傷？」

「妳說妳是為了漫畫才這樣做的嗎？」

「沒有其他原因！」鈴愛高聲回答。

「我可以畫出好作品！我剛才在面影咖啡廳一口氣畫好分鏡了，請看！」

秋風立刻看起鈴愛遞過去的分鏡。裕子和小誠屏息等待他的反應。鈴愛也看著秋風，但她的眼裡沒有老師。她不在現實世界裡，而是在故事的世界；她在想的，只有故事的後續。自己只有這個了，只剩下這個了，所以，鈴愛死命抓住這個扭曲且充滿破綻的故事。

鈴愛甚至面帶淺笑。秋風當著她的面看完分鏡。

「啊，嗯。還不錯不是嗎？歸結得很好。」

聽到秋風的話，鈴愛的微笑消失。秋風把分鏡還給她，沒有看向她的眼睛。

「嗯，就用這個上墨線——」

「老師，為什麼？」

「嗯？」

「為什麼？為什麼你不像以前那樣，說這是垃圾，像烏鴉羽毛般把這些丟出去？」

鈴愛雙眼炯炯逼近秋風。他以悲傷的神情面對著鈴愛的視線。

「為什麼？」一想到他不再把自己視為漫畫家認真看待，鈴愛哭了起來。

「這些就是垃圾，不是嗎？」她把分鏡舉到秋風面前，「你為什麼不再像以前那樣，告訴我：『律結婚了又有什麼關係，畫出來啊楡野！面對那股心痛，別逃避！』你為什麼不這麼說！」

秋風無法回答。鈴愛第一次看到他無話可說。

「因為你已經放棄我了嗎？」她的眼中聚滿淚水，再次發問：「因為同情我畫不出來嗎？你看過我之前的分鏡了吧？」

「這個比之前的好。」

「只是從兩個一樣爛的東西裡面，勉強挑一個稍微好一點的吧？」

她發現自己的語氣像在逼供。

「鈴愛，妳不能因為自己畫不出來就遷怒老師。」

聽到裕子出言教訓，鈴愛反射性怒吼：「要妳管！」又說，「妳這個逃兵，懂什麼！」

鈴愛也不知道原來自己心中放著這句話。當聽到這句話從她嘴裡吐出來時，裕子怒歪了臉，同時也撕裂了鈴愛自己的心。

「鈴愛！」

小誠的警告，引來鈴愛勾唇澀笑。

「暢銷漫畫家小誠也高高在上地要來嘲笑我了嗎？」

已經無法收拾了。分明是自己的嘴，鈴愛卻無法控制住自己。

「楡野，大家等在這裡也是因為擔心妳啊。」

「妳給我把那句『逃兵』收回去，氣死我了。」

菱本還在輕斥，一旁的裕子惡狠狠靠近鈴愛。兩人貼得極近，彼此互瞪。

「唉呀，小宮，妳別也跳下去攪和。」菱本抱頭。

鈴愛對著裕子衝動宣布：「我也要去嫁人，有人找我相親。」

「那件事已經取消了，阿姨稍早打電話來說了。」

晴打電話來秋風之家，說鈴愛得知律結婚的消息後變得不太對勁，手機也打不通。接到那通電話的裕子聽晴說相親取消，原本想另外找機會告訴鈴愛，現在卻怒上心頭，和盤托出。

她被「逃兵」兩字深深刺傷。

「什麼？」

「阿姨那位信用金庫的先生已經找到其他對象，還說反正妳要畫漫畫。」

鈴愛雙手緊緊握拳。

「耳朵嗎？是因為我的左耳聽不見，所以婚事取消嗎？所以是這麼一回事嗎？」

「沒有人那麼說！」

「裕子妳懂什麼！我這個夏天就二十八歲了，卻還沒嫁人也沒有男朋友。漫畫之路也陷入瓶頸！結婚生子又有錢的裕子妳懂什麼？我、我一無所有！」

一想到自己連律也失去了，她的淚水就像失控般湧出。

「鈴愛，冷靜點，妳稍微冷靜下來好不好？」

小誠緊摟著鈴愛顫抖的肩膀。鈴愛也由他摟著，淚水不停地流。她接過菱本靜靜遞過來的面紙擦眼淚。

「說完了嗎？」秋風面無表情地說，「我對一無所有的楡野有個提議。」

鈴愛充滿防備，不曉得秋風接下來要說什麼。

「去畫漫畫。」秋風對她說，「這個分鏡是垃圾，妳之前畫的分鏡也是垃圾，所以就照妳以前的方式，不先畫分鏡，直接正式動筆如何？就像妳第一次畫漫畫時那樣。」

聽到秋風的話，鈴愛想起高中的夏天，熬通宵畫出第一部漫畫的過往。

那個夏天，鈴愛因為律的關係接觸到秋風的漫畫作品。受到那個世界、那些台詞觸動，她原本空乏的人生，因此有了夢想。

「無論經歷多少事，妳都不會忘記吧？一切都始於那一刻的心動。」

當年打動鈴愛心靈的台詞，如今也依然撼動著她的心。

哭腫的眼皮底下，雙眼熠熠生輝；與剛才的強烈目光不同，現在的光芒曖曖但純粹。

「老師，我畫。」鈴愛以認真的表情一口答應。

「老師，您為什麼……」

秋風坐在房間的書桌前，菱本送上咖啡時順口發問。

不畫分鏡，直接把腦子裡想到的東西畫成正式的原稿，這種做法一旦發生失誤，便很難修正，所以鈴愛也盡量學著不這麼做。

但秋風不痛不癢地聳聳肩。「那傢伙已經沒有工作排程的觀念了，現在才要開始重新畫分鏡一定來不及。至於結果如何，只能看老天爺了。」

「老師，您現在打算做什麼？」桌面上放著秋風平時畫分鏡用的白紙。

他乍然一笑。「只是塗塗鴉。」

希望這可以只是單純的塗鴉，不會派上用場。

秋風喝下咖啡，開始動筆。他的筆觸行雲流水，彷彿老早計畫好，沒有半點遲疑。

還剩下五天截稿。鈴愛做好慷慨赴義的心理準備，面對自己的書桌。

小誠輕聲開口：「鈴愛，我們就在對面房間等著，妳完成的原稿儘管交給我們，我們會幫忙畫背景什麼的，把原稿潤飾完成。」

小誠和裕子他們自己也很忙，卻仍然每天過來幫忙。

「裕子，妳家裡沒關係嗎？小酷不要緊嗎？」

「嗯，沒關係。我老公和爸媽都會幫忙顧著，也可以請保母。鈴愛，在妳畫完之前，我會陪著妳。」

「對，我也會每天過來。還剩下五天，時間有限，無論如何硬著頭皮上吧。」

「謝謝你們……」她被這份恩情所感動，泛出淚水。

一想起自己方才說了些什麼鬼話，此刻更覺得過意不去。裕子不是漫畫的逃兵，她只是選擇了不當漫畫家的人生。可是說她逃走多少也是事實，所以絕對不可以說破。

「裕子，剛才是我說得太過分，對不起，還有小誠也是……」

鈴愛離座朝他們兩人頻頻鞠躬。裕子一把抓住鈴愛的胳膊，把她強行拉回書桌前。

「鈴愛，我們隨時都可以重修舊好，妳趕快畫。」

鈴愛抬起盈滿淚水的雙眼看向裕子。

裕子對她堅定微笑。「要吵幾次架都可以，因為我們永遠能夠和好。」

「是呀，鈴愛。我和裕子最喜歡妳了，我們一定會為妳加油。」

鈴愛的雙眼被淚水模糊了視線，看不清面前的空白畫紙。

她老是仗恃著裕子和小誠的縱容，也老是仗恃秋風和律的縱容。自己今後要以什麼回報身邊這些人呢？至少眼前必須把漫畫完成不可。鈴愛握住鉛筆。不願枉費秋風，還有裕子與小誠的心意。

她憑著這樣的心情，拚命動著動不了的手。

與心願背道而馳，〈總有一天遇見你〉很快就畫不下去了。莉歐在夏季祭典上聽到祥太的聲音，竭力大聲呼喚他，兩人重逢——直到這裡還沒問題，問題是鈴愛始終想不出接下來的發展，無論如何也無法有個定案。

「哪邊……下一個場景在哪邊？神社境內，兩人以前去過的河濱？天橋上，隧道裡，公園的鞦韆？要選哪邊，我不曉得啦！」鈴愛徹底陷入恐慌。

所謂的創作，就是從無數選項中不斷選出唯一選項的過程。光是一個舞台設定，也有無數個選項；每個選項都可以是正確答案，也可以是錯誤答案。鈴愛無法做出決定。

「算了……場所哪裡都可以，選個容易畫的地方就好，沒時間了。祥太在這裡要對莉歐說什麼？妳都沒變，還是一樣漂亮。祥太你也是，變成熟了……這啥！跟隨處可見的狗血媽媽劇沒兩樣！台詞好呆板。」

看看時鐘，已經半夜三點了。鈴愛拖著身子往床的方向爬行。

「一下下就好……」她緩緩閉上眼睛。

「老天爺啊……請幫幫我。」鈴愛喃喃自語。

不曉得為什麼，腦海裡浮現賴子的身影。賴子落落大方地偏著頭，嘴裡說著：「便利商店在車站附近有，不過……」臉上的表情比實際記憶中更可恨。鈴愛用力閉上眼，想要驅趕她的身影，就這麼睡著了。

夢裡，鈴愛置身在分不清上下左右的黑暗中。她匍匐在地，伸手找尋方向，卻連自己前進的方向有沒有出口都不曉得。害怕的她，面前突然出現一艘白船。鈴愛的表情瞬間燦然，起身就朝著船走去。

船，只要搭上那艘船……我只要搭上那艘船就能獲救，她這麼想。

她不自覺加快腳步，再幾步路就能夠抵達白船。才這麼想，下一秒，船就消失無蹤。

宛如海市蜃樓。

鈴愛睜眼醒來，仰望天花板，心想自己愈想要抓住靈感就愈抓不住。儘管如此，她還是非抓住不可。鈴愛打起精神從床上回到桌前。

一看到空白稿紙，她就想要逃回床上去，但她仍強迫自己握住畫筆。

同樣的情況重複發生了好幾次，就這樣經過四天，明天就是截稿日了。明天早上，講談館出版社的編輯就會直接來奇妙仙子工作室拿原稿，問題是原稿尚未完成。如果只是潤飾尚未完成也就罷了，目前的情況，卻是連故事該如何發展都還沒決定。

已經沒有時間猶豫了。照理說鈴愛應該坐在桌前，畫出故事的後續發展，卻不曉得什麼時候睡得跟死人一樣。她被裕子搖醒。

還沒回神的鈴愛仰望裕子，臉上沒有半分表情。

裕子忍不住開口問：「妳沒事吧？」

「啊，對了！裕子，接下來的劇情、接下來的劇情，妳覺得怎麼安排比較好？有沒有想到什麼好台詞或小插曲？」鈴愛把睡著前畫好的原稿給裕子看。

「對不起，鈴愛，我退出漫畫圈已經四年，沒有編劇能力了。」

裕子溫和又半帶無奈地說。

「這樣啊，」鈴愛含糊說，「原來如此。啊，那我去問小誠。小誠！人在工作室吧？」

「對。」

鈴愛打算帶著原稿過去，又停下腳步。「妳怎麼不阻止我？」

裕子一臉苦澀看著鈴愛。

「我可以讓小誠幫我想接下來的劇情嗎？」鈴愛問。

連這種事都決定不了實在不像話，但她已經不曉得該怎麼辦了。

「找他商量無所謂吧。」

「如果我找秋風老師呢？」

「有什麼關係？這次找大家一起集思廣益，下次──」

「沒有下次！」鈴愛大叫，「沒有什麼下次！」

聽到她痛苦的叫喊，裕子扭曲面容。這個孩子已經不行了嗎？她擔心也同情鈴愛。

鈴愛看到裕子忐忑不安的反應，表情倏然一變，改以充滿幹勁、目光炯炯的眼神再度坐回桌前。「現在，就是現在！我現在必須努力，這是最後機會了！」

裕子愕然睜大雙眼，看著態度突然變積極的鈴愛。她對鈴愛的鬥志感到驚訝，同時也覺得心疼。

「妳去工作室等我，我畫好了就拿過去。」鈴愛莫名開朗對裕子說。

裕子點頭，靜靜離開房間。她坐在桌前拿起畫筆。

時間所剩無幾，這是最後最後的機會了，鈴愛在心中不斷複誦，拚命在白紙上畫線。

截稿日這天早上，一到約定的九點整，講談館出版社的編輯就出現在奇妙仙子工作室。

「我們約好今天早上拿稿，還沒有完成嗎？」編輯不耐煩地看了好幾次時鐘。

菱本拚命低頭鞠躬，說：「再等一下，請再等一下……」

這時鈴愛人在桌前，手沒在動，桌上的原稿仍是進行到一半的狀態。

畫不出來，儘管如此她還是盯著白紙，握著畫筆。

身後的手機響起。鈴愛回頭，想也沒想就接起電話。

「你好。」

「啊，鈴愛？我是律。」

她的呼吸一窒。「啊……」姑且先出聲音回應，下一秒，她「啊！」的一聲，想到該不會是跑去大阪的事情被知道了吧。

「前不久秋風老師打電話給我，聽說結婚通知也寄到你們那邊去了。」

「嗯。」

看來賴子沒有向律透露半點口風。鈴愛拍拍胸口鬆了一口氣。

「咦？你怎麼曉得我的手機號碼？」

「我問屠夫的。」

「這樣啊……」

「對了，那個，我結婚了。」

「恭喜你。」

「謝謝。我聽秋風老師說，下一期的《月刊艾美》會有妳的作品。我很期待。」

這樣溫柔的一句話，就像利刃般刺進鈴愛的心臟。

「嗯……」

「啊，我正在去公司上班的路上。我的電車來了。」

「嗯。啊，律！」鈴愛對著就要掛掉的電話那頭，用力一喊。

「嗯？怎麼了？」

「告訴我電車的顏色，那是什麼顏色的電車？」

律稍微笑了笑，是那個「真拿妳沒轍」的懷念笑聲。

「妳問這是什麼怪問題，夏蟲色。」

「夏蟲色？夏蟲是顏色的名稱嗎？」

「是啊，就是很漂亮的淺綠色。」

「原來如此……」

鈴愛很想就這樣，像從前一樣叨叨絮絮地閒聊，可一聽見電話那頭傳來車站的吵雜聲，她立刻回神。

「啊，對不起，你上車吧。再見，律。」

「啊……嗯，再見，鈴愛。加油。」

鈴愛放下掛斷的手機，看向畫到一半的原稿。

三十頁的原稿只畫完十五頁，停在一半。淚水從她的眼眶滾落。

「律……鈴愛畫不出來了……」

她的喃喃細語沒有任何人聽見，空虛地迴蕩在半空中。

裕子和小誠小心翼翼地敲敲門，通知鈴愛編輯來了。

必須把原稿送到製版公司的時間已經到。鈴愛目光渙散抓著原稿、打開門。

她在裕子和小誠的陪伴下，前往秋風身邊。

小誠代替鈴愛，把畫到一半的原稿交給秋風。在秋風看原稿時，鈴愛意志消沉地站在原地不動。

「要求三十頁，只完成十五頁。」

「是的……我只能畫出這些。」

「什麼！等等，這樣我們會開天窗啊這！」編輯大吐苦水呻吟著。

「請先別說話。」菱本制止編輯。

「妳打算怎麼做？」秋風問。

「對不起。」鈴愛低頭，慢動作跪到地上。「小誠和老師特地為我爭取到這些頁數，我對講談館的編輯也很抱歉……」

小誠拚命阻止鈴愛跪在地上、準備磕頭的舉動。

「妳、妳這是要我們怎麼辦啊！別開玩笑了，雜誌會開天窗啊，我要怎麼向總編交代！」

編輯焦慮不安地看著鈴愛和菱本的臉威嚇著，卻完全不看向秋風，看樣子還知道不能得罪老師。

「真的、真的很抱歉……對不起！」

鈴愛癱坐在地上不斷痛苦地道歉，她能做的也就只有這樣了。

這時秋風輕輕舉手。「有救急的原稿，代打用的。」

編輯一臉傻愣地看著秋風，鈴愛也以茫然的表情仰望老師。

「我畫的，如果派得上用場的話——」

「真的嗎，秋風老師！那正是我們夢寐以求的啊，我們原本想要的就是秋風老師的畫稿……」

不小心說溜嘴的編輯錯愕地按住嘴，擔憂鈴愛的反應，但她已經聽不進編輯說什麼，只是一個勁兒地盯著秋風的臉。

秋風把原稿交給編輯，封面的標題寫著〈月隱屋簷下〉。裕子和小誠屏息，互看彼此——這不是鈴愛以前試過好幾次想要畫成漫畫，卻沒有完成的點子嗎？

原稿封面寫著「原案：楡野鈴愛。作畫：秋風羽織」。

「原作……應該說原始的點子來自楡野。我希望能夠聯名，可以嗎？」

「當作共同創作嗎？」

聽到編輯的確認，秋風點頭。

「是的。啊，當然也必須徵求楡野的同意才行。妳怎麼看，楡野？」

「老師，你畫了我的〈月亮躲在屋簷後〉……」

「嗯，為了預防萬一。」

鈴愛的雙眼被淚水浸溼，那是感動的眼淚。

「真不敢相信老師的名字和我的名字會寫在一起……」

「這是妳畫不下去、就這麼擺著的〈月隱屋簷下〉。我認為故事不錯，所以用我的方式改編畫了出來。我很抱歉沒有事先取得妳的同意。」

她一點兒也沒有覺得自己的點子是被盜用。秋風為了彌補她的失敗，準備了替代稿，再沒什麼比這更值得感激。他還讓自己的名字共同印在封面，這讓鈴愛感動到身體發麻。

編輯翻閱著原稿。鈴愛坐立不安盯著編輯的舉動，像一條缺氧的鯉魚般，說：「也讓我，也讓我看看。」好想看，她現在就想看看自己的故事由秋風畫出來的樣子。

「的確也需要原案作者的許可。」秋風開口。

聽到秋風的話，縱使覺得麻煩，編輯還是把讀完的原稿遞給鈴愛。

鈴愛以顫抖的手接過秋風的原稿。剛開始她還能冷靜與自己的分鏡對比，漸漸的，她就失去胡思亂想的閒工夫。鈴愛不自覺受到劇情吸引，一股腦兒地貪婪看下去。

「這篇作品很出色，我確實收到您的稿子了。」

編輯像換了個人似地滿面笑容，對秋風微笑。秋風輕輕頷首回應，接著就對拿著原稿、呆立在原地的鈴愛開口：「楡野，妳覺得如何？這部作品可以刊出去嗎？」

「厲害……這就是專業的水準。」鈴愛茫然說完，癱坐在地。

小誠和裕子連忙上前扶她。

「這傢伙三天沒睡覺。送她回房間睡，讓她喝個溫水緩一緩。」

在秋風的指示下，鈴愛立刻被送回自己的房間。

她失神地喝下裕子給她的溫水，去床上躺下。照理說她應該睏倦得不得了，雙眼卻目光渙散地張著。

「鈴愛……不管怎樣，妳先閉上眼睛睡一覺，好好休息吧。」

裕子隔著棉被輕拍鈴愛的身體。

「裕子，」鈴愛恍然凝視著天花板，「秋風老師的原稿好厲害，充滿張力。」

「嗯……」裕子擺在棉被上的手溫暖她的心。

「老師擁有真正的刀子。」

「嗯？什麼意思？」

「真正的刀子能夠剖開人心。被老師一砍，心就會流血；而我只有假刀，用假刀沒辦法剖開人心……」

鈴愛猛地起身。「啊！講談館出版社的原稿，怎麼辦……那是小誠幫忙關說，秋風老師強迫編輯，好不容易才爭取到上雜誌的機會。」

「鈴愛，那些頁數秋風老師已經幫忙補上了，他畫了〈月隱屋簷下〉。」

裕子就像在對小朋友講話，說完，讓鈴愛輕輕躺回床上。

鈴愛打心底深處鬆了一口氣。「啊……對，他這麼做了。原稿沒有開天窗對吧？」

「對對，所以妳現在快睡吧。」

「裕子，咦，妳不回家沒關係嗎？小酷的媽媽如果不在……」

裕子忍不住把鈴愛連同棉被抱個死緊。鈴愛不解地喚著她的名字。

「睡吧，鈴愛，現在別再想任何事了，好好休息。」

裕子哭了。她把哭溼的臉埋進棉被裡，不停勸著鈴愛。

「是嗎？我可以睡覺了嗎……」

鈴愛以不太確定的語氣說完，終於閉上眼睛。

「鈴愛，妳盡力了。」

裕子執起鈴愛的手。鈴愛的手養出了厚厚的繭，證明了她以助手、以漫畫家的身分持續握著畫筆至今。

「手上的繭好嚇人。」

裕子輕輕親了親那個繭，也帶有慰勞的意思。

「妳在做什麼，裕子？」

鈴愛閉著眼睛沒睜開，稍微笑了笑，裕子也笑了。兩人像在開玩笑般彼此笑了一下，鈴愛旋即帶著微笑，緩緩進入夢鄉。

鈴愛終於沉睡時，秋風和小誠正在奇妙仙子工作室，喝著菱本替他們煮的咖啡。多虧有秋風的備用稿救急，才能避免稿子交不出來開天窗的局面。儘管如此，秋風和小誠為鈴愛所做的一切，終究是白忙一場。

小誠想起鈴愛的表情，嘆口氣。看樣子那些為鈴愛做的事，反而把她逼進了死胡同。兩人沉默地喝著咖啡，同樣一臉鬱悶。

秋風的所作所為雖說也是為了鈴愛，但未經許可就把鈴愛的點子畫成漫畫，他對此似乎五味雜陳，所以有點像在找藉口，對小誠說：「不管怎麼說，我都覺得不該給你添麻煩，畢竟這份工作是你斡旋拿下的。我也覺得對榆野很過意不去，因為我未經許可的行為……」

「老師，我相信榆野已經無法靠自己的力量畫出〈月隱屋簷下〉了。」菱本立刻挑明。

她說得的確沒錯，秋風也早已明白這點，但他仍舊板著臉。

「我只希望盡力幫助鈴愛。」

小誠放下咖啡杯，迎面看著秋風的臉，開口直言：「你要說我囂張還是怎樣都好，我希望老師趁這個機會聽我說一句……我希望你放過鈴愛，讓她從漫畫的束縛解脫。」

「你是什麼意思？」秋風一臉不解地回看小誠。

他靜靜繼續往下說：「我那個時候剽竊了鈴愛的〈神的備忘錄〉點子，與您斷了師徒關係，被逐出師門；緊接著裕子結婚，辭掉這裡的工作。所以鈴愛是不是被迫獨自背負老師您的期待呢？」

秋風驚訝張著嘴，僵在原地不動，他似乎沒有想過這件事。

看到他的反應，菱本有些沒好氣地說：「老師，難道您沒察覺嗎？」

「完全沒有。」除了秋風和鈴愛以外，所有人都注意到這件事了。

「鈴愛是秋風塾最後一位弟子，她自然希望盡力回應老師的期許。」

「是……這樣嗎？」秋風仍半信半疑，向菱本確認。

菱本點頭。「當然情況不單純只是這樣，不過我也認為這點的影響很大。」

秋風靠上椅背，雙手交握，接著深深吐出一口氣。

過了兩週後，鈴愛完成了〈總有一天遇見你〉的原稿。

這份稿子沒有預備要刊登在任何地方，也沒有截稿期限，會完成只是鈴愛想對自己負責。

被逼到走投無路的狀態下，面對白紙異常難受，但現在的她已經能平心靜氣面對了。或許是因為她對自己不再過度期待。原本以為自己必須想出沒有任何人想得到、前所未有的劇情發展，以及能夠打動人心、與眾不同的台詞。或許她內心某處一直有這種想法，所以當她想不出前所未有的劇情、與眾不同的台詞時，便感到痛苦、可悲。

但現在，鈴愛誠實地直接畫出自己想到的內容。

即使隨處可見，即使迂腐，她也不否定自己，就這樣直白畫出來。

「完成了。」她開朗地說，咚咚敲了敲，收攏剛完成的原稿，然後伸了個大大的懶腰，離開好一陣子沒踏出的房間。

坐在海豚公園的長椅上，鈴愛拿出手機。

她打回去家裡，而非店裡。接電話的人是爺爺仙吉。

「哦，怎麼了？鈴愛嗎？要找妳媽媽？」

「不是。」

「還是要找妳爸？食堂現在正好是午餐時間。」

「也不是，我要找爺爺。」

「怎麼，原來是找我啊。」仙吉開心地說。

「我猜爺爺這個時間，應該是自己一個人在客廳吧。」

「猜對了，我一個人在。發生什麼事了？」

聽到爺爺彷彿能包容一切的聲音，鈴愛不自覺就吐露出原本沒自信能說出口的事。

「嗯，那個，爺爺，我可能不當漫畫家了。我比想像中更沒有才華呢。」

「是嗎。」

「你的反應只有這樣？」

聽到仙吉那不置可否的反應，鈴愛虛脫。

「唉呀，這種情況也是有的，不是嗎？雖說爺爺我啊，對專業的事情不是很懂。啊，妳最近那篇〈月隱屋簷下〉很棒呢。」

「那個不是我畫的，是老師出手幫忙的。」

「這樣啊……」

「嗯，故事是我的點子沒錯，原案寫著楡野鈴愛，對吧？」

「我很驕傲，妳是我最自豪的孫女。」

鈴愛微笑。她不斷地否定自己，直到粉身碎骨後，聽到這樣無條件的肯定，自然令她感動，即使連她自己也不相信那些話。

「然後呢，怎麼了？」仙吉問。

「爺爺，你別告訴其他人。」

「我不會說。」

「我，或許江郎才盡了。」

「是嗎，已經沒有當漫畫家的才華了嗎？」

「嗯。」

「這樣啊，那也沒辦法。」

「爺爺真乾脆。」

可鈴愛也是因仙吉這種不拖泥帶水的反應，得到了安慰。她在心裡慶幸，還好訴苦的對象是爺爺。

「話是這麼說沒錯。我說妳，去東京幾年了？十年……？」

「我現在二十七歲，所以九年了。」

「努力了九年，也出過幾本書，這樣已經可以滿足了。」

「可以滿足了嗎……對了，爺爺。」

「嗯？」

「話說回來，我如果不畫漫畫的話，要怎麼活下去？」

仙吉哼地輕笑。「這哪是什麼問題，妳不管做什麼都能活下去。」

鈴愛的眼前，彷彿出現毫無根據卻自信滿滿、抬頭挺胸的仙吉。她忍不住笑了。

「做什麼都能活下去？爺爺，你真是看得起我。」

「不是看得起妳，妳應該說我是樂觀。」

「樂觀啊。」

「喂，難道不是嗎？」

鈴愛突然覺得想哭。她緊咬嘴唇，忍住淚意，不想讓仙吉更擔心。

「妳可以回來。如果不願意的話，在東京那邊找其他工作也行呀。」

興許是察覺到鈴愛想哭，仙吉的語氣變得有活力又開朗。

鈴愛以沙啞的聲音喃喃說：「其他工作……」

「嗯，總會找到其他工作吧。在這個時代，不管做什麼都能活下去。」

「是這樣嗎？」

「鈴愛，爺爺年輕時，也就是比現在的妳更年輕的時候，經歷過戰爭。」

「嗯……我大概聽說過。」

「當時日本戰敗了，我嚇了一跳。」

照理說是不至於嚇一跳，不過用上嚇一跳這個詞來形容，很有仙吉的風格。

「然後啊，被抓到就會變成戰俘，會被殺掉。當地居民把爺爺我藏匿起來。十天，大約兩個禮拜，我都躲在像洞窟的地方生活。」

「什麼！」鈴愛屏息。

仙吉以悠哉的口吻繼續說：「這些事情是我第一次說給妳聽吧？」

「嗯，之前沒聽過。」

「我躲在洞窟裡不見天日，一直都是一片漆黑；因為抓到就會被殺，無法離開洞窟。」

「嗯……」

「不過我還是會看陽光的情況，每天曬十五分鐘太陽，配合太陽的傾斜程度。真的是一整天只曬十五分鐘。這樣子我也是活下來了。看不到天空，感覺不到風，什麼也觸不到，哪兒也不能去。如果被發現我躲在那裡，就會被殺，我害怕得要命。但是，只要能夠曬上十五分鐘的太陽，人就會產生期待，就能夠活下去。我當時是這麼想的。」仙吉訥訥地說。

這番話迴蕩在鈴愛心中。她第一次有了或許自己能夠活下去的想法。失去夢想，失去旋律，失去一切的人生，或許仍能夠重獲新生。

「喂，妳聽得懂嗎？爺爺也不是很會說明，畢竟我是第一次講這件事。總而言之，鈴愛，船到橋頭自然直，別擔心。人呢，一向堅強。」

「這樣啊。」

「嗯，而且鈴愛比其他人更堅強。」

鈴愛笑了。「是嗎？我都不知道。」

「我已經告訴妳了。」仙吉也笑了。

鈴愛的心裡變得很輕鬆。她害怕一片空白，空無一物，但就跟漫畫稿紙一樣，一片空白也代表今後能自由創作全新的作品。目前的她雖然很難真心這麼想，不過或許自己能夠辦到。

鈴愛要求仙吉唱一首歌給她聽，她選了〈再談一次美好的戀愛〉。這首歌是慶祝鈴愛找到工作的聚會上，仙吉與大叔們曾獻唱的歌曲。

「賭上性命，從立下誓言的那天起……留下美好的回憶……」

鈴愛的耳朵貼著手機，閉上雙眼，傾聽仙吉的歌聲。

她的頭頂上，是一片晴朗無雲的藍天。

鈴愛捧著比截稿期限晚了兩個禮拜才完成的〈總有一天遇見你〉原稿，打開奇妙仙子工作室的門。經歷過截稿地獄，助手們都下班了，奇妙仙子工作室一片安靜。

這天是鈴愛期待已久、秋風塾重新開張的日子。

菱本也陪在一旁。鈴愛以開朗乖巧的表情，把原稿遞給秋風。

「我完成了。」

「嗯，我來拜讀妳的作品。」

秋風馬上就看起原稿，鈴愛一直觀察他的反應。

秋風的表情沒有絲毫改變，翻過一張張的原稿，看到最後。他仔細收攏原稿，突然抬眼看向鈴愛。見他難得支支吾吾，鈴愛自己先開口。

「老師，這個原稿比截稿期限晚了兩個禮拜才完成。」

「嗯……」

「多虧有老師畫的〈月隱屋簷下〉幫了我。」

「對。」

「我晚了兩週交出來的原稿就是這個。」

「嗯……」

「這就是我的實力，我全部的才華。」

秋風垂眸。

鈴愛靜靜問：「你有什麼看法？」

「嗯……不算太糟吧？至少有頭有尾。」秋風說，臉上明顯堆著刻意的笑容。

鈴愛正面凝視著老師的雙眼，秋風突然轉開視線。

「請你說實話，告訴我這很無聊。」

「榆野……」

「連惡魔等級的秋風羽織都怕傷害我，我已經沒救了。既然已經是最後了，我希望老師還是能繼續嚴厲地要求我。」

「最後？」秋風因鈴愛的話一臉錯愕。

鈴愛露齒一笑，故意模仿當年岐阜的猴子，以略帶怨氣的口吻說：

「我初來乍到時，原本一心想要超越秋風羽織！」

「妳未免太厚臉皮了。」

「再沒前途，至少也要與秋風羽織平起平坐！」

「這叫作再沒前途嗎？」

菱本在一旁聽著兩人拌嘴，手遮著嘴偷笑。

「妳幹嘛？」

「你們又回到了平常的秋風老師和鈴愛了。」菱本溫柔一笑。

的確如此。秋風雖是神級漫畫家，面對鈴愛卻總是氣呼呼且認真看待。鈴愛真的很喜歡與秋風之間毫無顧忌地針鋒相對。

「我一直以為自己是天才。」

「妳還真有臉啊！」秋風的語氣聽來歡快。

他對於詞彙向來敏感，不可能沒發現鈴愛從剛才開始所說的話，一直都是用過去式，秋風卻寧可相信鈴愛這反應是恢復以往的樣子了，寧可相信她原本粉碎的自信已然恢復了。她將再度握起畫筆，繼續在秋風之家與漫畫決一死戰。

「老師，你還記得嗎？」

鈴愛想起剛到東京擔任漫畫家助手那段生活。當時老師說：「妳可是五平餅的必要人員。」不准她畫漫畫。還曾叫她回岐阜去，鈴愛卻堅持自己絕對不回去。她當時曾對秋風大放厥詞，說：「我來這裡是為了成為漫畫家，我有天分，我要成為漫畫家！」

聽鈴愛訴說起過往，秋風笑瞇了眼，說：「還發生過那些事啊。」

鈴愛也笑了。那時的自己充滿毫無根據的自信。後來等她學會了漫畫技能，成為職業漫畫家，自己也開始連載，懂得更多，懂得自己會什麼、不會什麼，也了解自己有多少才能之後……此刻的鈴愛臉上，拚命掛著快消失的淺笑。

「老師，如果我不是天才，當你的弟子就沒有意義了；如果我不是天才，就沒有資格占用老師寶貴的時間，可是我對自己的要求卻愈來愈低。我畫占星頁的插圖、在搬家公司打工，最後稿子開天窗。不過也多虧如此，〈月隱屋簷下〉才能變成這麼出色的作品。與老師聯名簡直就像作夢，而這些都是我的寶物。」

鈴愛把原本拿在手裡的《月刊艾美》遞到秋風面前。看到那本封面是〈月隱屋簷下〉的雜誌，秋風緊抓椅子扶手，仰望鈴愛。

「楡野，妳這是什麼意思？」

「是時候該結束了……」鈴愛說得乾脆，彷彿要拋棄他。

秋風弄出一陣聲響，離開椅子慌亂地說：「榆野，沒有！這篇〈總有一天遇見你〉也十分有上雜誌的水準，而且那篇〈月隱屋簷下〉的評價也很好！」

「我的點子總是只有開頭，〈月隱屋簷下〉這樣的漫畫我畫不出來。我沒有翅膀，我是不能飛的鳥。我不想再繼續礙著老師了。」

「我可沒有覺得妳礙到我了。妳、小誠和小宮，你們豐富了我的人生……」

聽到秋風努力擠出這番話，鈴愛的雙眼瞬間漾著水氣。她從沒想過一向毒舌的秋風，會這般直白表態。

「向來討厭人的我，很希望能夠盡量、盡量幫妳……」

「我這麼沒出息，對不起。」

「妳能不能別這麼自暴自棄？妳可是我的弟子啊！」

「我認為，了解自己才能的極限在哪裡，也是很重要的才能。」

她認為，打從心底相信自己的才能，是漫畫家必須具備的能力，但鈴愛沒辦法做到。就算不自暴自棄，她也必須選擇不一樣的路。因此秋風這番令人感動到想哭的勸說，也沒能動搖她的決心。

「妳已經做出決定了嗎？」

聞言，鈴愛點頭。「那些畫功、那些台詞，我贏不了老師。我喜歡漫畫，提到漫畫就是秋風羽織。我再怎麼努力也頂多成為三流漫畫家。既然這樣，我放棄。」鈴愛一臉認真地說到這裡停住，稍微笑了笑。「唉，其實我說真的，以前只要有漫畫工作，不管是什麼我都願意做。這是真心話，不蓋你。」

鈴愛望著《月刊艾美》的封面，眼裡溢出淚水，〈月隱屋簷下〉的封面立刻被眼淚浸溼。

「可是，唯獨有才華的人，才會覺得畫漫畫很快樂。要我一隻不會飛的鳥走在地面上，仰望會飛的鳥，我不要這樣。人生裡陰天的日子愈來愈多，但我希望自己的人生一直是大晴天。我想要雨過天晴，我要活出自己的人生。」

秋風沒有吭聲。

「楡野，妳這個決定真的、真的好嗎？真的要放棄嗎？」菱本問。

鈴愛擦乾淚水，說：「妳這麼說，我會動搖。事情都到了這種地步，我還是會期待自己是不是還有什麼才能？是不是只要努力就能夠畫出好作品？既然我能夠學會創作故事，組織能力是否練一練也就會了呢？我還能夠和以前一樣有源源不絕的點子、有想畫的東西嗎……這幾年我就是抱持這種想法走來。」淚水靜靜滑過鈴愛的臉，她粗魯擦了擦淚溼的臉頰。

「可是我已經……原本那麼喜歡的漫畫，對我來說只剩痛苦了。」

「妳放棄當漫畫家的決定……我贊成。」仍垂著眸的秋風終於小聲說。

「老師……」

秋風抬眼看向鈴愛。鈴愛以淚溼的雙眼迎向他的注視。

「妳天資不錯，文字能力也很強，但我認為妳太缺乏組織能力、創作故事能力，這些都是怎麼努力也彌補不了、怎麼訓練也無法訓練出來的。我認為這部分的能力，靠的主要是天賦。」

秋風指出的缺點，正好是鈴愛自己也有自覺的地方。只是再次聽到老師挑明，她依然深受打擊。

「我想……我想妳可以放棄漫畫了。」

秋風的語尾微微顫抖，太陽眼鏡後方已是淚眼婆娑。

鈴愛覺得自己的眼裡再次湧上新的淚水，只得勉強露出微笑。「好。」

「這只是我的意見，妳的人生還是要由妳自己做決定。」

「是，我明白。對不起，是我逼老師必須對我說實話，因為我自己無法痛下決心，只得讓老師開口……」

鈴愛也很清楚自己太依賴秋風，但如果不讓老師對自己扮黑臉，她一定無法做出最後的決定。鈴愛就是這麼愛漫畫。漫畫曾是她的夢想，即使在她痛苦到想要逃走的時候，漫畫依然是她的夢想。秋風似乎很清楚鈴愛的心情，才會坦白告訴她，要她放棄漫畫。

「老師，謝謝你這些日子以來的照顧。」

想想自己真的是直到最後一刻，都只會給老師添麻煩。鈴愛朝秋風深深鞠躬。

菱本紅了雙眼，摀著嘴離開現場。

「我有件事想拜託妳。」秋風站起身背對鈴愛，靜靜地說。

「什麼事？」

「即使妳放棄當漫畫家、離開這裡，也讓我繼續當妳的後盾。」

「什麼意思？」

「如妳所見，我沒有家人也沒有小孩。這麼要求或許越界了，但你們三個，唉，我不曾有過孩子所以也不清楚，不過你們對我來說，就像兒子、女兒，我老是掛念著你們……」

「謝謝老師……」鈴愛朝秋風的背影再次深深鞠躬。

「我也會轉告小誠和裕子。」

夕陽悄悄潛入工作室內。秋風的背影在夕陽的光影下，烙印在鈴愛的心上。她明白這個背影有多偉大，也明白有多寂寞。

這就是最後一堂秋風塾的課。

放棄當漫畫家，也等於必須離開秋風之家了。

向秋風辭職的隔天，鈴愛走遍各家房仲公司，好不容易找到以她少少的存款也能住上一段時日的便宜公寓。秋風和菱本都告訴她可以先繼續住在秋風之家，接下來的打算和住處慢慢再找即可，但她認為，如果依賴他們的好意，自己恐怕會藕斷絲連。

她以優惠價格請到之前打工的搬家公司幫她搬家。鈴愛訂下搬家日期後，就馬不停蹄地收拾行李。在狹窄的房間裡度過九年東京生活，不知不覺間也累積了不少東西。

非必要的東西乾脆處理掉，父親宇太郎為她做的書架和電器架等重要物品則打包。結果到了搬家那天，行李還沒有打包完畢。事前早就料到會有這種情況的裕子和小誠，都趕來幫忙。幸虧有他們，才能勉強在搬家公司到達前把東西整理好。

過來搬家的，是鈴愛之前經常一起打工的大叔。人很和氣的大叔默默把行李搬上卡車。紙箱堆在房間外，交給搬家公司的大叔處理，鈴愛等人則快手快腳把空蕩蕩的房間打掃一番。空無一物的房間比記憶中寬敞，但仍舊狹窄。

行李應該再等一下就會全部上車。此刻必須離開了卻又捨不得，鈴愛還想再多感受一下這個房間，以及在這裡累積的回憶。她突然在地上躺成大字形，裕子和小誠雖然訝異，也戰戰兢兢地模仿她的舉動。

藍色的窗簾已經拆下，暖洋洋的陽光直接照在房間地上，使地板變得很暖和。三個人的背上感覺到這股暖意，沒有人說話，就這樣各自回憶著在秋風之家的日子。

「喂，你們在做什麼？」頭上傳來菱本的聲音。

鈴愛等人同時睜開雙眼。菱本古怪地看著他們三人的臉。

裕子慢條斯理坐起身，伸展身體。「我吃飽了，吸進了好多回憶……」

鈴愛突然坐起上半身，接著說：「吃下，然後吐出來。」

仍獨自仰望天花板的小誠，也以茫然的聲音跟著說：「回憶的深呼吸。」

「你們在說什麼啊？」菱本笑了。她是過來通知他們，搬家公司已經快要搬完了。

鈴愛正要走向搬家公司的卡車，菱本交給她一個大信封。

「這是秋風老師要給妳的。老師他昨天剛交稿，正在補眠。他要我跟妳說再見。」

「這是什麼，我可以看嗎？」

「當然。」

鈴愛打開信封，拿出內容物。等她發覺裡面是什麼，她的心臟劇烈狂跳。

那是《蕭邦常伴左右》的真跡原稿。

「楡野很喜歡這部作品，對吧？」

聽到菱本的話，鈴愛不停地點頭。因為喜愛這部漫畫，高中時她就反覆讀過好幾遍，甚至連台詞都會背了。秋風把那部作品的原稿送給了鈴愛，把世界上唯一一份的珍貴原稿、把秋風世界的一部分，送給了她。

鈴愛拿著原稿的手在顫抖。

「還有，這是裕子的。」菱本把另一個信封交給驚訝的裕子。

一看到內容物，裕子彷彿變回少女，天真無邪地歡呼。

「啊——《A-Girl》！我最喜歡這部作品。」

「老師知道，所以才會給妳那個。然後，這個是給小誠的。」

菱本把最後一個信封交給小誠。

「咦，我也有？明明是我背叛了老師……」

小誠不解，也小心翼翼取出原稿。知道那個內容物是什麼時，小誠真的如文字形容地跳了起來。

「耶，《海角天涯》！這是我的最愛，真不敢相信！」

看到三人整張臉泛紅，緊緊抱著自己拿到的原稿，菱本微笑。

「秋風說，想要把自己的原稿送給你們三人。他不會再收徒弟了，所以當作紀念。你們三個就是秋風羽織這輩子唯三的徒弟。別忘了曾經待過這裡的事，無論你們今後有什麼打算，曾在這裡努力的過去將會永遠支持你們。」

「好的。」鈴愛用力點頭。

裕子和小誠也以沙啞的聲音回答：「是。」

秋風在只剩下他一人的工作室裡，面對著由自己的插畫放大畫成的壁畫。插畫中的女子拿著麥克風唱歌，在她的身後畫著無數的鳥羽。秋風想起鈴愛那句「我是不會飛的鳥」。

鈴愛他們差不多離開秋風之家了吧。秋風故意沒去送行。

他緩緩拿下太陽眼鏡，眼睛泛紅，盈滿淚水。

他徐徐拿起藍筆，向壁畫伸出手，慢條斯理地畫線，手勢沒有半點猶豫。

秋風在壁畫加上此刻正要起飛的三隻鳥。他定睛注視這些鳥兒，彷彿在守護牠們順利振翅飛翔。

接著，秋風在唱歌女子的左眼畫上淚珠——左眼流下了藍色淚珠。

他以哭紅的雙眼凝視壁畫，再度慢慢戴回太陽眼鏡。

快速穿過的空氣變成了風，配上轟隆聲響，捲起鈴愛與裕子的頭髮。

鈴愛與裕子向搬家公司的大叔要求，和行李一起坐在卡車車斗上。她們也找小誠一起來，他卻因害怕而拒絕。小誠正乖巧坐在卡車副駕駛座上。

「好舒服！」鈴愛以不輸給風的聲音吶喊。

裕子也大喊回應：「超棒！我一直很想試試。」

這天是萬里無雲的晴天。她們倚靠行李，視線所及全是藍天。

「天空是藍色的！」鈴愛大聲說出自己看到的東西。

裕子笑著說：「妳怎麼回事？」

「就像蠟筆塗出來的藍色。」

「天空是藍色的！」裕子模仿鈴愛大叫。兩人同時大笑。

卡車逐漸加速。

裕子拿出MD隨身聽，把右耳的耳機遞給鈴愛。兩人把耳機塞進自己的耳朵，肩並肩聽音樂。從隨身聽傳出的歌聲是日本搖滾樂團SHEENA & THE ROKKETS的〈You May Dream〉。

兩人並肩齊聲唱著：「一想到你啊，胸口好炙熱！」

隨著卡車車斗搖晃大聲唱歌，使人莫名情緒高漲。好開心，好開心，就像要進入二十歲時一樣，雙方互相碰撞肩膀歡笑。

明明很開心，卻又有些寂寞。若問這種感覺類似何時？大概是高中畢業典禮吧。

當年貓頭鷹會的成員蹺掉畢業典禮，在學校裡到處拍照，宣示與學校、高中生活道別。此刻的心情與那種快樂卻又感傷的感覺很類似。

啊，原來如此，鈴愛心想。

自己今天畢業了，從秋風老師那兒，從漫畫家這個工作畢業了。

與高中的不同之處，是接下來的未來還不確定。不過誠如爺爺所說，一定，或許，船到橋頭自然直。

遠處可以望見有東西閃閃發亮。鈴愛凝神注視之後大叫：「大海！」

裕子也立刻認出那是海，跟著一起大喊：「真的！」

兩人大驚小怪吵了一會兒之後，搬家公司的大叔把卡車停在靠海邊的路旁。

大叔語氣不自在地表示，反正他後頭沒有其他預定工作，只待三十分鐘的話，可以等他們。說完就下車去抽菸。

鈴愛三人紛紛對大叔道謝，感謝他的體貼。

三人跑向海邊。東京的海不是很美，也不會感覺無垠無涯。可是，光看著固定節奏打上岸的海浪，不曉得為什麼，就感覺很幸福。鈴愛走在浪花的邊界線上，大浪竟意想不到地突襲上來，裙子徹底溼透。她想要讓裕子也嘗嘗同樣滋味，準備把她拖進海裡。裕子呵呵笑著亂竄，鈴愛也放聲大笑。

小誠拿著罐裝果汁跑來。

三人一邊喝著罐裝果汁，一邊配合隨身聽的音樂跳舞。他們好幾次遭遇海浪襲擊，一邊開心尖叫，一邊不停跳舞。這樣完美的時刻，有如青春的縮影。在往後的人生中，這天的記憶仍經常鼓舞著鈴愛，使她難以忘懷。

一九九九年　東京II

「妹子，妳本來是畫漫畫的啊？」一起站收銀檯的田邊開口。

他是個面癱長臉男，從臉很難判斷他到底在想什麼，也很難確定他的年紀。面對這個氣質獨特的男人，鈴愛剛開始戰戰兢兢，不過和他一起站收銀檯幾個小時後，她才漸漸明白對方只是內向。

「對……」鈴愛仍然面對著前方回答。

從上次確認牆上時鐘的時間，到現在才過了五分鐘。店內時間流逝的速度，跟鬆掉的內褲鬆緊帶沒兩樣。

開門營業之後，上門光顧的客人寥寥無幾。好閒，鈴愛悄悄忍住沒打呵欠。她懷念起過去連睡覺時間都沒有、以不要命的氣勢畫漫畫的日子。無聊的工作再怎麼輕鬆，還是跟她的個性合不來。

「那個，我可以說一件非常理所當然的事嗎？百圓商店還真的所有東西都是一百圓呢。」

「是啊，的確很亂來，可是，唉，因為是百圓商店嘛。妹子，妳是第一次在百圓商店工作嗎？」

妹子是在叫誰呀？鈴愛愣了一下才反應過來是在叫自己。

她抬手舉到面前擺了擺。「啊，我不是妹子，我已經二十八歲了。」

「什麼，妳已經是歐巴桑了？」

「呃。」

「啊……」田邊帶著歉意垂眸。

他的意思是鈴愛的長相很娃娃臉，還以為她更年輕，沒想到已經將近三十歲了。他覺得很驚訝，卻不小心選了一個太誇張的形容。

原來我已經算歐巴桑了啊，鈴愛心想。十幾歲的時候，或許的確會認為二十八歲是歐巴桑。鈴愛看向時鐘，時間卻只前進了三分鐘。

離開秋風之家的鈴愛，搬進了沒有浴室的破公寓展開新生活。剛開始她以為自己很快就能成為一流的白領上班族，搬進更好的房子。她也實際去應徵了徵才情報誌上的工作，或打電話去各公司的人事課，但情況卻不如她所想得順利。如果不是四年制大學畢業的話，多數工作根本連應徵的資格都沒有。

鈴愛想起自己高中時找工作的情況。當時她連續應徵了十三家公司都沒被錄取；應徵到第十四家，多虧有爺爺的幫忙，她才得到農協的工作。她現在才想起找工作有多麼困難。於是，鈴愛以稱霸徵才情報誌上所有公司的氣勢，參加了所有公司的徵才考試，卻全數落空。

她也想過是不是與高中時一樣，因為履歷表上清楚提到左耳的問題造成了影響，但是她很快就改變了想法，認為資歷的問題更大。求職上，前漫畫家這項資歷相當於不曾工作過；不管是公司的行政或業務等工作技能，已經二十八歲的鈴愛一個都沒有。不，或許她的情況比不曾工作還糟。以世人的眼光來看，漫畫家就是怪咖，多半會被視為不好打交道的對象，她對此有很深的體會。

就這樣，她一家家去應徵，也一家家落榜，好不容易應徵上的，是百圓商店的兼職工作。時薪七百五十圓，一整個月天天上班不休假，也頂多賺十二萬圓，實在租不起有浴室的房子。於是鈴愛開始貫徹節儉生活。泡一杯咖啡只用一公克的即溶咖啡粉，勉強嚥下跟咖啡色熱水沒兩樣的飲料；變小的肥皂也黏在新肥皂上繼續用到完。

她一下子陷入貧困生活，也一下子就適應了這種生活。

在這樣的生活中，對她伸出援手的正是裕子和小誠。已是暢銷漫畫家的小誠搭著計程車，送了十公斤的越光米到鈴愛的公寓；裕子把還很新、很漂亮的衣服送給她，說：「這已經是去年的款式了。」

這兩人口徑一致地感嘆：「幸好鈴愛沒什麼自尊。」所以送她東西不難，鈴愛總是毫無顧忌地收下。她自己則認為自尊又吃不飽，無法理解為什麼有人會拒絕這種好意。

不過另一方面，鈴愛也認為自己的自尊其實應該很高。如果真的沒有自尊，那麼最好的選擇該是回老家，但她現在卻連已經辭掉漫畫家工作一事，都還沒有告訴家人。在都市裡生活久了，鈴愛現在了解到鄉下的可怕。鄉下人全都是大嘴巴，夢想破滅的女兒年過二十五歲跑回家，勢必會成為鄰居的笑柄。鈴愛想起《犬神家一族》[7]，感覺自己彷彿會被迫嫁給犬神佐清，也不管她願不願意。這麼一想，她就更沒有意願回去岐阜。

離開秋風之家後，晴偶爾還是會打電話來。她都假裝自己仍在畫漫畫，也認為自己完全瞞過家人了。不過晴可沒那麼好騙。

晴注意到鈴愛接手機的時間不同，說話的語氣也變了。

「她一定是換工作、不當漫畫家了。她說話的語氣變得輕鬆，也不再為截稿期限苦惱了。」

晴對宇太郎這樣斷言。

鈴愛不曉得家裡有這樣了不起的推理，只是無神地站在百圓商店的收銀檯前。此刻，占滿鈴愛腦子的是裕子勸她去參加的聚會——以吃飯喝酒為名的相親會。

在這裡工作已經一個禮拜了，百圓商店「大納言」還是門可羅雀。

由於店裡實在太閒，無事可做，鈴愛就把相親的事告訴田邊，還拿照片給他看。那張裕子給的照片上大約有十個人，場合類似跨職業的貴婦交流會。兩人湊近看著臉拍得不太清楚的照片。

7. 金田一耕助系列之一，日本推理作家橫溝正史的長篇小說。故事描述絕世美女野野宮珠世，獲得了富商犬神佐兵衛的龐大遺產，卻必須在其三個孫子——佐清、佐武、佐智當中選一人作夫婿，犬神家爭奪遺產的腥風血雨於焉展開。

「臉太小了，看不清楚，而且大叔我已經老花了。」田邊拿下眼鏡說。

「可是，你不覺得這個人不是比這個人好嗎？」

鈴愛指著相親對象旁邊的人說。與隔壁的胖男人相比，相親對象堀井先生身形修長，長相也帥氣。

對鈴愛來說，有律這個青梅竹馬也算是一種詛咒。她一路看著律的俊逸容貌長大，對於男人長相的眼光也不自覺格外嚴苛。儘管她告訴自己，男人不能只看臉，但這個毛病偏偏就是改不掉，她就是不會受到醜男吸引。

但如果是這個人，她或許會喜歡。鈴愛鼓勵自己。

「裕子說，她把我的照片拿給對方看之後，對方想要見見我……」

鈴愛羞怯地扭著身子呵呵笑。

田邊覺得那模樣有點噁心，稍微退了退，面無表情地說：「是嗎。」又問，「楡野，妳打算和對方見面嗎？」

鈴愛重重點頭。

「要。今天，就是今天！今天是好日子，我要去見他！希望能夠中大獎。」

她故意把話說死，是在逼自己積極一點，事實上鈴愛心裡還在猶豫。幾天前送救援物資過來的裕子和小誠，曾對她語重心長地說了一番話。「唉，妳就見個面試試看吧。對方三十歲，是外資投資集團JP高林的執行董事！有錢人呢。」

「現在，就是現在！鈴愛，妳身為女人的年輕本錢正在逐漸流逝啊。」

小誠口中的「女人本錢」狠狠擊中鈴愛的腦袋。她每天就這樣頂著一張素顏，頭髮也幾個月沒上美容院整理，已然失去光澤。就這樣繼續站在百圓商店收銀檯前，她怕連自己也將只剩下一百圓的價值。於是她鼓勵自己起身行動，去參加打著聚餐名義的相親會。

「田邊先生，我在想……」

就快到約定的時間，鈴愛隱約有些不安。她凝視著照片上豆子大小的相親對象。

「怎樣？」

「這個有點帥的人，年收入三千萬又在外資投資公司工作，副業也賺翻天。我如果和他結婚，生活或許就有保障了！裕子也說再沒有比這更好的物件了，要我趕緊下決心。可是結婚又不是在租房子。我說我希望能夠邂逅、戀愛、結婚，結果你知道裕子怎麼說嗎！她說，妳在大納言百圓商店怎麼會有邂逅？妳碰到的對象只有顧客，平均停留時間還很短，而且大部分都是家庭主婦，不然就是同樣是店員的田邊先生……」

鈴愛沒注意到躺著也中槍的田邊先生一語不發，她抱著頭繼續說：「在大納言工作就不可能有邂逅對吧？所以我應該去相親嗎？不去嗎？去還是不去、去還是不去、去還是不去？」

鈴愛隨便套上一段旋律，說話像在唱歌，但語氣迫切。

「因為在這裡打工就不可能有邂逅……」

「那個，不好意思──」一個年輕人的聲音傳來。

那乾淨的嗓音變成細緻的漣漪，搖曳著鈴愛的耳膜。她霍然抬頭，看到眼前站著一名俊美青年。他的五官鮮明漂亮，有著一張引人注目的長相，卻沒有這類人特有的氣勢。他或許是對自己的長相沒有自覺吧，身上的衣服也很簡單樸素。

「請問你們有賣燈座嗎？」

鈴愛過了一會兒才反應過來，青年是在跟自己說話。

她像被雷打到般僵住，喃喃說：「燈座……」

「燈座。」青年沒有半點焦慮的樣子，重複了一遍。

「燈座？」

「燈座。」

「燈座……」

鈴愛不曉得燈座是什麼，凝視著青年的臉；青年也看向鈴愛，等著她回答。兩人互看了一會兒，同時微笑。

或許是錯覺。不過鈴愛感覺那一瞬間，兩人之間有股什麼東西竄過。但這種曖昧不明的感覺無法解決燈座的問題。鈴愛不曉得那是什麼，青年也無法解釋清楚。

不知所措的鈴愛向田邊求助。

田邊搔搔下巴思索著。「那個是……燈座是、燈座，裝電燈泡的那個，像這樣一圈一圈的東西吧？那個應該放在電燈泡附近……吧……」

田邊慢吞吞站起來走向燈泡區。此時貨架後方突然冒出一位老奶奶，仰望青年，以嚴肅的口吻說：「我說啊，燈泡的燈座，那個啊，這裡沒有。大家經常來這裡找，不過百圓商店沒賣……」

看到老奶奶冷不防冒出來，青年也文風不動，平靜地回答：「啊，原來如此。」

田邊說：「東雲老婆婆，謝謝妳。」

看樣子是認識的人。東雲皺起臉，擺了擺拿拐杖的手。

「別加老婆婆，叫我東雲女士就好。」接著她靠近青年一步，得意洋洋地說：「我啊，經常來這裡逛，這裡就像我家院子、照護中心。我光顧這家店的歷史比那個顧店的摩艾更久，你什麼問題都可以問我。」

「摩艾像……」田邊茫然說。

鈴愛忍不住偷看田邊的臉，的確如東雲女士所說，很像摩艾石像。田邊的幼小心靈大概受創了，他不吭聲地搖搖晃晃，退回後場辦公室去。鈴愛獨自留在收銀檯，青年把一個模仿知名角色的貓鑰匙圈遞給她。他分明沒找到要買的東西，或許是覺得必須買點什麼吧。

「還需要其他東西嗎？」鈴愛向青年確認。這鑰匙圈不像青年會買的東西。

「我覺得有點可愛。」

「咦？」聽到青年這麼說，鈴愛不禁滿臉通紅。

「啊，我是說這個……」青年補充道，她才反應過來他是指那個角色。明知道不可能，她卻一度以為是在說自己，於是她因自己的誤解而感到丟臉，再次滿臉漲紅。鈴愛把裝在袋子裡的商品交給青年，青年露出親切笑容，點了一下頭。

「我說你，真是不錯的男人，長得好像歌舞伎演員。」東雲說，不客氣地摸了青年一把。聽到東雲的稱讚，青年露出複雜的表情。「啊，經常有人這麼說，說我五官深邃。」

「唉呀，這不是很好嗎？對吧？」

東雲突然尋求鈴愛的認同，鈴愛一下子答不上來。如果跟著說很好，感覺似乎太過熱情，會讓青年困擾，所以她想回答一個中性的答案，卻什麼也說不出口。

青年誤會了鈴愛的本意，笑著說：「沒關係、沒關係。」他的反應不是謙虛，而是真的對自己的外貌沒什麼自覺，無奈笑了笑。

鈴愛一時間愣住，心中泛起好久不曾有過的怦然心動。但那只是一瞬間的事，他們兩人沒有交換聯絡方式，也沒有約好要去約會，沒有後續發展，青年只留下令人愉快的笑容就離開了。

鈴愛看看時鐘，距離與相親對象約好碰面的時間還很久。一想到要去相親，鈴愛再度感到沉重。此刻的心情比起剛才更痛苦，但她阻止自己去深思原因。

下班後，鈴愛還是擦上久違的口紅去相親。

自己或許會喜歡上對方，或許會墜入愛河。她不斷在心中對自己洗腦。

隔天，鈴愛和田邊並肩坐在大納言收銀檯後的椅子上。沒有客人時，他們可以坐下。

鈴愛頂著失魂落魄的表情，對著半空中發呆。

「對方是哪裡不好呢？」田邊問。

鈴愛說：「太跩了。」

裕子介紹給她的堀井實在太跩了，就是一個裝模作樣又輕浮的男人。

在義大利餐廳時，堀井刻意轉動葡萄酒杯，並對服務生說：「啊，對了，我前一陣子去過羅馬，也去了那家在康多提大道的餐廳，叫什麼名字來著，歷史很悠久。那家餐廳的醃豬頰肉番茄義大利麵，那個味道，你們做得出來嗎？」

他對服務生很沒禮貌，還故意提到之前去過羅馬，種種行徑都令她覺得厭惡。剛開始看著還不錯的長相，也愈看愈粗鄙。直到相親結束，她已經無法直視對方。

堀井不停炫耀自己的頭髮，是給青山藝人御用的紅牌美髮師剪的，還說為了剪頭髮排隊等了兩個月。

「等兩個月，頭髮都長了。」田邊精準吐槽道。

鈴愛無力笑了笑，說：「因為是紅牌嘛。」

這時代不管是貓還是湯杓，只要加上紅牌兩個字，就會引人注意。從紅牌美容師，到紅牌售貨員、紅牌種樹人、紅牌蕎麥麵店……總之凡是加上紅牌，就會顯得珍貴。

「唉，真有型。妳怎麼看？和他果然還是沒戲，或者有戲？」

田邊一邊打開貨運業者送來的大紙箱，一邊問。

鈴愛手腳俐落把大量的野餐墊上架，偏著頭思考。

「與其問我有戲還是沒戲……如果對方願意娶我，要我跟著他到天涯海角我也願意。」

這句話一半真心，一半胡謅。她的確有「只要對方願意娶我這樣的貨色，我都可以配合」的念頭，但她也無法漠視自己對堀井那股類似厭惡的抗拒。再者，鈴愛雖然沒問堀井見過她之後有什麼想法，卻感覺自己不會嫁給他。這句話若是讓裕子聽到，一定會罵她太奢求。其實不止堀井，鈴愛認為自己這輩子或許不會嫁給任何人。

她重重嘆息。

「啊，對不起，我自顧自地就消沉了。」

注意到田邊擔心的神情，鈴愛連忙裝出笑容，並以開朗的聲音轉換心情說：

「我剛才就想問，這些是什麼？野餐墊、小凳子、紙杯，啊，野餐……野餐用品嗎？」

鈴愛根據這批大量補進的新商品推測。

田邊搖頭。「不是，是因為這個禮拜天附近學校有運動會。」

「啊，所以才有這麼多運動會用品的紙箱……」

入口附近最醒目的貨架上，陳列的全都是運動會上常見的用品，還有便當裡用來隔菜的人造葉和頭帶。把這些東西集中在一處，客人的確會為了運動會一併買回去。

「你好。」

聽到女人的聲音，鈴愛沒有多想就回過頭，接著愣住屏息。

一位頭戴寬沿帽的女人站在那兒。對方是五十歲左右的美女，但一般人的視線不會停留在她的臉上。首先吸引人注意的，是她的帽子。畢竟那頂帽子的帽沿，大到足以擋住店內狹窄的通道，帽沿上還停著三隻人造野鳥。鈴愛的眼睛離不開視線。

「歡迎光……臨。」她好不容易說出口。

女子面露不悅，說：「我不是客人。」

鈴愛大感訝異。

一旁的田邊以遠比平常更開朗的語氣打招呼：「老闆，好久不見！」

「咦，老闆？」

「對，這位是老闆藤村麥。」

聽到介紹，鈴愛連忙朝麥鞠躬。

麥挑了挑形狀漂亮的眉毛。「妳是誰？打工的？」

「對，上個月光姊招來的。」

「我姊嗎……」

鈴愛因為一個接一個冒出來的陌生名字，腦子一團亂。田邊告訴她，光姊是光江，也就是麥的親姊姊，也順便提到麥的家裡是三姊妹，底下還有一個叫瑪麗的妹妹。

麥從頭到腳打量完鈴愛之後，冷哼一聲。「為什麼要僱用這個看來笨手笨腳的傢伙？」

聽到麥這般不客氣的直言，鈴愛固然驚訝，卻不覺得受傷。笨手笨腳是事實。

田邊連忙解釋：「這家店的人氣總是差那麼一點，是因為……啊，請原諒我說人氣差……總之就是來客稀稀落落，也是因為附近開了大型連鎖店『大Can』的緣故。不過我以前就想過，也許我的長相可怕也是一部分原因，所以客人不好走進來。」

「嗯……」

聽到麥居然認同，田邊龐大的身軀倏地萎靡，變得垂頭喪氣，但他又立刻振作起來，接著說：「為了挽救這種情況，我想說找個這樣的傻妹店員剛剛好。」

「我會加油的！」鈴愛堅定地說。

被人叫傻妹，她也不以為意。如果錄取的原因是這樣，她倒是慶幸自己長了一張傻臉。

麥盯著鈴愛的臉看，手抵著下巴沉思，說：「看起來是不是很像銀喉長尾山雀？」

那個陌生的名詞是鳥的名字。田邊後來拿鳥類圖鑑給鈴愛看，書上的銀喉長尾山雀有著渾圓的身體與圓滾滾的黑眼睛，令人印象深刻。

「請問，妳帽子上的鳥會叫嗎？」鈴愛突然問。

麥愛理不理地回應：「我不懂妳這話是什麼意思。」

「因為鳥的做工太精緻，我好奇是不是哪裡有個按鈕，一按就會發出聲音。」

「這帽子是姊姊做給我的生日禮物，至於是幾歲生日就別多問了。」

停在帽子上的鳥是藍尾鴝、白秋沙鴨、畫眉。聽說這三種都是麥喜歡的野鳥，可惜鈴愛沒有野鳥方面的知識。她絞盡腦汁想想有沒有能與麥交流的話題，突然靈光一閃——對了。

「啊，我的名字是鈴愛，發音跟麻雀一樣，麻雀好像也是野鳥……」

「鈴愛……妳知道嗎？麻雀的臉頰是黑色的。」麥的語氣多了一點熱絡，「雖然在停車場、電線上到處都看得到麻雀，沒什麼稀罕，不過妳別悲觀。麻雀的數量受到環境汙染問題與都市開發的影響，與一九六〇年代相比已經大幅減少了。這不是好事，即使消失的只是區區的麻雀。我認為不管是珍奇野鳥或普通野鳥，牠們的生命一樣珍貴。」

「好像也沒什麼厲害的……」鈴愛在嘴裡咕噥著。

麥的態度忽地一冷，以不帶情緒的語氣說：「總之妳好好做事。」又說，「我待會兒要去野鳥公園看小鷿鷈。其他就交給你們了。」

「麥姊慢走。」

「啊，運動會的用品要多賣一些。現在正是旺季。別輸給大Can。把商品全都擺在醒目的地方，不過那邊的野鳥專區要盡量維持原狀。」

麥指著店內一角。擺在那邊的，全是賞鳥用品、鳥類小東西、鳥飼料等鳥類相關商品。

鈴愛也曾覺得奇怪，這家商品普通的店裡，為什麼鳥類相關商品格外完備？原來是老闆的興趣。

「我明白，那一區是聖地。」田邊恭敬鞠躬。

麥快步走出店外。

鈴愛忍不住癱軟，坐進椅子裡。只是說了幾句話而已，就已經筋疲力盡。她覺得自己剛才一直被麥獨特的步調牽著鼻子走。這對於平常總是不自覺主導一切的鈴愛來說，倒是罕見的經驗。

隔天早上，鈴愛往大納言狂奔。大概是身體比想像中更疲累，她居然按掉了鬧鐘繼續睡。

今天負責鐵捲門鑰匙的人是鈴愛，所以她必須提早出門上班準備開店。鈴愛不在的話就沒辦法開門營業。一想到新來的菜鳥或許正在等著，她便慌張起來。

昨天很晚的時候，她接到田邊來電，說這四天會有新的兼職人員報到；聽說是老闆之一的光江打電話來說會派人過來幫忙。

沒聽田邊說新人是要過來取代她的，鈴愛由衷慶幸自己沒被開除。但接下來這幾天，正是最忙的時候，她卻在這時遲到，搞不好會因此被開除。

鈴愛氣喘吁吁朝大納言的鐵捲門跑去。

鐵捲門前面，有名青年抱膝坐在那兒。

鈴愛站到青年面前大口喘氣，青年霍然起身。

「啊，早安。我、呃，我是今天開始來這裡打工的……」

「咦，你是上次那個買燈座的……」對方就是那名來買燈座的青年。

看來新人就是他了。鈴愛沒想到兩人還有「後續」發展，心裡不禁一陣蕩漾。

「上次麻煩妳了，請多指教。」

青年低頭鞠躬，鈴愛也跟著鞠躬。就在她心想應該可以抬頭時，發現青年仍然認真低著頭。呃，還不能起來嗎？她連忙再次低頭。

昨天的麥也是，最近自我風格強烈的人還真多啊。鈴愛心想，完全無視自己也是其中之一。她緩緩抬頭，正好瞧見青年慌張準備繼續鞠躬，忍不住笑出來。青年也靦腆笑了笑。

這天即使快到開店時間，田邊仍沒現身。之前田邊也曾遲到過幾次。每次遲到，他總會飄著一股酒味。看樣子他今天八成也是宿醉起不來吧。

鈴愛不得已只好暫代店長職務，指導新人百圓商店的基本工作內容。話雖如此，也沒有什麼特別需要記住或困難的工作。打掃、陳列商品等，都是才剛到職不久的鈴愛也學過的簡單事務。青年卻拿出便條紙，很認真地把鈴愛所說的話一一記下來。

青年自我介紹，他叫森山涼次。鈴愛稱呼他「森山先生」。

涼次莫名慎重地說：「用不著叫得那麼正式。大姊、阿姨們通常都叫我阿涼。」

聽到涼次明顯有距離感、以對長輩的語氣說話，以及那句「大姊、阿姨們」，鈴愛不禁愣住，對正在打開紙箱、拿出商品的涼次說：「呃，你說我是大姊、阿姨……你以為我幾歲？」

「咦？」

看到涼次瞠目結舌的表情，鈴愛覺得自己似乎反應過度，太介意外表年齡了，連忙換一種問法。「不對，我說森山先生，阿涼先生，你幾歲？」

「我二十八。」

「跟我同年。」鈴愛恨恨地說。

涼次停下手上動作，睜大雙眼。「騙人，妳一九七一年的?!」

我看起來果然比實際年齡老嗎？鈴愛猶豫了半天，還是想要聽實話，於是戰戰兢兢地問涼次：「我說那個，我看起來比你老嗎？雖然介意這種事情很難看，不過很少有人說我看起來比實際年齡大……」

聽到鈴愛欲言又止的一番話，涼次這才反應過來，自己說的話踩碎了一名妙齡女子的玻璃心。他連忙擺擺手說：「不是不是！呃，該怎麼說呢？因為妳看來很有威嚴、很強悍……」

這話在鈴愛的心上又補了一刀。兩人明明同年，自己在涼次的心中是不是歸類為歐巴桑那一類？鈴愛忍不住摸摸臉頰，檢查肌膚彈性。涼次沒有察覺鈴愛的舉動，只是謹慎地陳列著商品，並帶著天真無邪的語氣說：「況且妳是店長，所以我以為妳的年紀比我大。我平常很少和女性相處，不擅長判斷女人的年紀。」

「我不是店長。」

「咦，是嗎？」涼次輕聲說。

鈴愛在涼次旁邊一起上架商品，心裡卻不太開心。她替自己找藉口，說不在乎自己在別人眼裡看來像幾歲，可卻還是莫名在乎。

兩人手腳俐落，一眨眼就把原本裝著商品的紙箱清空。他們往後場辦公室走去，準備拿出裝著追加商品的紙箱。沒想到才踏入後場辦公室，涼次就被某個東西絆到。他摸了摸狠狠撞地的手肘，看看絆倒自己的東西是什麼。

只見田邊渾身無力地倒在地上。

「這是怎麼回事?!屍體、屍體嗎？有人死了！快打一一〇、一一九，咦，要打哪個？」

「沒事，他只是喝醉了……」鈴愛冷靜安撫驚慌失措的涼次。

看樣子田邊昨天沒有回家，就在後場辦公室喝酒喝到睡著了。

他這種狀態，鈴愛已經目睹過許多次。田邊為了節省水電費，偷偷帶來棉被和酒，有時也會在店裡過夜。

「那位就是店長……」

彷彿算準了時機，田邊發出地鳴般的打呼聲。

涼次虛脫地靠在成堆的紙箱上。

田邊被鈴愛拍醒，睜開充血的雙眼喝口茶，接著感動地說：「好喝，正好用來解宿醉。」

幫忙泡茶的是涼次。他見田邊宿醉得厲害，就把冰箱裡的梅子加進茶裡做成梅子茶。涼次趁著鈴愛暴跳如雷時，像在自己家裡一樣從容地查看冰箱，接著瞬間就完成。

「這是梅子茶，因為剛好有梅子。」涼次微笑，笑容毫不勉強。

「謝謝你，你真機靈。」田邊又喝下一口梅子茶。

「你很會做菜嗎？」鈴愛問。

「咦，梅子茶是菜嗎？」涼次不解偏著頭。

梅子茶和做菜在他心裡似乎八竿子打不著，不過對鈴愛來說，泡茶也算是很會做菜的一種。只不過為了方便涼次回答，鈴愛還是換了一種說法。

「我的意思是你做事俐落，感覺上應該也很會做菜吧？」

「我無父無母，所以都是自己煮。不過我並不討厭做菜。」

他這番話說得雲淡風輕，鈴愛不禁抬頭。涼次的眼神卻十分平靜，自始至終只是單純回答料理的問題而已。一句話就能看出涼次接納人生、面對人生的方式。

「啊，容我再次自我介紹。我是森山涼次，從今天起到星期日這四天過來支援，請多指教。」涼次重新面向田邊鞠躬。

田邊懶洋洋點點頭。

「好好，這位是榆野，如果有什麼不明白的地方，問我或榆野都可以。」

「是，請多指教。」涼次又對田邊鞠一次躬，接著轉向鈴愛微笑說：「請多指教。」

鈴愛也微笑回應。感覺那瞬間，似乎又有什麼東西在彼此之間竄過。

田邊雖然頻頻語帶威脅地提醒他們，愈靠近運動會的時候會愈忙，不過當天也只是奧客比平常多而已。三人莫名清閒，幾乎無事可做。

鈴愛心想，真的有需要找人來支援嗎？她把店交給田邊顧著，自己和涼次兩人去午休。她和涼次雖然才剛認識，相處起來卻莫名心安，不會有必須說話的壓力和緊張。

兩人時不時有一句沒一句地閒聊，用店裡賣的百圓麵包和茶解決午餐。鈴愛發現手機振動，快速看向螢幕。來電的人是草太，從稍早之前，手機就不斷有電話打進來。

最近晴每天都打電話來，像惡鬼死纏不休。心裡有愧的鈴愛只要在手機螢幕上看到來電者是老家的電話就會害怕，並決定暫時裝作沒看到，但草太很少打電話來。是不是出事了？鈴愛拿起手機起身準備回撥。

涼次明白狀況，快速起身告訴鈴愛他先回店內，把空間留給她講電話。

鈴愛感謝他的體貼，大大深呼吸之後，按下草太的號碼。

電話響了響，草太似乎早已等著，立刻接了電話。「姊，妳在忙嗎？」

「嗯，還好。」

鈴愛坐在後場辦公室的折疊椅，把全身體重壓在椅背上搖晃著，含糊回應。

「妳現在在做什麼？」

「塗黑？……塗黑。」

「妳自己塗？」

「偶爾嘛，換個心情。」

她聽著自己太容易被識破的謊言，覺得有點想吐。電話那頭的草太默不作聲，那陣沉默令鈴愛頭皮發麻。她突然想起草太從小就比她更敏感，能夠察覺到她的情緒。

「我明天可以去借住姊家裡嗎？」

「什麼……」

「我明天要去東京參加朋友的婚禮。」

「你……我家實在沒有空間能夠容納你。」

「借用秋風老師工作室的沙發也可以。」

鈴愛嚥了嚥口水，還想要繼續掙扎。「有螳螂在那個沙發下蛋了。」

聽到姊姊脫離常軌的藉口，草太輕聲嘆息。

「姊，妳別再撒謊了，螳螂只會在植物樹枝或莖上產卵。」

鈴愛已經想不出任何藉口了。

草太就像老奸巨猾的刑警在對付快要自白的鈴愛，語氣沉重地說：

「因為不知道妳搬家後的新地址，所以寄給妳的信全都退回來了。」

「啊，糟糕！我忘記去郵局了。」鈴愛立刻以手遮住嘴，但說出去的話已經被聽見了。

「妳現在做什麼工作？還是漫畫家嗎？下部作品什麼時候登上雜誌？」

面對鈴愛的緘默不語，草太不停地追問。等鈴愛終於做出決定，換個語氣叫了聲弟弟的名字時，草太反而亂了手腳。「妳等等！」他說，「妳是要我別告訴大家嗎？我是第一個知道的嗎？還是妳的意思是要我去負責告訴大家？妳要我幫妳去告訴楡野家所有人嗎？由我去說嗎？搞出這麼大的事、會讓老媽哭出來的事，妳要我去說嗎？喂，妳現在在哪裡？該不會在酒店吧？開店之前被帶出場？妳該不會成了酒店最受歡迎的紅牌吧？在六本木嗎？姊，妳去當酒家女嗎？妳家裡有鮪魚肚大叔嗎？」

草太的驚慌失措，反而使得鈴愛冷靜下來。

她語氣嚴肅，不帶情緒地說明自己的狀況：「你前半段說對了，後半段不對。我放棄當漫畫家了沒錯，不過你姊我沒那麼沒志氣去當酒家女。」

「嗯，也對，妳沒姿色。」

「要你多嘴！」

鈴愛稍微笑了笑。把實情告訴草太之後，她的心情也輕鬆許多。儘管一想到晴聽到時的反應，還是會渾身發抖，不過能夠對草太坦白很有意義。

面對電話那頭體貼的沉默，鈴愛靜靜開口：「草太，總而言之你先別說，我想要自己告訴媽媽。」

「嗯……」

「草太。」鈴愛突然正色，彷彿在剖析自己的內心般開口：「草太，你拿過第一名嗎？」

「啥？妳在說什麼夢話？」

「你姊我，以前還以為只要畫漫畫，或許就有機會拿第一，或許就能讓某個人喜歡上我。至於為什麼這樣想，是因為我一直以來做的事情中，得到最多稱讚的就是畫漫畫了。」

「嗯……」草太溫柔回應。

「可是，我啊，已經沒辦法繼續堅持下去了。我就像一隻折翼的麻雀，哈哈哈，我形容得不錯吧。」鈴愛勉強笑出聲，但草太沒有笑。

「你笑一笑啊。」鈴愛懇求。

「你給我笑啊，草太。」

草太沒有笑。直到鈴愛的休息時間結束之前，他都很有耐心地聽著鈴愛吶吶傾訴。

過了中午，又有一箱箱新的運動會用品送來。鈴愛和涼次兩人快手快腳地把紙箱內的商品陳列上架。手上動作沒有停，涼次問鈴愛是否知道《追憶的蝸牛》這部電影。

「妳聽過《追憶的蝸牛》嗎？這部電影的導演是蔚藍海岸影展『一種注目』項目的金獎導演元住吉祥平。」從他的語氣，可知他對那位導演十分醉心。

涼次熱切說明那部電影開頭的鏡頭，是從蝸牛的角度看世界，相當前衛，鈴愛卻怎樣也不覺得這電影很有意思。或許電影本身很有藝術價值，不過聽起來很無聊。

儘管她沒有太多回應，涼次似乎也不受影響，繼續開心聊著《追憶的蝸牛》。

「那部電影很厲害，現在正在製作續集《追憶的蝸牛2》。唉，這次是以類似獨立電影的形式推出。雖然資金還沒有到位就先進行電影拍攝，自掏腰包製作中，不過到時候就會有人出資了。」

「真的嗎？」

看著對方表情閃閃發亮，就像相信童話故事的小朋友般，鈴愛忍不住反問。

「為什麼這麼問？」

聽到他直白的問題，鈴愛聳聳肩說：「只是順口問問。」

「我跟著那個導演當他的導演助理。沒有工作的時候，就是像這樣做些短期兼職。」

「原來如此，可是，那麼阿涼先生將來想當導演先生，對吧？」

「啊，不用加先生。」

「也對……嗯，電影導演。」

「不是，我是說叫我的時候不用加先生。導演加先生……沒差吧，加了也沒關係。導演先生……聽起來不錯。」

或許是正在想像自己被稱為導演先生，涼次一臉陶醉看著半空中，接著靦腆地笑了笑，說：「嗯，那是我的目標。」

「真了不起。」鈴愛由衷地說。

她覺得佩服，不是因為涼次的目標是成為電影導演，而是他談起自己的夢想，就像在介紹女朋友般明確。尤其她剛失去夢想，更是深有所感。

「加油，阿涼先——」

「啊，不用加先生。」

「阿涼……」

鈴愛比出小小的勝利手勢替涼次打氣，涼次回以無憂無慮的笑容。鈴愛心想，不曉得涼次拍的是什麼樣的電影。製作電影時，也要長時間煎熬自己的情感到幾乎要燒焦的程度嗎？這名如大樹般穩重的青年心中，也存在著能夠蛻變成故事的激情嗎？

儘管鈴愛對《追憶的蝸牛》還是沒有半點興趣，不過如果是涼次的電影，她倒是很想看看。

涼次只支援忙碌時段，六點就下班回家了。鈴愛和田邊兩人負責站收銀檯。鈴愛覺得時鐘的指針前進得好緩慢，好不容易才過了七點。

「咦……那個……」

鈴愛注意到遺留在收銀檯內側作業檯上的記事本。

「是阿涼忘了帶走的東西嗎？」

田邊拿起記事本，一張對摺的便條紙從記事本裡掉出來。

「有東西掉了。」鈴愛伸手要撿起掉在地上的便條紙。

那張便條紙因為掉在地上而打開，鈴愛注意到「我是」兩個字。

她緩緩撿起便條紙，視線彷彿受到吸引般，看著接下來的字句。

「我或許是慢，但我仍要跑。
　我或許悲傷，但我想隱藏。
　我或許會輸，但我仍戰鬥。
　我或許軟弱，但我想變強。」

那是一首詩，題目是〈我是〉。

詩的後半段這樣寫到：

「人生或許殘酷，但我想作夢。
　翅膀或許已折斷，但我想飛向明天。
　我或許不是你期盼的我，
　但是在你的心、在你心中的火將要熄滅時，我會用這雙手輕輕為你擋風。
　永遠，為你遮風擋雨。」

文字內容直率到令人羞怯，但也正因如此，這些文字打動了鈴愛。

鈴愛告訴田邊，她會負責把記事本還給涼次，就把記事本帶回家。而後，從公共澡堂回到家、換上睡衣後，她輕輕打開便條紙，眼睛追著紙上的文字。

她覺得這段話就像是寫給自己的訊息——寫給斷了翅膀，所以放棄飛翔的自己。

「什麼嘛……」淚水從鈴愛的眼眶不斷流下。

她偶爾用力擦拭眼淚，反覆地、反覆地讀著那首詩。

「我不小心看到這個了。」

隔天，鈴愛把記事本還給涼次，也把寫著詩的便條紙拿給他，並誠實招供。那首詩恐怕是涼次平常不示人的內心世界，他一定不希望有人擅自偷窺。

可是鈴愛想要讓他知道，有人看了那首詩之後如此震撼。

「我很感動。」她坦白說。

「啊，唉……」收下便條紙的涼次僵在原地，沒有生氣但似乎很困惑。

「這首詩是阿涼先生寫的嗎？」

「啊，那個，如果可以的話，妳要不要兩個選一個，看是要叫阿涼或涼次先生。」

聽到涼次這麼說，鈴愛笑著說：「這樣啊。」

叫阿涼，她就會覺得自己似乎比較年長，所以很順口就加了「先生」。

「大家早。」出現在後場辦公室的田邊說。今天沒有酒味。

「啊，那首詩，寫得很棒呢。」

「咦？田邊先生也看了嗎？」聽到田邊無憂無慮這麼說，涼次更加不知所措。

「唉呀，我以為你忘在那裡就是要給人看的。該不會是想讓榆野看到，才故意放在那兒吧？」

「不是，怎麼可能。」涼次立刻否認。

一想到或許有這種可能，鈴愛的心就有些飛揚。如果真是那樣，她會更開心。鈴愛已經不打算掩飾，她在不知不覺間，已經受到這名剛認識的青年的強烈吸引。

這天剛開店，上門的客人就絡繹不絕。昨天客人少到令人懷疑何必找人來支援，不過看樣子今天才是重頭戲。客人一如預期，全都衝向運動會用品的貨架，把商品接二連三放入購物籃裡，也順手購買了其他日常用品。

狹窄的店內一下子就塞滿客人。鈴愛他們忙著服務。涼次才第二天上工，手腳倒是俐落，不管是包裝商品或是打收銀機都很順手。更厲害的是不管場面有多忙碌，他都沒有手忙腳亂，維持優雅的步調，鈴愛也跟著不覺焦慮，順利度過第一次體驗到的忙碌。

「小姐，那邊那位小姐！」男客人從遠處大聲喊著鈴愛。

鈴愛四處張望，分不清楚聲音的方向。

「這邊啦，這邊，妳的眼睛在看哪裡啊？」

「啊，啊啊……對不起！」

看到客人大力揮手、不耐煩地說，鈴愛連忙趕過去。

這是她在百圓商店工作以來，第一次因為聽力出狀況。鈴愛覺得幸好店面很小；因為店面小，很快就能趕過去處理，客人也就不會等太久。

到了下午，店內的忙碌狀況稍微緩和。在人潮退去後，一起站收銀檯的涼次漫不經心地問：「那個……榆野，妳的聽力是不是不太好？」

「嗯？咦？為什麼這麼問？」

「剛才客人喊妳，妳四處張望。」

「啊，因為左耳的關係，我的左耳聽不見。這麼說很不好意思，不過那位客人說錯了，不是我的眼睛在看哪裡，應該是我的耳朵在聽哪裡才對。」

涼次緩緩點頭，沒有被鈴愛奇特的幽默感影響，他的反應很淡薄，不過仔細看就會發現，涼次的眼睛閃爍著玩味的光芒。他莫名欣賞鈴愛令人措手不及的奇特幽默感，也想多聽聽這種沒有營養又有溫度的冷笑話。不過涼次沒有坦白，對於耳朵聽不見一事也沒有同情，只是很自然地接受。

接著他向鈴愛確認：「所以，和妳講話要大聲一點比較好嗎？」

「不用，太大聲反而很吵，千萬不要。你只要用弦樂器般優雅好聽的聲音跟我說話，我就能聽見了。」

涼次笑了。「弦樂器，難度真高。」

「阿涼的聲音很好聽。」

鈴愛說得毫不矜持。她仍清楚記得第一次聽到涼次的聲音，以及看到長相前，那個清澈嗓音振動耳膜的感覺。

「不好意思啊，我就是一副破鑼嗓子。」一旁的田邊插嘴。

鈴愛在面試時就告訴過田邊耳朵的狀況。

「我因為只有一邊耳朵能夠聽見，所以無法分辨聲音的方向。」

「收到，了解，我會盡量掩護妳。」

涼次露出令人愉快的微笑，鈴愛也回以微笑。

「謝了。」

其實涼次的聲音她聽得很清楚。她的耳朵彷彿調整成適合接收涼次的聲音般，總是聽得一清二楚。

等到店裡稍微不忙時，田邊指示鈴愛他們為明天備貨，開始上架補貨。他們幾個抱著沉重的紙箱來回店內與後場辦公室，就已經滿頭大汗。

「田邊先生，那邊的電風扇……」鈴愛突然注意到，問田邊。

電風扇正對著牆壁轉動。

「是啊，雖然已經是十月，不過動一動身體還是會覺得熱吧？」

「不是，我是想問，電風扇為什麼對著牆壁吹？」

「對著牆壁吹是為了讓風柔和一點。」

「原來如此。」

鈴愛覺得佩服。把臉湊近的確會感覺到從牆壁反彈的風溫柔輕撫臉頰。

風直接吹在身上會冷，不吹又會很熱，這個時候這種生活小知識就派上用場了。

「啊，這箱是放煙火用的椅子。」打開紙箱檢查商品的涼次說。

一起看向紙箱的鈴愛，得意洋洋地告訴他那叫作休閒椅。

「不管是運動會還是煙火大會，只要忘記帶這個，真的就會很欣羨有帶的人，超──欣羨。沒帶的人只能一直站著啊。」

「欣羨，是什麼意思？」

「就是羨慕的意思，我們岐阜的說法。」

「原來如此。不過，在百圓商店工作真的很有趣吧，商品很多。」

「就像是客人的遊樂園。」

兩人相視而笑。即使是大納言這種小店，也會有一些令人驚艷、或是看也看不出用途的商品。或許價值只有區區一百圓，但是只要花一百圓就能換得方便、驚喜、療癒，從這個角度來說，就會覺得百圓商店很了不起。老實說，鈴愛原本做這份打工只是為了賺錢餬口，聽了涼次的解釋之後，她才第一次覺得這份工作有點意思。

「啊，我去一下銀行，找零的零錢不夠了。」

田邊突然刻意大聲說，就把店交給鈴愛兩人，急急忙忙跑出店外。

他去了好一陣子都沒有回來。

「田邊先生會不會去太久了？」

「他只是蹺班去外頭喝杯咖啡，待會兒就回來了。」鈴愛笑著說。

田邊蹺班已經不是新聞了。雖然他不在真的很麻煩，不過他對鈴愛有錄用之恩。幸好即使田邊不在，大納言也不會出什麼大差錯，畢竟店裡平常就沒有很多客人。雖然田邊回來之後，鈴愛會當著他的面抱怨，但她還是會好好顧店。

「店裡現在這狀態，只有我們兩個人也沒關係。」涼次說。

購買運動會用品的客人少了許多，但鈴愛一個人顧店還是會很忙，所以她很慶幸有涼次支援。鈴愛看向涼次。

涼次口中的「我們兩個人」輕易撩動了她的心。

「榆野，妳的名字是什麼？」

「呃，我的名字有點呆，所以我不太……」鈴愛含糊其詞，不太想說。

涼次也沒有硬要追問的意思。

「沒關係。我就叫妳榆野好了，妳正好和我喜歡的人同姓。」

「咦？」

「與其說是喜歡的人，應該說是尊敬的人……」

「是嗎……」

「她是一位漫畫家，叫榆野鈴愛，她畫的漫畫作品真的很棒。」

鈴愛停止了呼吸。涼次的話直接揪住她的心臟。他的笑容有些靦腆，以介紹《追憶的蝸牛》時同樣熱切的語氣繼續說：「我很愛《瞬間盛開》這部漫畫。故事描述沉迷於相機的女孩與跳遠男孩……相機少女拍下男孩跳遠的瞬間，那個跳躍的瞬間就像瞬間盛開的花……可以這樣說嗎？」想到那個畫面，涼次的眼眶都溼了。

鈴愛定睛凝視著涼次的臉，緊抓著胸口的衣服，勉為其難才得以維持住一張撲克臉，眼睛卻跟涼次一樣，逐漸漫起水霧。

「然後啊然後，相機女孩去找在超商打工的男孩，為了想要與站收銀檯的男孩相處久一點，她買了十五支加倍佳棒棒糖，一次買一支，讓男孩替她結帳。相機女孩實在太可愛了，令人心跳一百……啊，心跳一百已經沒人說了吧。」

鈴愛甚至無法點頭，彷彿她只要動一下，就會整個人壞掉。

「總而言之，我超級喜歡榆野鈴愛，而且那套漫畫我還買了兩套，一套閱讀用，一套珍藏用。我變成長頸鹿期待著她下次的作品，可惜遲遲沒有消息。啊，變成長頸鹿是伸長脖子的意思，這也是榆野鈴愛漫畫中的台詞，不過長頸鹿……」

已經控制不住了。淚水從鈴愛的眼眶一滴滴掉落。眼淚一旦滑落，就再也停不下來。

「咦，呃？妳怎麼了？咦？」

見涼次困惑不解，鈴愛哭著鞠躬說：「對不起，已經沒有下次的作品了。榆野鈴愛不當漫畫家了，而且她就是這麼一個沒出息的女生，對不起，對不起。」

「咦，咦咦咦咦？真、真、真的假的?!」

鈴愛點頭，用手背抹一抹眼淚。

涼次終於意識到眼前的鈴愛正在哭，愣了一下，翻找自己的口袋。

「手、手帕……面紙……」

都沒帶。涼次突然脫下身上的連帽上衣遞給鈴愛。

「請、請用這個……」

鈴愛睜大哭紅的雙眼看向涼次。好開心。如果可以，她想要把臉埋在這件連帽上衣裡，讓衣服吸乾淚水。可是涼次說了句「妳不用嗎？」隨即收回連帽上衣。注意到旁邊貨架上的盒裝面紙，便把整個盒子遞給她。

鈴愛抽出面紙擦擦眼淚，把面紙捏成一團，吸吸鼻子。

涼次小心翼翼地開口：「那……那個……」

「嗯？」

「我是妳的書迷，可以和妳握個手嗎？」

鈴愛瞠目，心想這個人真是不會看時機。一般來說，現在都不是說這種話的時候吧。但她並不討厭，一點也不討厭。她猶豫著要不要握住那隻在這個時間點伸出來的手，因為她已經不是漫畫家了。不過她很開心涼次朝自己筆直伸出手，還是握上去了。

兩人的手緊緊交握。這是鈴愛第一次與自己的書迷握手。

「太好了，太好了……我很慶幸自己有畫出那部作品。」

感覺著涼次手上的溫度，鈴愛再度落淚。

「原來還是有人看我的作品。雖然我已經放棄了，不過畫得那麼痛苦也值得了……好開心，太好了。」

不當漫畫家，改在百圓商店工作之後，鈴愛總覺得自己的人生很失敗。事實上並非如此，既然涼次能夠感受到作品的意義，她的付出就沒有白費。

握住的手被人緩緩一扯，回過神來，鈴愛才發現自己已經被涼次輕輕擁住。不是強迫擁抱，而是像在安慰她。鈴愛不自覺靠上涼次。

「榆野，妳是哪裡人？」涼次就像兩人並肩站收銀檯時一樣，以雲淡風輕的語氣問。

鈴愛一邊打嗝一邊回答：「岐阜。」

涼次小聲地重複了一次：「岐阜。」

直到鈴愛止住淚水之前，涼次大方出借胸膛。鈴愛終於不再落淚，帶著哭紅的眼睛難為情笑了笑。涼次也溫柔微笑。

此時，客人就像算準了時間般出現。

鈴愛和涼次異口同聲道：「歡迎光臨。」

平常最久頂多兩三個小時就會回來的田邊，這天卻沒有回來。已經過了兼職人員的下班時間，涼次很想留下來幫忙，鈴愛卻對他說沒關係，讓他先走，獨自招呼客人直到打烊關店。她也開始覺得田邊的情況不對勁。

隔天，鈴愛做好要把田邊痛罵一頓的準備去上班。沒想到一遇到田邊，他就率先下跪道歉認錯，鈴愛也就放過他了。田邊也只有一開始有幾分愧疚，一眨眼又恢復老樣子，鼓舞鈴愛他們的士氣，說：「今天將是人潮最高峰！」鈴愛很是錯愕。

在開門營業之前，田邊說要傳授他們百圓商店的祕密。他說道，百圓商店三神器，是油性麥克筆、除塵撣，與捲尺。麥克筆用來寫價格標籤和ＰＯＰ；除塵撣用來清掃滯銷商品上的灰塵；捲尺則用來測量商品尺寸，因為客人經常問起尺寸問題。

「另外就是，鈴木和佐藤的姓氏印章要隨時維持庫存有貨。站收銀檯的人有空時，就要負責裁切包裝用的報紙。這就是百商的奧義！」

田邊簡直像是在推銷菜刀，對鈴愛和涼次介紹一連串的工作內容，之後下台一鞠躬。百商指的就是百圓商店。不曉得為什麼，田邊喜歡這種莫名其妙的簡稱。鈴愛忍不住笑出來，隨便拍兩下手應付。一旁的涼次喃喃說：「真帥……」同時不忘熱情鼓掌。

田邊因為涼次的反應，心情大好，抬頭挺胸以更狂妄的語氣說：「你們聽好了，明天就是這一區的中小學及幼稚園的運動會！到時候人會多到不行。」

「多到不行……」

「是，多到不行，你們要做好心理準備。」

鈴愛和涼次回答：「是。」

接著又有新商品送到，是玩具手槍，一拉扳機就會乓的一聲射出旗子。老實說這不是運動會直接會用到的東西，只是因為賽跑會用到手槍才順便進貨。

「給這個商品弄些宣傳文字和插畫吧。」

或許是擔心賣不出去，到了即將開門營業時，田邊做出指示。

「榆野，妳之前是漫畫家吧？」

「啊，對，算是。」鈴愛低下頭。

手邊已經沒有其他要做的事，而她也清楚能夠做的事應該去做，但她已經不想畫畫了。

「那麼，妳就在這裡隨便畫些漫畫。對妳來說不難吧？」

田邊硬是把紙筆塞進她手裡。聽著田邊沒有惡意的這番話，鈴愛感覺自己尚未癒合的傷口，再次被狠狠挖開，鐵青著臉接下紙筆。

這時，涼次從一旁搶過她的紙筆。

「可以讓我畫嗎？」

「咦？阿涼畫嗎？」

「我想畫！讓我畫吧。」涼次說得熱切，田邊只好不甘願地同意。

涼次連忙在作業檯上畫起ＰＯＰ。他的插畫就像小朋友塗鴉一樣，欠缺繪畫天分，反而看起來很有藝術感。

「不錯吧？」

涼次一臉得意的樣子，嚇得田邊一時無語，鈴愛看到他這副表情忍不住噴笑。

鈴愛就這樣看著涼次哼著歌裝飾ＰＯＰ。她很想說聲謝謝，她知道涼次一定是為了幫她。

但，會不會是自己誤會呢？

就在她遲疑著該不該開口時，時鐘的指針指向開門營業時間。

鐵捲門打開的同時，客人大量湧入。

這天是運動會的前一天，客人比起昨天更多。

每位客人都以先搶先贏的氣勢，伸手拿商品放入購物籃。客人的要求也很瑣碎。例如：便當分隔杯的尺寸大小明明不會有影響，卻有客人來問目前店裡現有尺寸之中，有沒有M號的。鈴愛一邊回答這類問題，一邊打收銀、包裝、補充賣完的商品、站上折疊梯拿高處的商品。

有的客人一次講很多事情，鈴愛心想，就算記憶力超強的聖德太子也記不住吧。她焦慮得好幾次都想要怒吼，但這種時候，她就會不自覺看向涼次。即使置身水深火熱中，他還是以不變的步調謹慎應對。一看到這樣的涼次，她覺得自己的焦慮瞬間就消失了。

鈴愛顧不得一頭亂髮，一股腦兒地不斷賣出商品。客人直到中午仍舊絡繹不絕，鈴愛和涼次甚至沒空輪流午休，只能趁空檔以事先買好的便利商店飯糰填飽肚子。不吃點東西恐怕會昏倒。鈴愛氣勢洶洶打著收銀機，涼次負責包裝，兩人就像過年搗年糕一樣，不曉得什麼時候變得很有默契，解決一個又一個客人。

儘管如此，收銀檯前的隊伍還是沒有縮短。

「謝謝惠顧。」送走前一位客人，輪到下一位客人，來人正是燈座那時見過的東雲老婆婆。她排著隊，手上卻沒有拿商品。

「我說啊。」東雲不理會後面大排長龍，慢悠悠地開口。一看到涼次，臉上立刻綻放光芒。「唉呀，你不是上次的帥哥嗎？你是店員嗎？」

「啊，嗯……」這件事解釋起來太複雜，涼次只好含糊回答。

東雲比手畫腳對涼次說：「我想要找只要這樣這樣就會變這樣的那個東西，因為我女兒說明天會帶我的外孫過來玩。那個東西叫什麼去了？」她的形容令人摸不著頭緒。「圓圓的，這樣轉來轉去，亮晶晶。」

東雲用手比出管狀，做出朝管子裡看的動作。

「單眼望遠鏡？」

「雙筒望遠鏡？」

鈴愛和涼次分別說，可是東雲不滿皺眉，立刻回答：「不是。」

「不是啊，要這樣轉來轉去的東西。」

「轉來轉去？雨傘？」

「一般人哪會轉雨傘？」

鈴愛被涼次吐槽，瞬間臉紅。接下來兩個人仍就著東雲提供的曖昧不明線索，講出每個想到的商品名稱，可是聽到每個答案，東雲都搖頭。

東雲身後的客人故意出聲咳了咳，等候結帳的隊伍已經變得很長了。

鈴愛環顧店內，找尋田邊的身影，發現他在店門口附近補充空蕩的運動會用品貨架。她才準備大聲叫他過來支援，下一秒就看到田邊被出現在門口、風姿綽約的女人叫了去；對方似乎有事拜託他，他就這樣走出店外。看來沒辦法找田邊幫忙。

鈴愛輕輕扶著東雲的手臂。

「東雲女士，不好意思，因為客人大排長龍了，您方便先過來這邊……」她準備讓東雲在旁邊等著，等他們把隊伍縮短到一個段落。

東雲卻露出受傷的表情，憤憤扭頭。「算了，真抱歉打擾到你們。」

她就這樣走出店外去。

鈴愛對於無法幫上東雲女士很過意不去，但下一位客人已經把購物籃放上了收銀檯。待她開始打收銀後，這次變成有新客人想要插隊，頻頻問有沒有刮鬍刀。鈴愛決定讓田邊停止補貨，回來幫忙處理客人，否則她沒有那麼多隻手應付。她跑出收銀檯，朝剛才看到田邊的門口方向去，卻不見他的身影。

鈴愛把頭探出店門口，環視正門外的馬路，也沒有看到田邊。下午四點是店裡最忙的時候，田邊卻不見了。他沒有涉及犯罪或失蹤，這個正在搞不倫的男人只是重視女人更勝過工作罷了。

鈴愛和涼次不清楚情況，卻也沒有閒工夫驚慌失措。鈴愛獨自負責打收銀和包裝，涼次繼續把田邊做到一半就拋下的貨品補完。情況變成客人無論如何都得等，沒辦法。兩人只能夠各自盡全力做好眼前的工作。

客人抱怨等太久，他們鞠躬道歉；客人怒罵商品破損，他們鞠躬道歉。

鈴愛不斷鞠躬道歉，差不多也領悟到做生意就是道歉了。

飯糰的熱量早就消耗完畢，眼前就快一片黑。

就在這時，她看見店門口出現一張熟悉的臉。

西裝革履、手上提著一大袋婚宴伴手禮的草太，站在那兒觀察這邊的情況。好一陣子沒見，鈴愛長了幾歲，草太當然也長了幾歲，變得有點大叔感。

鈴愛想起前陣子講電話時，草太說過參加完婚禮會過來看看她。她沒空沉浸在闊別重逢的感慨裡，快速衝出收銀檯，抓住草太的胳膊。

「啊，草太，你來得正好！你過來收銀檯。」

「什麼？」

鈴愛強行把草太推到收銀機前，把圍裙塞給他。草太很清楚這種時候忤逆姊姊也沒用，只好乖乖束手就擒，穿上圍裙，開始默默打起收銀機。

到了傍晚，客人再度增加。鈴愛看到女高中生在偷看涼次和草太，並發出尖叫。大納言有帥哥——女高中生口耳相傳，消息一下子就傳開了，客人也迅速倍數爆增。不過也因為有草太的幫忙，收銀檯的隊伍明顯縮短。有過餐廳工作經驗的草太以飛快的速度打著收銀機，面無表情逐一解決客人。

「這個不能打折嗎？」

一名中年婦女把商品放在櫃檯上，毫不客氣地說。草太怔住，停下手上動作。

「稍微給個折扣嘛，小哥。」

「這裡是百圓商店……」

「唉呀，法律有規定百圓商店就不能打折嗎？」

中年婦女很有耐性，不肯罷休。

這時，原本在附近補貨的涼次突然站起來，介入兩人之間。

「啊，不好意思，本店懇請客人不要討價還價。這個商品的成本價是七十圓，再加上種種開銷，進貨價是九十九圓，我們只賺一塊錢！」

「這、這樣嗎？只賺一圓？真辛苦……」聽到涼次提出具體數字，中年婦女瞠目結舌。

鈴愛在遠處一邊忙碌一邊聽著，不禁因涼次熟悉百圓商店這門生意而睜大雙眼。

「是的，我正好學過這些。」

看到涼次微笑，中年婦女不情願地打開錢包，把一百圓放在櫃檯上。等她離開後，草太想向涼次道謝，卻已經有其他客人找上涼次說話。他似乎很忙。

鈴愛一邊把商品上架，一邊偷看涼次。草太正好目睹鈴愛那瞬間的舉動。

草太心想，姊真好懂，同時拿出下一位客人購物籃裡的商品。

等候結帳的客人終於只剩下三位。

到了六點左右，上門的客人總算減少。兼職的涼次堅持今天要留下來待到最後，鈴愛也就接受了他的好意。

田邊完全沒有要回來的樣子。

鈴愛和草太一起站收銀檯。趁著現在沒有客人，他們開始裁切用完的包裝用報紙。不用鈴愛多說什麼，草太也一起動手幫忙。

「聽好了，草太。」

「怎樣？」

「姊姊我，如你所見，過得很充實。這一區明天的運動會就靠這家店支撐。這是一家深受在地人喜愛、生意興隆的店。」

「不過就是連鎖的百圓商店……大納言在岐阜也有啊。」草太以冷靜的口吻說。

鈴愛一時語塞，仍堅持繼續說下去：「我雖然不當漫畫家了，日子還是過得很充實。」

「是嗎？」

「裁報紙也很開心。」

「好。」

「所以，請你幫我跟媽媽和榆野家其他人轉達。」

草太霍然站起，看向鈴愛的臉。

「什麼，我？妳要我去說？姊，妳不是說要自己向媽說的嗎？」

「交給你了，我唯一的弟弟！」

鈴愛就像上司對部下那樣拍拍弟弟的肩膀，草太沮喪地垮下雙肩。

這時店裡傳來小孩子的聲音。一位大人帶著小女孩，正在對涼次比手畫腳，拚命表達自己想要的東西。涼次配合女孩的視線高度蹲下，仔細聽她說話。

「這位店長先生感覺有些與眾不同呢。」

「嗯？他不是店長，是短期打工的。更與眾不同的店長，在這個忙得要死的時候，從傍晚就不見人影了。」

「真不敢相信。姊，妳喜歡那個人嗎？」這回換鈴愛瞬間站起，看向草太的臉。

「什麼？為什麼這麼問？啥，啥啊？你在說什麼啊！」

她不自覺改用秋風曾說聽起來很像阿拉伯語的岐阜腔說話。

一看到鈴愛紅了臉，一臉嚴肅地愈說愈激昂，草太以波瀾不興的態度說：

「因為妳看了他好幾次。」

「咦？騙人，我有嗎？」

「有。」

「沒那回事，是你多慮了，嗯，是你想太多。因為那個人，阿涼先生他，明天就走了。他只支援運動會這段期間。」鈴愛像在說服自己，說話的語速很快，大氣都不喘一下。

草太不置可否，只是意有所指地哼了一聲。鈴愛不自覺看向涼次。他正被小朋友拿玩具手槍擊中，誇張地假裝中槍倒下，旋即又起身與小朋友一起放聲大笑。

不管哭或笑，明天就是運動會了，也就是說後天起就不會再見到涼次，不會再有機會與他說話，也無法再像這樣看著他了。思及此，鈴愛的視線就無法離開涼次。她還想要看到更多他孩子般的笑容、不自覺想依靠的地方，以及那些不曾看過的表情。

但是，不行，他是即將離開的人，不能再繼續看著他了。
鈴愛強迫自己轉開視線，垂眸裁報紙。
她慶幸還有不少報紙需要裁切。

運動會這天，一大早就下起雨來。
即使到了營業時間，雨還是沒有要停的跡象，雨勢甚至逐漸轉強。
昨天直到打烊都沒有回來的田邊，也不曉得是不是尷尬，今天依然沒有現身。鈴愛和涼次兩人記起田邊的交代，從後場辦公室拿出雨天會熱賣的雨衣和塑膠雨傘陳列在架上。
「在下雨呢。」鈴愛望著門外往來交錯的各色雨傘，放鬆地說。
涼次也慵懶回應：「在下雨呢。」
鈴愛嘆了一口氣。「枉費大家做了那麼多準備，還讓我們忙成那樣。」
「嗯。」
「運動會應該停辦了吧。」
「真可惜。」
「嗯，感覺我們賣出運動會野餐墊、便當用人造葉、頭帶的時候，也像在準備運動會。」
「對呀，我賣掉五條白色頭帶，就把自己當成是白隊的人了。」

運動會停辦固然遺憾，不過聽了涼次的話，發現他也有同樣感覺，更令人開心。鈴愛這個人總是想到什麼就說什麼，聽到的人多半會嚇到或做出微妙反應，可是她覺得涼次似乎懂她。涼次如果也和自己有同樣感覺就好了。鈴愛這麼想著，伸展昨天因忙碌而僵硬的身子，再次看向下雨的天空。

「這個雨，會停嗎？」

兩人並肩，無語地看了一會兒的雨。

儘管運動會停辦，今天仍然是運動會的日子，也是涼次最後一天打工的日子。

到了傍晚，雨勢非但沒停，反而下得更大。

下雨天不會有客人上門，不再有運動會需求的大納言比平常更清閒。

昨天忙成那樣彷彿是騙人的。報紙庫存還有很多，他們無事可做。

「運動會，雨天順延……明天？下星期天？何時、何時、何時、何時？」

鈴愛悶悶不樂地哼著歌。她聽涼次說過，明天起他就要以導演助理身分去出外景。也就是說即使運動會順延，他也不會再來打工了。

鈴愛茫然想著，如果田邊先生不回來，自己要獨自面對那場混亂嗎？正在兒童玩具區整理商品的涼次突然「啊」地驚呼一聲。

「圓圓的，轉來轉去的，亮晶晶的，該不會是這個吧？」

「嗯，什麼？啊，東雲女士想要給外孫的東西！」

「對，她說的該不會是萬花筒？」涼次手裡拿著萬花筒ＤＩＹ組合包。

「萬花筒。對了，沒錯！她提過外孫是女生。我跑一趟送過去好了，我記得她家就在麵包店後面那附近……」

鈴愛正要起身，就聽到「你們好」的聲音。

兩人同時看向聲音的方向，開口說話的正是東雲。

他們連忙向東雲女士確認，她要的東西是否就是萬花筒。東雲開心點頭，卻在聽到店裡只賣ＤＩＹ組合包時，瞬間變得憂心忡忡。

她說自己的手會抖，沒有自信能夠做好萬花筒。

鈴愛和涼次異口同聲，表示自己願意幫她做好。幸好意見很多的囉唆店長不在，而且鈴愛他們正好有大把時間。他們讓東雲女士坐下等候，她很快就睡著了。

鈴愛從後場辦公室拿來毯子替東雲女士蓋上。

東雲搖頭晃腦地打瞌睡，兩人在一旁專心製作萬花筒。說是這麼說，不過主要動手的是涼次；他主動說要幫忙做好，卻笨手笨腳浪費了兩套ＤＩＹ組合包。

「妳也覺得我的手很笨吧？」涼次這麼說，像是在鬧彆扭。

「沒沒沒沒！」鈴愛笑著敷衍，「沒關係，這兩個失敗品我會負責買下。」

百圓商店的優點就是，即使失敗兩次也只是損失兩百圓。

涼次重新打起精神，拿起第三個萬花筒ＤＩＹ組合包。

考慮到小孩子也能輕鬆製作，萬花筒ＤＩＹ組合包設計得很簡單。可是放進管子裡、類似鏡子的金屬片如果無法順利開合，看到的圖案就會扭曲變形，沒辦法變成漂亮的萬花筒。

涼次小心翼翼組裝，終於做出可以接受的成品。

「完成了！」大聲歡呼之後，連忙看向正在睡覺的東雲女士。東雲熟睡著，沒有半點要醒來的意思。

鈴愛接過涼次遞來、才剛完成的萬花筒，看向裡頭。因為只要一百圓，而且放入的石頭顏色很少，所以看到的變化很單調。不過久違地玩起萬花筒，現在看卻覺得十分漂亮且不可思議。鈴愛不厭其煩地轉著管子，看著不會重複第二次的花樣。

「好美。」

原本充滿光線的萬花筒突然變得一片黑，鈴愛「哇」地驚呼。原來是涼次伸手擋住了進入萬花筒的光線。看到他惡作劇的笑容，鈴愛忍不住笑了。

「阿涼，也做一個萬花筒給我吧。」

「咦？」

「今天就是你最後一天上班了，不是嗎？我想當作紀念。」

涼次靦腆笑了笑。看到他有點傷腦筋的表情，鈴愛心想，自己的要求是不是太厚臉皮了，於是隨手拿起失敗品，覺得不然拿這個當紀念品也可以。可是涼次之所以傷腦筋，是因為他想告訴鈴愛，想送她更好的東西，而不是這麼孩子氣的紀念品。

東京被大雨籠罩這天，岐阜是個大晴天，傍晚的天空有美麗的夕陽妝點，但楡野家卻是天雷地動。

「你怎麼沒有揪著那傢伙的脖子把她帶回來？」晴惡狠狠地責怪草太。

去東京參加朋友婚禮、順路去百圓商店幫忙的草太，借了鈴愛的房間過夜。鈴愛縱使不樂意，但她也自知強迫草太幫忙工作是她理虧，所以還是讓草太進門。他馬上就明白鈴愛不樂意的原因——這個公寓房間比想像中更狹窄、破爛，令他無言以對。他心想，這就是鈴愛不願意讓家人，特別是晴知道的原因吧。

就這樣，草太在沒有備用棉被又睡不好的情況下度過一晚，便背負著要把姊姊的現況告訴晴的沉重壓力，返回老家。

說起來，當初他提到要去東京參加朋友婚禮時，叫他去睡鈴愛住處的就是晴。不接電話，信也退回老家，儘管晴察覺鈴愛的改變，卻無從確認。焦慮不安的晴於是想到可以派草太直接前往偵查。一見到從東京回來的草太，她劈頭就問鈴愛的事。草太在回家路上都在思考怎麼告訴他們才好，最後他選擇置身事外，照實坦白。

晴已經隱約感覺鈴愛沒在當漫畫家，在百圓商店工作卻出乎她的意料。她明白想要留在秋風身邊畫漫畫，就非得待在東京不可，但晴認為如果是百圓商店，岐阜也有啊。

「百圓商店不是到處都有嗎？」

「不，老婆，梟町就沒有，必須去隔壁的鶺鴒町才有。」

宇太郎泰然自若地指正，晴狠狠瞪向丈夫。

仙吉早已聽鈴愛親口說要辭掉漫畫家的工作，假裝在看草太帶回來的婚宴伴手禮目錄，掩飾自己知情不報。草太和宇太郎也跟著一起看型錄，還悠哉說要訂松阪牛來做壽喜燒云云。晴一邊粗魯地擦著桌子，一邊煩躁地聽他們講話。

「那個孩子待在東京做什麼……」

「唉，妳也別煩惱了。有什麼關係？只要她健健康康就好。」

宇太郎在這種時候特別樂觀。他那種無憂無慮的態度，平常總是能安慰自己，但今天的晴卻莫名生氣——難道他不擔心鈴愛嗎？

「在那種百圓商店打工，接下來該怎麼辦？她已經快要三十歲了。」

晴起身，拿著餐具大步走向流理檯。

「生氣了。」

「真的，好可怕。」

她聽到男人們在她背後壓低聲音小聲說話，忍不住用力把餐具弄出匡鏘聲響。

為什麼這麼生氣呢？晴自問。

為什麼鈴愛自己不說，而是派草太回來說？她變得更生氣，也明白了原因。

晴不甘心，對於鈴愛沒對自己透漏半點口風覺得不甘心。她的確會因為擔心而嘮叨幾句，但這麼重要的事情，鈴愛居然沒有先回來商量或報告一聲。

「沒良心的孩子。」喃喃說完，晴蹙著眉，用力刷洗平底鍋。

結果到了打烊時間，店長還是沒來上班。鈴愛不安地想，這家店真的撐得下去嗎？但她也沒有其他地方可去。她一邊準備打烊，心想必須想想辦法。

一方面也是下雨的關係，大納言這一整天都沒有客人，鈴愛一個人也足以應付，不過涼次這天仍說他會待到最後。與涼次相處的時間能夠延長一些，鈴愛覺得很開心，所以儘管對他過意不去，鈴愛還是接受了他要留下的要求。

「對不起，阿涼，讓你跟著我待到最後。剩下的我自己就可以了，你先下班吧。」

為了個人私心讓涼次留下來陪著，鈴愛覺得歉疚，想讓他先下班，即使只早一秒鐘都好，但涼次拿著萬花筒ＤＩＹ組合包燦爛一笑。

「我要做這個，因為有人要求。」

鈴愛不禁笑容滿面，還補充：「而且是很厚臉皮的要求。」

她很高興涼次願意實現她的要求。

涼次拿出一百圓交給鈴愛，她把錢放進收銀機。

「今天一整天賣出了四個萬花筒。」涼次稍微笑了笑，「營業額都是我們貢獻的。」

涼次打算立刻動手製作。

鈴愛突然想到什麼，開口道：「啊，對了，阿涼，我們要不要來辦個酒聚？」

「嗯？」

「運動會雖然停辦，不過我們還是狠狠忙了一場。店長不在，我們兩個就一起吃吃喝喝……啊？多講了一個喝。」

涼次再度輕輕笑了笑。看到他笑，鈴愛很開心，也跟著展顏微笑。

「這個點子不錯，我們來辦酒聚吧。」涼次旋即回應。

他的態度積極，可見絕不是在說客套話。

鈴愛的臉上綻放光芒，說：「真的嗎？」

問題是要在哪裡辦酒聚呢？「啊，我沒錢。」

「我也是。」

兩人面面相覷。想了又想，最後鈴愛想到的酒聚地點是後場辦公室。她想起田邊把私人物品帶進那裡當作自家客廳使用。後場辦公室的冰箱裡有田邊庫存的啤酒。鈴愛和涼次各拿出一瓶；畢竟他們代替田邊工作了一天半，還有前天的幾個小時，拿這點程度的慰勞金應該不至於受罰吧？

鈴愛和涼次回到店裡，挑選適合當下酒菜的乾燥點心和零食，在收銀檯結帳完畢後，回到後場辦公室，開始舉行小小的酒聚。

喝一點啤酒就臉紅的涼次拿起田邊的吉他，短短彈了一首歌曲的前奏，打算玩聽前奏猜歌的遊戲。

「那一天，那個時候，在那個地方——[8]」

鈴愛立刻唱出答案。儘管想不起歌名，她卻記得怎麼唱。

兩人各自拿出第二瓶啤酒，一邊小口喝著，一邊彈吉他唱歌。第二瓶啤酒喝完時，涼次說萬花筒必須在醉倒之前做好，於是動作緩慢地做起萬花筒。他的臉已經紅透，手上的動作還是很穩定。接著，他挺胸說這是目前為止做得最好的成品，把完成的萬花筒遞給鈴愛。

一百圓的禮物，對鈴愛來說卻比什麼都令她開心。或許往後，每次看到這個萬花筒，都會想起涼次。鈴愛湊近看向萬花筒裡面，一邊想著。

8.〈愛情故事突然發生〉（ラブ・ストーリーは突然に）：日本歌手小田和正的歌曲，於一九九一年二月發行，也是日劇《東京愛情故事》的主題曲，因而得名。收錄此單曲的CD，刷新了當時日本CD單曲最高銷量紀錄，並成為一九九一年度日本單曲銷量冠軍。

9.〈待在我身邊〉（Sobani Iteyo）：日本音樂團體CAGNET的歌曲，於一九九六年發行，也是日劇《長假》的主題曲之一。當時，《長假》廣受觀眾喜愛，最高收視率來到三六．七％，當中的歌曲連帶廣為流傳。〈待在我身邊〉收錄於日劇同名專輯《長假》中，至今已銷售約一百零三萬張。

聽前奏猜歌遊戲結束後，涼次仍拿著吉他，開始自彈自唱。

「作夢時，明明一個人也無妨……[9]」

聽到開頭第一句歌詞，鈴愛不禁心尖一顫。那溫柔的旋律與嗓音，彷彿正在對自己說話。當一個人獨自硬撐、自認為不要緊，被問起是否寂寞時，忍不住吐露真心話，希望有人待在自己身邊。這首歌講，正的是這種感覺。

她突然也希望，自己能這樣直率地坦白。

「好聽。」鈴愛抱膝坐在椅子上喃喃說。

「妳沒聽過這首歌嗎？」

「沒聽過。」

「鈴愛，這首歌在妳忙著畫漫畫的時候，在電視上很流行喔。」

「這樣啊……」心情有點低落，鈴愛下意識地壓扁啤酒罐。

「我那時候只顧著畫漫畫，什麼都不知道。」

「妳別妄自菲薄。」

鈴愛緩緩搖頭。「阿涼先生，你明天要出外景嗎？」

「嗯，要去沖繩。」

「我什麼都沒有，也沒有明天。」

鈴愛把壓扁的啤酒罐推到一旁，拉過新的啤酒罐一口氣猛灌。

「鈴愛……」

「放棄漫畫之後，我就看不到明天了。漂浮在半空中，呼吸好難受，耳朵只聽見年齡啦、老家的家人啦、朋友生小孩啦等等的噪音。」

「怎麼說是噪音……」

聽到涼次的糾正，鈴愛這才注意到自己無意間在「噪音」二字背後藏著敵意。

她嘆息，吐出的氣息帶著酒臭味。

「我快要變成壞心腸的人了……不可以，我必須找到明天才行。」

「別擔心。」涼次堅定地說，「妳這些日子努力了很久了，稍微轉頭看看後面或休息一下，不也很好嗎？別擔心，妳一定可以再次邁步前進的。畢竟我們的眼睛只長在前面，眼睛看向哪裡，我們就會走向哪裡。」

涼次的話語充滿不可思議的說服力。鈴愛想起他寫的詩，直覺認為現在這段話，也是他在人生中領悟的感想。

「是嗎？」感覺心情輕鬆了點，鈴愛怯怯笑著。涼次露出包容一切的溫柔微笑回應。

田邊庫存的啤酒差不多要被他們喝光時，已經是深夜。

鈴愛和涼次俐落收拾垃圾，關燈，放下鐵捲門。

「啊，我們喝了好多。」涼次以輕飄飄的聲音說。

鈴愛伸手摸了摸自己酒醉泛紅的臉蛋，仰望天空。天空覆蓋著厚重的雨雲，一片漆黑。

「下雨了。」

雨聲很吵，但依然只有右邊能夠聽見。

「我的左耳聽不見。」鈴愛靜靜地對正要打開雨傘的涼次說。她的音量小到幾乎要消失在雨裡，不過涼次還是聽見了。

「嗯。」

「撐傘時，我聽不見左邊的雨聲。」

「這樣啊。」

「我曾經喜歡的人……我問他兩邊都有雨聲是什麼感覺。他說，落在傘上的雨聲沒什麼好聽的，所以只聽半邊剛剛好。」

「他人真好。」

「可是他結婚了。」鈴愛淚眼婆娑。

事到如今，她才想起自己還沒有機會好好感受失戀的感覺。當時她真的想過要為了創作直視自己的心痛，但那只是藉口。她是拿創作當藉口，逃避失戀的痛。

涼次手上的傘開到一半，定睛注視鈴愛的臉，接著突然把手上的傘拋開，跑進雨中。

他站在愣住的鈴愛面前，沒有任何遮風擋雨的東西，就這樣跑到馬路中央，大聲呼喚鈴愛的名字。

「鈴愛，楡野鈴愛！撐傘的話，只有一邊會聽到雨聲，但像這樣站在這裡，站在天空底下，雨水就會降落在兩邊，妳要不要和我一起淋雨?!」

驟雨落在涼次的頭髮、臉上、肩膀上。他淋著雨，卻仍笑著。即使與他有段距離，那抹笑容依然清晰可見。

「天色太暗了，我看不清楚妳的表情，妳該不會是怕了吧？」

聽到涼次的話，鈴愛忍不住放聲大笑，喊回去說：「你這個醉鬼！」接著又說：「我也喝醉了！」跟著跑進雨中。雨下得毫不留情，不分前後左右，淋得鈴愛一身溼。

鈴愛跑到涼次身旁露齒一笑，感覺自己好像也成為雨的一部分。她絲毫不在意自己被雨淋溼，甚至還覺得痛快。

「我們來跳個舞，像這樣。妳聽過〈Singing in the Rain〉這首歌嗎？」

涼次轉著圈示範給鈴愛看。

〈Singing in the Rain〉鈴愛也很熟。她故意用力踩水窪，踏著亂七八糟的舞步。涼次也和她一起踩著水花跳舞。

「好好玩，兩邊都在下雨，兩邊都在下雨！」鈴愛在雨中歡呼。

她原本以為左邊不會下雨，但她錯了。

雨從來也都會落在左邊，這是涼次提醒她、告訴她的。

涼次突然停下腳步，鈴愛也跟著站定，含笑看向他。涼次朝鈴愛伸出手。鈴愛不解他的用意，還是把手搭上去。涼次用力將她拉進懷中。

與上次的握手不同，這次的擁抱有些強勢。雨水從涼次的頭髮滴落在鈴愛的臉頰上。

下一秒，她被更用力地深深抱緊。

「我喜歡妳，鈴愛。」

涼次清澈的嗓音，即使在雨中也能清晰傳進鈴愛耳裡。她原本遺忘的醉意似乎又湧了上來，令她暈眩。她勉強以非常小的聲音回答：「Me too……」

這時如果正經回應，她恐怕會無法把持自己。

「鈴愛，不如……不如我們結婚吧？」

「什麼？我們才認識不到一個禮拜……」

「羅密歐與茱麗葉也不過五天就定情。」涼次說得不以為意。

裕子和小誠如果也在這裡，一定會齊聲吐槽他吧，但鈴愛卻覺得他說得沒錯。

她這個人原本就只思考明天，無法想得太遠。既然兩人現在想要在一起，那就在一起又何妨？

「阿涼先生，你的睫毛好長，雨水卡在睫毛上了。」鈴愛小心翼翼以袖口靠近涼次的睫毛，替他擦掉雨水。涼次凝視著鈴愛的臉，再度將她抱緊。

「我好喜歡妳，妳要不要嫁給我？我想一輩子永遠和妳在一起。」

聽到「一輩子」，鈴愛一陣暈眩。只有當下的自己，心中不存在這個字眼，可是她覺得這個詞聽來強悍、直接、好聽。

「了改……了！」鈴愛的回應惹得涼次發笑。

「這是我的口頭禪，意思是『非常YES』。我喜歡你！喜歡你，阿涼。」

兩人宛如在拍電影般，誇張地擁抱彼此。接著就像生澀的高中生，又像小鳥啄食般，互相交換似有似無的淺淺一吻。

求婚隔天，鈴愛立刻把裕子和小誠找來自己家裡。兩位大忙人想盡辦法排出時間趕了過來，一聽到鈴愛羞怯宣布結婚消息，兩人異口同聲說：「真的假的！」便再也說不出話來。

「唉唉唉，認識六天就結婚，這……」

總算回過神來的裕子快速剝著自己帶來的栗子，沒好氣地說。

「你們『嗶嗶嗶』就來電了嗎？松田聖子就是妳？」

小誠把栗子放進嘴裡，一邊打趣地說。當時松田聖子一句「嗶嗶嗶就來電了」，以及閃電結婚的事曾經引起軒然大波。但鈴愛表情茫然地望著半空中，接著搖頭。

「是羅密歐與茱麗葉，他們五天定情，我們還比他們多了一天。」

「聽好了，鈴愛，妳不是茱麗葉，涼次也不是羅密歐。羅密歐與茱麗葉他們才十四歲。」

裕子盯著鈴愛的眼睛說。

小誠立刻指正：「錯，茱麗葉是即將滿十四歲的十三歲，羅密歐的年齡則沒有提到。」

「你還真熟啊。」

「因為我很喜歡那個故事。」

「不管，反正他們還是小孩子。你們兩個難道沒有大人的判斷力嗎？」

裕子合乎世俗常理的一番話，絲毫沒有傳達到鈴愛高高飛上天的心裡。

鈴愛表情恍惚地起身，像在演話劇似地說：「就像那句陳腔濫調：戀愛不是用談的，而是自然而然陷進去的。如果真是這樣，在我身邊、我所行經的地面上，本來就沒有半個叫戀愛的地洞，所以我原本放棄了，可現在卻突然有個地洞出現在這裡，從遠方來到地球……」

「妳要滾去外太空隨便妳。」裕子無力仰天，埋首剁栗子。

「嘿，那個人到底哪裡好，讓妳著迷成這樣？」

聽到小誠的問題，鈴愛想都不想就回答：「全部。」

「不過如果真要從中選一個的話，就是聲音。他的聲音很好聽，嗓音清澈透明，就像夏天的蘇打水一樣。和他結婚，我就可以一直聽到那個聲音了。」

「鈴愛，蘇打水什麼的，一旦沒氣就只是普通糖水了。」

「就只是甜膩天真的男人了～」鈴愛哼唱著。

不管裕子和小誠怎麼說，鈴愛的心意依然沒有動搖，還不時露出猥褻的笑容；一想起涼次的嗓音或緊緊相擁的瞬間，她的笑容就變得更加猥褻，笑到臉都變形了。

於此同時，涼次正裹著被子劇烈咳嗽。

他和鈴愛一樣淋了雨，鈴愛完全沒事，涼次卻立刻受寒倒下。他感冒了。

涼次住的地方是「Cool Flat」事務所。雖說是事務所，也就只有兩個四坪大的房間。這裡也是導演祥平的私人住處。

涼次就借住在容納一個男人都顯得擁擠的房間裡。

「你還好嗎?來，喝薑湯。」祥平遞來一個馬克杯。

「對不起。」涼次鞠躬道歉，說：「都怪我做了平常不做的事，給你添麻煩了。」

「沒關係，反正沖繩外景工作也延期了，這樣正好。」

祥平溫和笑了笑，回到電腦螢幕前，繼續影片編輯的工作。

祥平是個高大的男人，一張臉埋在亂糟糟的頭髮與不修邊幅的鬍子裡，看起來很邋遢，但仔細瞧就會發現，那張臉其實俊美無儔。或許是為了掩飾自己出色的長相，祥平總穿著不曉得已經穿多少年的破爛衣服。對他來說電影最重要，他的眼中只有電影。涼次打從心底尊敬為電影付出一切的他。

「續集果然就會少了衝擊性，贏不了第一集。」祥平看著螢幕喃喃說。

涼次驟然起身，用力說：「沒那回事！第二集才能夠做出更有內涵的作品。蝸牛這樣的動態在第一集裡看不到……」

「我看過那個《追憶的蝸牛》。」裕子拿出卡在指甲裡的栗子殼，突然想到似地說，「妳不覺得那部電影很糟糕嗎？看完之後滿腦子都是蝸牛！那個人無法拍出賣座片，鈴愛，妳會窮一輩子的！」

「唉呀，我說了他不是《追憶的蝸牛》的創作者，只是在那位導演手下工作的導演助理。」

「這樣豈不是更糟。」

「那部電影曾經在蔚藍海岸影展得獎，對吧？『一種注目』獎。」小誠幫忙打圓場說。

裕子擺擺手。「就算得過獎，他還是沒有存款啊。喂，鈴愛，堀井先生，就是我介紹給妳那位在外資金融企業工作、年收入三千萬的堀井先生，他不好嗎？對方對妳很有興趣呢。」

裕子朝矮飯桌探出上半身，試圖說服鈴愛，她的心卻沒有分毫動搖。

「對不起，我沒興趣。」

裕子趴在矮飯桌上嘆氣。「妳啊，真的只看臉。」

「唉呀，小裕，妳現在才發現嗎？」小誠把栗子優雅放進嘴裡，得意地說：「說起來咱們鈴愛啊，就是個真金不換的外貌協會，看律就知道。至於正人，咱們鈴愛說過人家的眼睛形狀像蝌蚪，說得很過分，不過那位的身材線條也不錯，所以這位阿涼一定也是帥哥。」

「是嗎？鈴愛，他長得很帥嗎？」裕子一臉認真湊過來。

鈴愛無所畏懼地呵呵一笑。

「他是要身高有身高，五官也很漂亮。雖然對裕子很抱歉……」

「怎樣啦！為什麼要對我很抱歉？」裕子抓住鈴愛，剝下的栗子殼全散落到地上。

小誠一邊撿起栗子殼，有些愉快地說：「夠了夠了，女人的嫉妒真討厭，尤其是藏在友情背後的嫉妒心！」

不過這種女人的嫉妒心，也在小誠擺出帶來的啤酒和下酒菜時瞬間消失無蹤。鈴愛和裕子就像什麼事也沒發生過一樣乾杯歡笑。小誠也加入乾杯行列，三人漸漸把啤酒清空。

「在阿涼之前，上一次有人向我求婚，是四年前在夏蟲車站。」喝到矮飯桌上擺滿啤酒罐時，鈴愛以格外平靜的視線站起身，語氣就像在「秋風塾」發表時那樣。

「簡單來說，平均每四年就會有人向我求一次婚。這樣算來，我現在二十八歲，下次求婚是三十二歲，再來是三十六歲。可是人只要活著，就無法返老還童，只是不斷變老而已，所以我認為，這四年一次的機率也會愈來愈低。」

「原來如此。」「然後呢？」裕子和小誠嚼著柿種餅乾問。

「如果在三十二歲結婚，生小孩時就是高齡產婦了，小孩也會很難生。而我和一般人一樣都想要有小孩。」

「真沒想到咱們鈴愛早就算清楚了！」

聽到小誠這麼說，鈴愛邪惡一笑，接著舉高拳頭，堅定地說：「而且仔細想想，這是我有生以來第一次我愛的人也愛我，第一次的互相喜歡！這是怎麼回事，奇蹟？神啊，我感謝你——這是我現在的心情。這場戀愛就算你們不支持，我也希望你們別搞破壞！」

「鈴愛的心，因為四年前那次沒接受夏蟲車站的求婚，所以很受傷吧。」

「原來是這樣，所以這次才會速戰速決答應結婚吧……」

裕子和小誠隨意抓起一把柿種餅乾扔進嘴裡，一邊咀嚼出聲一邊說。

「求求你們。」鈴愛忍不住向兩人懇求，「別一邊吃著柿種餅乾，一邊像在聊茶餘飯後的話題或兩小時連續劇感想那樣談論這件事，你們放在心裡想想就好。」

「呃……結婚，需要錢？」涼次停下正在吃粥的手，睜大雙眼反問。

祥平苦笑說：「這不是當然的嗎？」

「我原本打算去公證，然後一起生活就好。」

「你是天涯孤獨一匹狼，自然是那樣就行……啊，抱歉，說了不該說的話。」

「沒關係，都已經那麼久的事了，用不著介懷。」涼次輕笑。

「再說對方應該還有家人吧？而且是在……名古屋？」

「岐阜。」

「東海那一帶舉辦婚禮很講究排場。」

涼次抱頭。祥平看著他的反應，把粥送進嘴裡，不禁因美味而呻吟。

「話說回來這個粥真好吃。」

「啊，因為那是用陶鍋從白米熬起的。」

「結果還是讓你來煮，真是不好意思。」

祥平原本想替涼次煮粥，可是因為他不斷跑來問涼次確認煮法，涼次覺得乾脆自己動手比較快，就變成涼次煮了。

「你連粥都煮得好吃。你離開之後，我就吃不到好吃的飯菜，又要開始吃超商便當了。」

祥平落寞地喃喃說。

「……我會過來做飯的。」涼次很清楚，祥平是比自己更孤獨的人。自己雖然無父無母，至少還有三個嬸嬸，但祥平卻連這樣的親戚都沒有。

祥平笑了笑，輕輕舀起粥。

涼次一開始是為了回報祥平收留他，所以攬下了煮飯的工作。他很喜歡祥平吃飯吃得津津有味的模樣。

見咳嗽狀況稍微緩和了，涼次再度起床。這次他做的是糖煮蘋果。每次感冒，嬸嬸們總會搶著為他做這道甜點。這是他一提到感冒就會想起的味道。糖煮蘋果其實冷了比較好吃，不過一拿出剛做好的溫熱糖煮蘋果，祥平再度露出幸福的表情。

涼次很希望能快點讓鈴愛吃到他親手做的各種美食。這樣一想，他不自覺微笑。

祥平問涼次，鈴愛有什麼地方吸引他。

「她就像彈力球，總是彈個不停，令人百看不厭。」

涼次想起鈴愛出人意表的行徑，忍不住微笑。

「嗯？」祥平聽到這抽象的形容方式，不解地偏首說：「我聽不懂。」

「該怎麼說呢？就是彈力沒有盡頭的感覺。」

「嗯？更難懂了。」

涼次稍微想了想，試圖找出能夠具體表達的形容詞。

「我的外貌不算差，而且或許是看起來不會拒絕人吧，所以女人不是經常黏上來嗎？」

「嗯，那倒是……」

「可是和那些女人約過會之後，她們都會認為我沉默寡言又無趣，跟外星人沒兩樣，也不會察言觀色，對外面的餐廳更是不熟，所以甩了我。」

「嗯，是這樣沒錯，雖然這是祕密。」

「不過，和她在一起，我能夠暢所欲言，說個不停。」

他開心的反應彷彿這是天大的奇蹟，話語中充滿熱誠，希望盡可能表達出自己的感動。

祥平大概是隱約能夠理解吧，露出祝福的微笑。「畢竟涼次在女人身上吃過不少苦頭。」

「咦？我又沒什麼女人緣，什麼時候吃過苦頭？」

「就是嬸嬸們呀，你的三個嬸嬸們。」

「她們啊……」

光江、麥、瑪麗——他的腦海中立刻浮現三個嬸嬸的臉。涼次是由她們扶養長大的。

「我雖然沒見過她們，不過聽你提過的情況看來，你的嬸嬸們不好搞定吧？」

「她們是不壞，只是……」

「前一陣子不也是嗎？就是國中小運動會前夕，她們說自己經營的百圓商店會很忙，所以突然就叫你去幫忙，對吧？」

「我沒辦法拒絕。啊，不過也多虧如此，我才能夠遇到鈴愛。」

「我可沒忘記，你前年過年大半夜跑來向我求助的事情。」

那一夜的事情，涼次也記得很清楚。他把原本正在睡覺的祥平吵醒，一股腦兒地說：

「請讓我進去！我受不了了，祥平哥。早上一起來就這樣，放著藍色、白色、黃色三支全新的牙刷——啊，我們家過年時，習慣把內褲和牙刷全部換新——然後不斷問我：要哪個？哪個哪個哪個哪個？光江嬸的，麥嬸的，還是瑪麗嬸的？內褲也是這樣，三條全新的內褲排在一起，問我：哪件？你要穿哪件？哪件哪件哪件哪件？啊……再這樣下去我會死於她們的寵愛！」當時涼次完全被逼到走投無路，而且真的認為會死於三個嬸嬸的愛。

「我這輩子第一次聽到『死於她們的寵愛』這種說法……」

「那是我瀕死前的求救。」

「死於嬸嬸三姊妹強烈的愛意。」

涼次回想起那一陣子的生活，痛苦呻吟搖頭。「如果繼續待在那個家裡，我都不確定自己能否保持正常。不管過了多久，她們還是會提起小時候換尿布的事……我很感激她們從我三歲、父母過世時就照顧我，但……不過從這個角度來說，我也真的很感謝祥平哥。你收留我甚至給我工作。我所尊敬、遙不可及的祥平哥對我這樣的螻蟻之輩——」

「涼次，你的手機從剛才就在振動。」祥平打斷涼次準備持續到永遠的感激之詞。

涼次很乾脆地打住原本的話，說：「啊，抱歉，我接個電話。」連忙拿起手機。

是鈴愛打來的。

「啊，鈴愛。」涼次的嗓音裡帶著溺愛與雀躍。

聽著那樣的聲音，祥平自言自語：「沒想到這麼愛講電話……」接著聳聳肩。

「嗯，啊，妳下班了？太好了。」

電話裡，涼次的聲音聽起來很甜蜜，鈴愛也以差不多的甜度回應。

鈴愛身後的裕子和小誠齊齊翻著白眼。

「了不起，從剛才開始每隔一個小時就打一次電話。恆溫動物的體溫應該不會有太大的改變吧。」

「畢竟現在是熱戀期。」

「小誠，你好冷靜。」

鈴愛耳裡聽不到他們在一旁看熱鬧的咕噥聲，此刻她最在乎的只有涼次的身體狀況。她其實很想立刻飛奔到他身邊，涼次卻以一句「不想害妳被傳染」拒絕了。她甚至很想被他傳染，可是涼次態度堅定。

鈴愛問：「那麼，我明天過去看你，好嗎？」

涼次猶豫了一下，回答：「好。」

鈴愛和他約好下班後過去看他，說完：「好好保重。」就掛了電話。

聽到喜歡的人的聲音真的很可怕，那瞬間太幸福了。鈴愛呵呵笑得猥瑣，身子往後一躺。她覺得自己再這樣下去只怕會愛慘了對方，痛苦到快要昏厥。

「喂，我們還在這裡呢。」裕子湊近，看著仰躺在地上的鈴愛說。

「啊……」她忘得一乾二淨，心裡只有與涼次的兩人世界。

此時電話再度響起。〈丸子三兄弟〉的熱鬧旋律響徹整個房間。

「他還有話沒說嗎？有事忘了說？例如：我愛你、我也愛妳鈴愛？」小誠自顧自期待著。

鈴愛看到手機螢幕後僵住。上面顯示的來電者是「老家」。

「不是，是家裡打來的。」

看到鈴愛繃緊一張臉，裕子和小誠也忍不住嚥了嚥口水。〈丸子三兄弟〉仍響個不停。

「妳不接嗎？」

聽到小誠的話，鈴愛含糊搖頭。「我一直沒膽接家裡的電話，故意不接。」

「呃，妳該不會還沒有告訴家裡不當漫畫家的事吧？」裕子大吃一驚。

鈴愛點頭。「他們應該都聽我弟說了，只不過我還沒有親口告訴他們。這個手機鈴聲是我媽打的。我覺得她會毫不留情地把我罵一頓。」

〈丸子三兄弟〉響個不停。

鈴愛決定接起電話。「喂？」

「妳到底在做什麼，為什麼不接電話？媽還以為妳死掉了！」

聲音差點震破鈴愛的耳膜。電話怎麼打都沒人接，晴的怒火一下子升到頂點。

「妳媽我還打算明天要去東京一趟呢！」

在晴的強烈怒意背後，能感覺到她的擔心與寂寞。

鈴愛的內心深處因罪惡感而一陣刺痛。之所以不接電話，不只是因為討厭媽媽的叨念，更是不希望媽媽曉得她不當漫畫家之後，對她失望。就算是撒謊也好，她還是想要繼續當值得媽媽向人炫耀的女兒。

不過，鈴愛想到，現在總算有件事能讓媽媽開心、讓她放心了。

鈴愛打斷晴上氣不接下氣的怒罵，語氣鄭重地說：「媽，對不起害妳擔心了，我——」

「怎樣？」

「我要結婚了。」

「什麼，結婚？和誰?!」晴驚訝到說不出話來。

鈴愛把涼次的事告訴晴，不過說真的，鈴愛對涼次的了解也不多，儘管如此，她還是不斷強調涼次人很好。晴回應的聲音愈來愈開心，語氣也逐漸平和。鈴愛和她約好，到時候會帶涼次回家，晴才徹底安心地說：「好。」

晴聽到結婚的消息只覺得開心，在她身後的宇太郎倒是難得一臉嚴肅，焦慮不安。

他忍不住搶過晴手裡的電話，倒水似地說：「鈴愛，對方是什麼樣的傢伙？妳會不會被騙了？年紀比妳大、比妳小？有沒有結過婚？那傢伙離過婚嗎？妳沒有給他錢吧？」

但電話已經掛斷了。

「晴，鈴愛要嫁人了？」仙吉問晴。

「好像是。」

晴微笑，這陣子的不開心彷彿只是過往雲煙。

鈴愛和田邊並肩站在大納言的收銀檯後側。店裡還是一樣空無一人。

「我一回來，客人就再度減少了。」田邊發著牢騷。

鈴愛毫不留情地說：「都怪你的長相太可怕了。」

鈴愛還是無法原諒田邊在店裡最忙的時候，與女人一同私奔。他大概是受到《失樂園》這類不倫小說的影響，陶醉在與年紀比自己小的情婦一起蹺掉工作遠遊的設定裡。

田邊一臉色咪咪地說，自己就像小說內容那樣，喝了紅酒，吃了鴨肉西洋菜火鍋，還帶給鈴愛火鍋的真空包表示歉意。鈴愛收下真空包，心不甘、情不願地原諒了田邊。仔細想想，也是因為田邊跑得不見人影，她才有機會與涼次拉近距離。

「妳見過光姊了嗎？」

聽田邊這麼問，鈴愛不解偏頭。田邊告訴她，這家店的老闆正是涼次的嬸嬸們，所以涼次很清楚百圓商店的進貨價等。鈴愛想起那件事，終於懂了。

涼次隱瞞自己是老闆親戚身分沒說破，似乎是不想田邊太顧慮他；不過想到失蹤那件事，鈴愛覺得田邊應該顧慮一下比較好。問題是嬸嬸們不曉得田邊正沉迷於《失樂園》熱潮，顧不顧慮也沒有意義。

「榆野，妳對他一無所知，這樣沒關係嗎？」

「沒關係，有愛就夠了。」說是這樣說，鈴愛其實連涼次的職業都不太清楚。

「他好像是導演助理。」

「呃，負責喊『開麥拉』的人嗎？」田邊問。

「那是導演的工作吧？」

「這樣啊。可是你們為什麼急著結婚？明明對彼此都不是很了解。」

鈴愛快速轉開視線，沉聲說：「因為我想要趁……心意還沒改變，趁阿涼還沒改變心意。」她抬頭看向田邊，急切地說：「也想趁著我還沒有改變心意。田邊先生，我想結婚！我已經厭倦了緊盯著十一點二十五分過日子的生活了。」

「十一點二十五分？」

「公共澡堂在十二點打烊，我如果不在十一點二十五分離開公寓就會趕不上。我已經厭倦家裡沒有浴室的生活了！」

「楡野，妳向我坦白這番黑暗的真心話，沒關係嗎？」

「反正你只是過客，有些事情反而只能對你說。」

鈴愛坦然的一句話，聽得田邊有些受傷。不過他還是打起精神，面帶笑容點頭。

「楡野，妳這麼坦白很好。還有，妳沒有選擇喜歡找紅牌美容師弄頭髮、看來超有錢的堀井先生，這點更是加分。嗯，好，我支持妳。」

「我今天要去阿涼家，過夜用品也準備齊全了！」

「哦，打算一睡定江山嗎？」

鈴愛充滿幹勁點點頭。

涼次告訴她的公寓，只比鈴愛住的地方略新一點點。

「歡迎。」

看到涼次面帶笑容迎接，鈴愛回以笑容。

他介紹道，這裡是「Cool Flat」事務所兼私人住宅。

「這裡是你的公司？」

「嗯，算是吧。」涼次含糊回應。

鈴愛天真地歡呼：「阿涼真了不起！」

「請進、請進，往最裡面走。」

涼次催著鈴愛，喀啦一聲打開後側房門。鈴愛不禁愣在原地，這和她聽到「事務所兼自用住宅」時所想像的房子相差太遠。在她還沒有反應過來房間有多窄之前，她先注意到一名不修邊幅到極致的男人，大大方方坐在房間正中央。鈴愛啞口無言。

「歡迎。」那低沉渾厚的嗓音這麼說。

鈴愛回頭看向涼次，問：「這位是誰？」

「他是元住吉祥平先生，我的室友。」

「室友……你們兩人一起住嗎？」

「對，我忘了說，反正我也想要給妳個驚喜。」

「驚喜？」

「這位就是以知名電影《追憶的蝸牛》獲得蔚藍海岸影展一種注目獎的元住吉祥平導演，世界級大師！妳嚇到了吧？」

涼次開心微笑，鈴愛卻僅能勉強回以僵硬的笑容。她從昨天就在期待能與涼次兩人獨處，難道他不想和自己獨處嗎？明明才說好了要結婚……

鈴愛茫然望著意料之外的祥平，不自覺地低語：「元住吉……好奇怪的姓氏……」

她說話的聲音小到連自己都沒發現把想法說出口了，祥平卻狠狠瞪著鈴愛，以尖銳的語氣說：「妳這個人真沒禮貌。」又說，「妳不脫外套嗎？到別人家裡，要把外套脫掉。」

這次換鈴愛不爽。「這才不是外套，這是開襟羊毛衫！時尚的代表，長版開襟羊毛衫！」

鈴愛原本很期待見到涼次，因此對於服裝斟酌了好久，最後選擇長版開襟羊毛衫。這是今天打扮的重點，對方居然要她脫下來。

儘管她非常氣憤，還是把長版開襟羊毛衫脫下。她狠狠瞪了祥平一眼，彷彿在說「這樣總行了吧？」祥平也不甘示弱地回瞪。兩人之間火花四濺。

「呃，這氣氛是怎麼回事？」

涼次膽戰心驚地夾在兩人中間，臨時想到了什麼走向廚房，仔細泡了咖啡端來桌上。只要有好喝的咖啡，祥平通常很快就會恢復好心情。這天也是，祥平喝下咖啡後，唇邊立刻勾起一抹笑。涼次鬆了口氣，但鈴愛的咖啡卻沒有減少半點。

「不好意思，不合妳的口味嗎？」

聽到祥平問，鈴愛垂眸。「不是……我不太喜歡夏威夷可納咖啡……」

「啊，那我改泡一般的……」

見涼次準備重泡，鈴愛淡淡回答說：「不用了。」

祥平一眨眼就把咖啡喝完了。涼次在他還沒開口前，又幫他倒了一杯。

「祥平哥，你第二杯要加牛奶吧？」

「嗯，麻煩你了。」

第一杯喝黑咖啡，第二杯加牛奶，連這種細節喜好都知道得一清二楚啊？鈴愛心想。相反的，涼次卻不知道自己不喜歡風味特殊的夏威夷可納咖啡。

涼次咚的一聲把加了牛奶的咖啡放在桌上。鈴愛注意到那個杯子與身旁涼次的杯子是一套的，嚇得倒抽一口涼氣。

「我知道了，你們兩人在交往！同性戀嗎？你和我結婚是為了掩人耳目嗎？」

鈴愛錯愕傻在原地。涼次抓住她的雙肩用力搖晃。

「鈴愛，妳在胡說什麼？我們不是共同擁有那美好的四天嗎？那是誰也不能取代的。」

「我原本就覺得你這麼快就求婚很奇怪，怎麼可能這麼順利？我又沒什麼男人緣。」

鈴愛咕噥著，躲進自己的殼裡。

「鈴愛，怪了，妳怎麼會不懂得自己的好？妳明明這麼可愛。」

「我被律……啊，律就是我單戀二十八年的青梅竹馬——給背叛了。他擁有像弦樂器、像大提琴般的嗓音。」鈴愛宛如悲劇女主角，悶悶不樂對涼次傾訴。

她完全忘了自己單戀小林、阿正卻被拒絕的記憶，徹底當作沒發生過那些事。

「那個人、那傢伙向我求婚。卻又背叛我。」

雖說她是以自己的夢想為優先，希望律稍微等等她，但拒絕求婚的人可是鈴愛。她把求了婚卻又娶其他人，稱為背叛。鈴愛專挑對自己有利的說詞告訴涼次，說著說著，自己也開始覺得事實真的就是如此。她流著淚同情自己的遭遇。

涼次把鈴愛的話全部當真，緊緊握住她的手，說：「太可憐了，鈴愛。」又說，「我不會背叛妳，愛就是絕不後悔！」

「阿涼！」

兩人以燦爛的視線凝視著彼此。

「這還給不給人活啊。」原本冷眼看著兩人一來一往的祥平，腦子裡有什麼東西突然斷了線，高聲說：「我實在看不下去！好、好、好我知道了，我就是個電燈泡。你們的意思我清楚了。電燈泡自動消失，請盡量自在地蹂躪我家別客氣。」

祥平倏地拿起自己的外套，沒有看向鈴愛，只朝她一鞠躬。

「如果我讓妳感到不舒服，我很抱歉。涼次就像我弟弟，應該說，我真的把他當成是自己的親弟弟，所以一聽到他要結婚，我……可能覺得有點寂寞。」他的嗓音聽來毫無防備。

鈴愛忍不住看向祥平的臉。

「我或許軟弱。」祥平的自言自語聽得鈴愛一陣怔愣，那是她很熟悉的一句話。

「我或許軟弱，但我想變強。我或許悲傷，但我想隱藏。」

鈴愛流暢地說出接下來的內容。

祥平訝異睜大雙眼。「妳怎麼會……？」

「那是涼次的詩，我因為很感動就記住了！」

「不是，那是我的最新電影《追憶的蝸牛2》第一個鏡頭的獨白。」

「什麼？」鈴愛看向涼次想要確認，他卻快速別過頭。

原本無論裕子他們怎麼勸，都文風不動的愛意，此刻首度大幅震蕩。讀了那首詩之後，鈴愛以為這個人也有與自己相同的痛，因而感動，如今那究竟算什麼？後來涼次解釋，因為這首詩太完美了，他才會寫在便條紙上、夾進記事本裡。而讀過這首詩的鈴愛又太熱烈稱讚他，害他說不出口。其實他一直很想要坦白卻開不了口，始終忐忑不安。

聽到涼次這麼說，鈴愛因為他那副不安的表情而心動。

她心想，這個人是因為喜歡我，才說不出口。她覺得涼次很可愛。即使那首詩不是他的作品，她也願意原諒他，而且還變得更喜歡他。

愛情是盲目的。鈴愛對涼次露出嬌美的微笑，完全忘了自己的愛曾在那瞬間產生動搖。

或許是坦承了那首詩不是自己的作品，而完全放心了吧，接下來，涼次繼續揭露自己只是寄住在這裡，所以他才說不出與祥平同居。涼次想要隱瞞，舉止也就跟著不自然，而祥平也因為被介紹成室友所以不高興，使得不知情的鈴愛因此對祥平的存在與態度發脾氣。

這樣一來。他們的關係自然變得不和諧。但對鈴愛來說，遇到事前沒料到的祥平，倒是好事一樁。

涼次端出準備好的起司鍋，來到還有點不自在的鈴愛與祥平面前。三人拿肉和蔬菜沾著鍋子裡熱呼呼起司品嘗，吃著吃著，兩人已經相處融洽。更重要的是涼次做菜很好吃，吃到好吃的食物，心情實在很難繼續壞下去。

涼次果然很會做菜。得知了新的事實，鈴愛覺得很幸福。

她想要知道更多涼次的事情。鈴愛問涼次問題，已經沒什麼事瞞的他都很願意回答。到了這個時候，鈴愛才徹底明白涼次只是寄宿在這裡，而「Cool Flat」事務所是祥平的公司。涼次想當電影導演，卻還沒有實際成績，只是個打工族。

但是對鈴愛來說，重點是「想當電影導演」。只要有這個夢想，涼次對鈴愛來說就不只是打工族，而是「未來的電影導演」。雖然不可能不考慮經濟層面，但她又有些樂觀地認為船到橋頭自然直。拿出兩人的存款餘額一看，這才發現反而是鈴愛的存款更多。鈴愛雖然因此稍微受到打擊，不過看著怡然自得的涼次，鈴愛心想，唉，這樣也沒什麼不好。

而且涼次也說了，與鈴愛結婚就可以拿到錢——那是他過世母親留給他的錢。

涼次也不曉得那筆錢有多少，就微笑著斷言只要有婚禮、新家，情況一定會愈來愈好。鈴愛也是回過神來，才發現自己居然同意了他的話。

這天天氣非常好，璀璨的早晨彷彿也在祝福鈴愛接下來的人生。她帶著涼次回岐阜，為了婚事拜見家長。

明明是回老家，鈴愛卻很緊張。身旁西裝革履的涼次也緊張到差點同手同腳。

兩人進了客廳，端正跪坐在晴和宇太郎面前。晴等人也因為緊張而繃著臉。

「今天……感謝你遠道而來。」

「不會……」

對話無法繼續，晴連忙離座去廚房泡茶。

「喂，茶還沒好嗎？」過不了多久，宇太郎催促道。

晴的嗓音莫名高了八度。「啊，好的好的，就來了！」

宇太郎指著廚房，對涼次笑了笑。「聲音、聲音聽起來很緊張。」

涼次輕聲笑了一下，顯然只是虛應的笑容。

鈴愛乖巧坐在涼次身邊，有些裝模作樣地望著涼次與爸媽對話，彷彿事不關己。

她認為拜見家長的主角是涼次。一想到他會如何為了自己而奮鬥、展現對自己的心意，鈴愛心裡就一陣陶醉。宇太郎和晴表面上沒有反對，但鈴愛在心中自行把拜見家長解釋成是涼次的戰場，必須在此貫徹對自己的愛。

「這一趟很遠吧？」

「宇太郎，那句話我剛才說過了。」聽到仙吉不給面子，宇太郎「啊」的一聲掩住嘴。

「自我介紹……」

「爸，剛才已經都介紹過了。」

聽到草太這麼說，宇太郎搔搔頭。「是、是。」

繼續下去也沒什麼話題好聊。此時晴放下茶杯，弄出很大的動靜。

為了擺脫沉默的尷尬，眾人同時伸手拿起茶杯。

晴準備把最後一個茶杯放在草太面前，卻不小心手滑打翻。草太的手和衣服都被茶水弄溼，欲哭無淚地嚷嚷：「燙、燙、燙死了，媽，燒滾滾啊！」

「對不起，小太，對不起。」晴連忙拿抹布擦拭矮桌並道歉。

草太痛得按住微微燙紅的手背。

「燒滾滾？」涼次不自覺地複誦。

鈴愛為他解釋：「啊，就是沸騰的意思；嗯，也不對，還不到那個程度。總之就是還不到沸騰程度但很燙的時候，我們會說燒滾滾。」

「是嗎……」

「草太，你去用冷水冰敷一下吧？」涼次開口。

「不用，我沒事。我去換個衣服。」草太拒絕他的提議，起身走向自己的房間。

草太離開後，騷動暫時告一段落。眾人再度陷入沉默。

晴啪地一拍手，連忙起身。

「啊，我買了配茶的點心，等我一下。」

阿準備了栗子金團。

涼次切下一半的栗子金團，放進嘴裡。「好吃！」

「真的嗎？太好了。」晴鬆了一口氣。

但涼次遲遲沒有把吃下的那半塊栗子金團嚥下去。他在嘴裡咀嚼了許久，配了一口熱茶，好不容易才把嘴裡的食物吞下。接著咳一咳，清理嗓子，重新坐正，面對宇太郎。

就是現在！宇太郎也做好了準備。

「抱歉。」這時換好衣服的草太大步跑回來。

「你這孩子真沒規矩。」聽到晴這麼說，草太縮縮脖子，悄悄跪坐在自己的座墊上。

涼次也再次重新跪好，宇太郎也坐正。

所有人都在緊張等待涼次說出那個關鍵句，整個房間的空氣為之緊繃。

「啊……啊，今天……」

宇太郎以嚴父的表情聽著涼次說話。

「啊，不，那個，令千金、令嫒……」

眾人一臉緊張等待接下來的內容。

涼次原本想說：「請交給我。」他當然是準備這麼說，卻突然一股笑意湧上心頭。涼次笑了出來，因為大家的表情過於認真，因為自己的表情當然也很認真。這感覺太詭異，於是他笑不可抑。

「啊，對不起，我好像有點奇怪……這種畢恭畢敬的氣氛……啊，戳中了我的笑點。」

涼次解釋著，依舊止不住笑意。所有人一臉錯愕的表情更是害他笑得更厲害。

看到涼次笑得差點滾地，全家人都板起臉。

「阿涼……」事情到了這地步，鈴愛終於也覺得不妙。她一邊冒冷汗，一邊看著面前的涼次，小聲制止，但涼次沒聽到她的聲音。

鈴愛內心焦急，心想情況不該是這樣，涼次卻在她面前笑到快斷氣。

突然一陣朗笑聲響起，笑的人是仙吉。

仙吉哈哈大笑，似乎拿眼前這詭異的場面不知該如何是好。

「唉，也是，這情況確實很奇怪。你想想，燒滾滾是什麼啊？為什麼熱水要叫燒滾滾[10]？」

聽到仙吉的話，晴噗哧一笑，宇太郎也跟著笑出來。

10. 岐阜腔的「燒滾滾」與日文標準語的「小雞雞」同音。

「真的，第一次聽到的人一定會嚇到。」

草太看著宇太郎他們的反應，也想跟著放聲大笑，卻笑不出來，只好硬是扯出一抹笑容。

大家原本是刻意裝笑，但愈笑愈覺得開心，到後來，所有人都真心笑起來。鈴愛也重拾笑容，看著笑聲充滿家人與未來的老公之間，打從心底鬆了一口氣。

***

以結果來說，眾人一起大笑反而是好事。

涼次很快就與鈴愛的家人打成一片，愉快地把準備好的餐點一個個放入嘴裡。晴含笑看著他，宇太郎似乎也很開心。根據草太事先打的小報告，宇太郎原本打算端出新娘父親的架子，秉持不答應這門婚事的態度，但這念頭也一下子就風吹霧散了。

看到涼次和宇太郎在喝當地酒廠釀的酒，鈴愛走向仙吉的房間。草太也在房裡，替有些疲憊的爺爺按摩肩膀。

「你果然在這裡。」鈴愛拿橘子過來，擺在仙吉面前說。

「我有點喝多了。」

「爺爺，謝謝你幫忙一起笑，否則我很擔心會變怎樣。」

「哈哈，大家也沒想到會發生那種狀況，幸好他不是在葬禮上突然笑出來。」

鈴愛覺得還好仙吉在場。有人按摩肩膀的仙吉，難得看來像個老爺爺。

鈴愛突然覺得害怕，她希望仙吉長命百歲。當她莫名感慨地凝視著仙吉時，晴匆匆過來喊人，是想問涼次要睡在哪裡。

「嗯？睡客廳不就好了？」

鈴愛走向客廳，和晴一起手忙腳亂收拾眾多雜物。

勉強清出一塊空地後，鋪上鈴愛和涼次的睡鋪，兩床緊挨。

這感覺很奇妙，好像自己的童年時光與現在正慢速融合。一想到涼次即將成為自己人生的一部分，鈴愛就覺得興奮。她一個前滾翻，大字形躺在剛鋪好的睡鋪上。

「感覺好不可思議，涼次居然在我們家裡，真有趣！」

晴無奈地拍拍鈴愛，笑著說：「妳啊，還是一樣，不管長到幾歲都像個小孩子……」

她嘆氣，注視鈴愛依然晶亮的眸子。

「妳這個樣子，適合當新娘嗎？」

「話是那樣沒錯，不過，媽，妳覺得他是好人吧？」

「嗯，好人。」晴微笑。

楡野家的眾人因涼次的來訪而欣喜不已。

勸酒的勸酒、叫他吃甜點又叫他彈吉他，還不忘提起鈴愛的往事。這般熱情的歡迎，涼次也招架不住。

涼次進入有橘子飄浮、散發著好聞香氣的浴缸裡泡澡，換上晴拿來的褞袍[11]走進客廳，感覺內心連自己都不知道的冰冷角落也跟著溫暖了。他坐在替自己鋪好的睡鋪上靜靜流淚。

「涼次，這個是湯冷[12]，我放在枕頭邊……」

鈴愛輕手輕腳進入客廳，把擺著水壺和茶杯托盤放在枕頭旁。

聽到吸鼻子的聲音，鈴愛湊近看向涼次的臉，問：「你怎麼了？」

「我沒有家人，我的父母在我三歲時死了。」

「嗯……」

「我父親從事繪畫工作，他和母親兩人準備出國工作……把我寄放在爺爺奶奶家裡。」

「嗯。」鈴愛的手輕輕放在涼次弓起的背上。

「我剛說完小心慢走，送走他們，他們就在從爺爺奶奶家前往機場的路上出了車禍……」

涼次吶吶說著。

回憶起當時的過往，大概把他帶回到那個時候了吧，涼次的嗓音聽來有些稚嫩。

「我當時三歲，不懂死亡是什麼意思。」

「嗯……」鈴愛輕拍著涼次的背，忍不住也跟著掉眼淚。

「我一直以為爸媽會回來。既然說了小心慢走，一般來說就要說歡迎回家，不是嗎？」

「嗯……」

「通常不會說完小心慢走就沒有了，對吧？」

「嗯……」聽著他失魂落魄的沉痛嗓音，鈴愛能做的只有應和。

「我一直在想，爸媽怎麼去了好久還不回來。」

鈴愛忍不住抱住涼次。

他小心翼翼回抱鈴愛。「我沒有家人……」

「我即將成為你的家人了。」

「嗯……」涼次哭著點頭。

鈴愛緊摟著涼次不放，自信滿滿地掛保證：「從今以後，我就是你的家人。我們楡野家的人雖然傻乎乎的，但都是好人，所以他們也都是你的家人。」

「嗯……」涼次像個孩子般，緊緊纏著鈴愛繼續哭。鈴愛溫柔地輕拍他寬大的背。

隔天，杉菜食堂是公休日。

宇太郎等人摩拳擦掌，準備帶涼次到處逛逛。看著男人們在院子裡討論，晴朝鈴愛招手。

兩人走進晴和宇太郎的房間，晴從抽屜深處拿出某個東西，輕輕交給鈴愛。

那是鑲滿寶石的貓頭鷹胸針，設計簡潔卻帶著幾分甜美。

看到這個漂亮的胸針，鈴愛的臉上瞬間一亮。「好漂亮……」

11. 日本傳統和服長罩衫，內裏鋪棉，可禦寒。

12. 日本茶道中冷卻茶湯用的工具，形狀類似茶盅。玉露茶於攝氏四十度時口感最佳，故湯冷多用於泡玉露時降溫用。

「這是媽媽嫁過來時，妳的奶奶給我的。聽說是奶奶年輕時的東西，算得上古董。」

「真的可以給我嗎？」鈴愛看著晴的臉。

晴微笑點頭。「嗯，我原本就打算等妳結婚時給妳。」

「謝謝媽，我會好好保管。媽咪——」她以起伏明顯的嗓音開心大喊。

晴立刻被逗笑，回道：「幹嘛？」

鈴愛又喊了一次：「媽咪——」

晴甩甩手，笑著說：「妳幹嘛？噁心死了。妳打算這樣喊到幾歲啊？年紀也不小了還喊媽咪……改喊媽媽吧，撒嬌鬼。」

「才不是撒嬌鬼，這樣喊剛剛好。」

鈴愛從身後緊緊抱住晴。昨天從涼次那兒聽到的那些話，始終殘留在她心裡。她擁有這些會對自己說「歡迎回家」的人，也一直以為這是理所當然的，所以不曾珍惜。她的心裡充滿歉疚與感謝，更加收緊環抱晴的雙臂。

「妳這孩子是怎麼了？」說著，晴眼眶泛淚，輕拍鈴愛環繞在自己身前的手。

「我沒事，我只是長大要嫁人了。」

晴落下一滴淚水，掉在鈴愛手上。「恭喜妳，鈴愛……」

晴輕輕擦掉落在鈴愛手上的淚水。

「好好保養妳的手……」看到鈴愛因拿畫筆而長繭變粗的手，晴由衷地說。

「媽咪……」自己為了當漫畫家全力以赴的努力，母親彷彿都能明白。鈴愛喊著晴，覺得鼻腔一陣酸澀。

宇太郎說，不管是明治村、惠那峽[13]還是金華山[14]，涼次想要去哪裡我們都奉陪，結果他說想去廉子奶奶的墳前掃墓。

宇太郎等人因這句話感到欣喜。從惠那峽回來的路上，一行人久違地去了一趟廉子的墳前。墳墓位在涼風怡人的高台上。從那兒看到的風景幾乎沒變。鈴愛想起小時候的事，也想起連接到天空另一頭的傳聲筒。

這天的天氣比前一天更好，高台上是一片晴朗藍天，萬里無雲。

鈴愛覺得這個晴天是奶奶的祝福，只不過祝福的力量似乎還是有極限。

13. 位於岐阜縣，為木曾川中游的溪谷，可乘坐遊船，欣賞兩岸聳立的奇岩怪石。
14. 位於岐阜縣，設有金華山登山纜車，可飽覽自然美景與岐阜市街道景觀。
15. 日本男士的傳統和服，也是最正式的禮服，多見於婚喪、典禮等正式場合。
16. 內外純白的日本女士傳統和服，也是神道教的新娘禮服。

二〇〇〇年四月，舉行婚禮這天，或許是奶奶保佑，一整天的天氣都很好。

在身穿紋付羽織袴[15]仍不改清秀俊逸的涼次身旁，鈴愛穿著白無垢[16]，嚴肅地接下杯子，兩人順利喝完交杯酒。

接著，鈴愛在神官的催促下往前站，卻一本正經地向前跌倒，腦袋直接撞上祭壇。

祭壇被撞翻了過去，場面簡直像搞笑短劇。鈴愛在涼次、楡野家眾人，以及涼次的嬸嬸等人一臉錯愕的注視下，抱著刺痛的腦袋，沒臉抬起頭來。

好久沒出亂子的鈴愛，偏偏挑在這個時候出糗。

二〇〇〇年　東京

「Cool Flat」事務所的編輯影片專用螢幕上，大大顯示出鈴愛誇張跌跤的瞬間。祥平的攝影機負責記錄婚禮當天所有的畫面，也精確捕捉到她跌倒那一刻。攝影機沒有任何搖晃失焦，清楚拍下鈴愛生動的表情。

「哈哈哈哈！這個跌倒方式真不錯，跌得好。」

祥平模仿鈴愛跌倒的動作，愉悅地高聲大笑。

涼次心情複雜地看著，不希望祥平嘲笑她，鈴愛真的覺得很丟臉。但祥平在笑的其實是鈴愛跌倒的時機及方式，而不是她跌倒這件事。祥平站在電影癡的立場為這一幕感到雀躍，還說這是製造笑果最高明的方式。

「祥平哥，祥平哥，你自己的作品《追憶的蝸牛2》不繼續進行沒關係嗎？」

祥平從昨天就在花時間編輯婚禮影片。他手上繼續動著，頭也不回地回答：「嗯？我就是做點別的事轉換一下心情而已，你不也想快點讓鈴愛看到嗎？」

「不過跌倒那部分，你不準備剪掉嗎？」

「這段當然要永久保存。」

聽祥平說得如此堅定，涼次也不再多說什麼。這段紀錄片的確很有戲劇張力，日後回憶起這天時，這段跌倒片段也能成為兩人懷念的珍貴回憶。

這時涼次的手機響起，手機螢幕上顯示「斑目先生」。

「你好，祥平哥目前正在工作。」涼次瞥了一眼正在編輯婚禮影片的祥平，壓低聲音說。

斑目似乎也沒有懷疑。「啊，沒關係，不用讓他接。元住吉導演的情況如何？一切還順利嗎？」他以試探的語氣問。斑目是《追憶的蝸牛2》的資深執行製作。

「是的，他正在剪接影片。他說想要從上次拍的地方接起。」

祥平對於每個分鏡都很堅持。斑目之前打電話來的時候，電影幾乎沒有進度，至今仍像蝸牛一樣緩慢進行著。

「是嗎……那個，情況變得有些棘手了。」

「什麼意思？」

「啊，元住吉導演現在就在你旁邊吧？這樣子不方便說話。森山老弟，你有空和我見個面嗎？」

「嗯……好……」

涼次翻開記事本，一邊思索到底是怎麼回事。瞞著祥平和製作人碰面，是要談什麼呢？涼次的臉上因不安而變得陰鬱。

感覺不是什麼好事情。

大納言裡還是一樣清閒。

鈴愛覺得沒有客人很好，正好可以盡情跟田邊聊婚禮的事。她猶豫著要不要提跌倒那件事，不過天生搞笑藝人個性的鈴愛，覺得那個意外是畫龍點睛的重頭戲，實在無法憋住不說。

「妳跌倒了？」田邊瞪大雙眼。

「嗯，是啊。不過後來都很順利。」

回想起來仍然覺得印象深刻。家人、朋友，還有奇妙仙子工作室的相關人員，所有人都為她的婚禮送上祝福。這一天每個人都笑容滿面，一切看起來都很美，閃閃發光，讓人覺得這世上再也沒有邪惡存在。唉，除了跌倒那件事例外。

鈴愛從口袋拿出一張摺起的紙，在田邊面前攤開。那是鈴愛和涼次即將展開新生活的集合公寓照片的彩色影本。小巧的建築物牆壁塗著粉紅色。看到那間太甜美、太充滿新婚氣氛的建築，田邊隨意說了一句：「房子看起來不錯。」

「對，嗯，雖然很窄，只有一廳一廚，不過離這裡很近，我也覺得不錯。」

鈴愛嘿嘿笑得下流。即使婚禮已經結束，兩人各自回到自己的住處，老實說她此刻依舊沒有已經嫁作人婦的感覺。她想要快點與涼次一起生活，體驗婚姻的感受。

「你們什麼時候搬家？」

「這個週末。其實我本來希望在婚禮之前搬，可是新家原本的屋主還住在裡面。我們舉行婚禮那天也因為正好是陰曆上大凶的『佛滅日』，才能這麼快就預約到場地舉辦。」

「妳爸媽他們不在意嗎？」

「我騙他們說，東京這邊的佛滅日和岐阜的佛滅日不一樣。我說這邊是『大安日』。」

田邊因鈴愛膽大包天的謊言，再度瞠目結舌。

鈴愛立刻不以為意地說：「不過馬上就被識破了。」

她無論如何都等不到大安日那天，心中仍萬分害怕，雙方到時候會改變心意。

到了傍晚，大納言比平常熱鬧許多。涼次和祥平同時出現在鈴愛面前。她正好結完帳，笑容滿面地送走客人。頎長俊美的兩人十分引人矚目。感覺到客人的目光都集中在這兩人身上，鈴愛內心甚是得意。她甚至很想告訴店裡所有人，這個人就是她的丈夫。

祥平將一捲錄影帶交給笑臉迎人的鈴愛。

「這是前一陣子的婚禮紀錄片。」

「啊，謝謝。」鈴愛的臉上綻放笑容。

之前聽涼次說祥平會幫忙拍攝婚禮紀錄片，她就很期待。

「對不起，涼次最近很忙，害得妳沒什麼時間和他相處吧。」祥平歉疚地說。

「啊，不過你們很快就要住在一起了。」祥平以手肘頂了頂涼次，涼次靦腆一笑。

鈴愛笑著搖頭。

「你是特地送這捲錄影帶過來的嗎？」

「不是，我是正好來這附近勘景。」

「勘景？」

看到鈴愛不解偏著頭的反應，涼次向她解釋，意思就是正在到處找尋拍攝電影的地點。

「那邊不是有個神社嗎？津島神社。那裡放養著上百隻的蝸牛，我想去那邊拍攝。」

鈴愛一想到上百隻蝸牛的場面，忍不住皺眉。「好噁心。」

「喂，妳喔！」祥平苦笑，出聲對鈴愛的反應表示不滿。

鈴愛連忙拿起錄影帶笑著說：「感謝你，今天一到家我就馬上看。」

「那可是祥平哥犧牲睡眠剪接出來的成品喔。」

聽到涼次這麼說，鈴愛訝異地看向祥平的臉。那張臉因為不修邊幅的鬍子遮掩，所以看不清楚，不過他的臉色確實有些疲憊。

鈴愛聽到有年輕女子呼喚店員的聲音，回說：「好的，馬上來！」

「對不起，店裡現在似乎很忙，我們妨礙到你們了。」

「不要緊，謝謝你的錄影帶。」鈴愛深深鞠躬。

「先走了。」祥平輕輕抬手，涼次也跟著做出相同的動作，很顯然是在模仿祥平，也抬手說：「先走了。」

「這樣看起來是元住吉先生長得比較帥。」田邊望著走出店外的兩人，感慨萬千地說。

鈴愛看向田邊的死魚眼，問：「你為什麼要說那種話？」

聽到鈴愛的嗓音一沉，田邊連忙躲回後場辦公室去。

「不好意思，一直麻煩妳，我想要找髮圈。」稍早那位年輕女子說。

「啊，好的。抱歉，您說要找髮圈，是嗎？」

鈴愛小心翼翼把錄影帶收進包包裡，快步走往女子的方向。

回到住處後，鈴愛在泡麵裡倒入熱水，開始播放婚禮紀錄片。經過祥平的拍攝與編輯，紀錄片就成了抒情風格的唯美影片。

可是鈴愛不忍直視。比起跌倒的畫面，自己與涼次面對面的場景更令她難為情。

她躲進廚房，倚著流理檯一點一點吃著泡麵，耳裡聽著影片的聲音。

「這種東西只適合結婚多年之後再拿出來看，嗯。」

她小聲滴咕完，回到電視機前面，拿起茶几上的小遙控器。

既然已經答應祥平和涼次會好好看過，她還是必須看到最後。於是鈴愛按下快轉鍵。

值得回味的一天以飛快的速度前進。轉到她覺得差不多快要播完的地方，畫面變成祥平對著攝影機說話。

「這是什麼？」鈴愛停止快轉，按下播放鍵。

「最後請每個人對新郎新娘各說一句話吧——」

聽到祥平的話，鈴愛把錄影帶再往回轉一些。

「鈴愛，今天恭喜妳。既然難得大家都到了，最後請每個人對新郎新娘各說一句話吧——啊，抱歉。」

祥平說完，攝影機瞬間切換，接著入鏡的是裕子和小誠。

裕子笑著說：「太好了！我已經說過很多了，但最後還是要獻上祝福。」又以難得不帶諷刺的語氣說：「我們是永遠的朋友。」字字句句充滿著「我們不分開」的意思——即使不當漫畫家，即使兩人顯然過著天差地遠的生活，裕子還是一樣會待在鈴愛身邊。

接下來，小誠一如往常以傲嬌的態度開口：「我這個人背負著很多事情。」他靦腆笑了笑，「可是看到鈴愛，我得到了勇氣。」他訴說鈴愛的存在如何激勵自己、使他奮起。最後說：「妳要幸福，我會永遠站在妳這邊。」看到小誠溫柔的笑容，鈴愛不自覺跟著微笑。

接著秋風登場。原以為他會以語帶諷刺的毒舌口吻祝福，結果就輪到菱本登場，含恨表示沒想到會被鈴愛搶先一步結婚，同時不忘祝福。

緊接著是屠夫，明明很緊張卻不忘耍帥，結果耍帥過了頭反而難看。從出生就一直照看鈴愛的貴美香醫生、搞笑二人組中野和野方，連雙胞胎也開口祝福。鈴愛盈著淚水，時而微笑，時而點頭，看著眾人的留言。

最後出現結束符號，告知影片播完。

鈴愛望著一片黑的電視畫面。看完這些她珍視的人們送上的祝福話語之後，鈴愛才注意到，沒有請那位她最希望親耳聽到祝賀的人。

「律……我結婚了呢。」她喃喃說著。

茶几上的泡麵已經泡爛了。

在「Cool Flat」事務所，涼次與製作人斑目面對面坐著。這天祥平外出勘景，所以涼次與對方約好這個時間在這裡碰面。

斑目見到他之後沒有半分猶豫，立刻說要撤回《追憶的蝸牛2》的資金。

「你是說真的嗎……」

「是的。」

斑目自始至終態度都很冷漠。原本以為大家是一起創作的夥伴，他卻擺出這種事不關己的態度，使涼次大受打擊。

涼次放在腿上的雙手緊緊握拳。「你是要我替你去告訴祥平哥嗎？」

「我說不出口。」

「斑目先生，你是製作人吧！通知導演這種消息，不也是製作人的重要工作嗎？」

涼次大力拍向桌子。

斑目的雙眼瞬間冰冷瞇起，他以分外疏遠客套的語氣一股腦兒地說：「我懂了，啊，原來是這樣，我明白了。一九九九年美國科技產業景氣大好，順勢也帶動國內科技公司股價上漲。可是這些公司做了太多得意忘形的決策，到了今年二〇〇〇年的春天，業界整體的發展局勢惡化，股價崩盤，科技創新企業一家接著一家倒。《追憶的蝸牛2》主要的出資公司WWOOF經紀公司也奄奄一息，面臨薪水遲發的命運。社長前天還親自對我表示，希望取消對《追憶的蝸牛2》的投資，所以你的新電影沒著落了！《追憶的蝸牛2》也完蛋了。我們要立刻通知導演這件事，必須快點用手機找到元住吉祥平通知他！」斑目拿出手機按了按。

涼次連忙制止他。「住手、快住手！祥平哥他現在正在放養上百隻蝸牛的神社勘景，他很努力，請你高抬貴手！」

斑目停下手上打電話的動作，帶著憐憫的眼神看向涼次。

「這個世界上，每天都有努力卻得不到回報的情況。」

「我不是外行，我也明白。明白歸明白……但電影已經完成一半以上了……」

「這種情況也是經常在發生。」

這些事或許確實是常見、經常發生，但涼次無法接受。祥平耗費多少苦心在這部作品上，涼次最清楚。他連想都不願想像自己待在祥平身邊、一路看著的那些出色剪接、場景與台詞將永不見天日，只是竹簍子打水白費功夫。

「……多少錢？」等他回過神來，話已經問出口。

「嗯？」斑目看著涼次。

涼次嚥了嚥口水。「WWOOF經紀公司出資多少比例的金額？假如勉強要繼續製作《追憶的蝸牛2》，最少需要多少錢呢？」

涼次突然向前傾身，逼近斑目，腦海中閃過剛從嬸嬸們那兒拿到的存款數字。

原本拿在手裡的商品杯子一滑，碎了一地。

「啊，我把杯子打破了，好像有什麼不好的預感？」

鈴愛壓抑心頭莫名的不安，拿著除塵拖把與掃把清理碎片。

那股莫名的不安，到午休時間吃下奶油麵包時，已從鈴愛的記憶裡徹底消失。就快能和涼次住在一起了，看著新居照片的影本，就足以讓鈴愛打發時間。就在她陶醉地望著新居粉紅色的外牆時，手機響起，是涼次打來的。

涼次語帶興奮，突然說他找到很好的房子，所以要改住那邊。原本預定搬家的日子只剩下沒幾天，都這個時候了才說要換地方住？察覺到鈴愛的猶豫，涼次孜孜不倦地勸：「集合住宅很好，但妳不覺得太窄嗎？我新找到的房子，比原本要住的公寓寬一倍呢。」

「哦，很寬嗎？」原本小心探聽的鈴愛忍不住跟著期待。

房子空間窄，兩個人可以隨時窩在一起固然好，但仔細想想，夫妻倆不會永遠處於蜜月期，有時雙方也需要適當的空間保持距離。

涼次就像在誘惑產生這種念頭的鈴愛，一一列舉出新家的優點。

「嗯，房子雖然不是粉紅色，不過有院子。」

鈴愛想起岐阜老家的院子。她一直以為住在東京不可能有院子。如果多了院子，心情上想必會從容許多。等她回過神來，已經完全聽信涼次的勸說，決定改住新房子。

打聽之後發現，新房子就在大納言附近，對於婚後仍打算繼續在店裡工作的鈴愛來說是很大的決定關鍵。再聽到房租，她忍不住大喊：「好便宜！」房子坪數比原本預定的集合住宅大，房租卻便宜很多。

鈴愛有些害怕地問：「該不會死過人吧？」涼次直接否認。

「那就改搬到那邊吧！那邊比較好，嗯，很好很好。不用先看過也沒關係，既然涼次你說很好那就是好。不是粉紅色有點難過就是了。」

為什麼突然冒出那麼好的房子？為什麼契約簽得那麼急？為什麼那麼便宜？諸如此類的疑點，都在對話過程中如小泡泡般一個個冒出來。

鈴愛要掛掉電話時，聽到涼次說想聽她說「喜歡你」。她扭著身子回：「唉，喜歡你什麼的我哪說得出口！」至此，那些疑問已經被她徹底遺忘。

鈴愛看著粉紅色集合住宅的照片，告訴自己，只要能和涼次住在一起，無論是什麼樣的房子都無所謂。接著她猶豫了一會兒，就把看了無數次的影印紙丟進垃圾桶。

明天就是搬家的日子，鈴愛的行李已經打包完畢，她在空蕩蕩的房間裡打電話給晴。

「就是明天了。」

「是啊，妳的婚姻生活終於要開始了。」

「我好緊張。」

聽到鈴愛的話，晴笑了笑。「說什麼啊妳，不是已經結婚了嗎？」

「話是那樣說沒錯……我的獨居生活就要結束了。」

「妳高中畢業就離家，我什麼也沒能教妳，感覺對阿涼很抱歉。」

「媽……」

「不管是做菜、洗衣服還是打掃，半點都沒教給妳。」

「我以後再問妳！等我回岐阜的時候。」

「是啊。」

「嗯……」

「你們可別吵架喔。」

「嗯……」

「還有，如果發生什麼事，都可以跟媽媽說……即使妳應該也有些沒辦法開口說的事。」

聽到晴幾分猶豫之後補上這句話，鈴愛想起以前剛離開漫畫家工作時，假裝不在家，還拒接母親的電話。可是她已經沒什麼事需要隱瞞晴了。

鈴愛有些嘔氣又有些撒嬌地回說：「沒有不能說的事。」

「媽媽一直都在。」

「這是好事嗎？」

「好事。」晴立刻回答。

鈴愛笑了，晴也笑了。「媽喜歡妳像這樣打電話回來閒聊。」

「這樣啊。」

「希望明天開始一切都會順利。」

「嗯……」

「家人和夫妻還是有些不一樣。」

「怎麼不一樣？」

「畢竟夫妻原本是兩個陌生人，跟打出生就在一起的家人不同。也因為如此，必須多花心思磨合，兩人在維持夫妻關係上不能偷懶。」

「這樣啊。」

「妳說話最好溫柔些，謝謝、對不起之類的也要經常掛在嘴邊。」

「嗯。」

「唉，既然妳嫁的是阿涼，應該用不著擔心。」

「嗯。」鈴愛點點頭。她覺得和涼次相處不會有問題。面對涼次，能夠很自然地說出謝謝或對不起，自己也無須逞強。

她迫不及待明天的到來。

涼次編輯影片時始終心不在焉。祥平以為他是因為即將展開新生活，忐忑不安才會有這種反應，於是他早早結束工作，帶著涼次去喝酒，提前慶祝他搬家。

在「Cool Flat」事務所的最後一晚，兩人回到家裡，仍有一搭沒一搭地喝著酒。

涼次在地上鋪好睡鋪躺下，仰望早已習以為常的天花板。他以為老早睡著的祥平此時突然吐出一句話：「你差點被嬸嬸們的母愛折騰死、來到這裡時，老實說我還在想我家這麼小，兩個人要怎麼擠。」

「對不起。」

「你有很像小狗小貓的一面，所以我也不是太擔心啦。」祥平低聲呵呵笑。

涼次說：「你那句話是什麼意思？」也跟著笑。

「如果我們兩個都是人就太沉重了。」

「的確，我有點像被拋棄的狗。」

被說成狗，涼次也只覺得對方沒說錯，天真無邪地笑著。

「我那時在想，你這傢伙就是利用這招潛進人心，藉此生存的吧。」

涼次稍微笑了笑。祥平這個不與他人親近又孤獨的人，允許自己潛進內心，這是多麼值得感謝、多麼美好的一件事。他原本只是希望有個地方遮風避雨，卻因為住得太舒服，就這樣待了好久。

「不過，你能夠找到人生伴侶真是太好了。」

「沒錯。」

祥平大大一翻身，背對著涼次。「這下子我終於可以帶女人回家了。」

聽到祥平語帶哀怨地說，涼次笑了笑。背對著涼次的祥平突然收斂表情，臉上滲著了然一切的深沉孤獨。

房間裡一片沉默。

「你可要幸福啊。」

聽到祥平小聲這麼說，涼次鄭重地回答：「好的。」

搬家這天是美好的大晴天。

不過，廉子的保佑似乎已完全用罄，搬家卡車停下的地方是一棟破落的建築。

鈴愛原本希望不會是這裡，搬家公司卻陸續把行李搬進那間破房子裡。鈴愛有一股不祥的預感。她置身在行李堆裡環顧整間屋子，屋內的破爛程度也不輸給外面。

「這房子不錯吧？」送走搬家公司後，涼次小心翼翼問，臉上帶著明媚的笑容。

鈴愛以不帶半點情緒的聲音回答：「嗯，很好。」

「那邊那棟大房子是什麼？」

「呃，那是房東家。」

「這種感覺該怎麼說？識曾、四層？啊，似曾相識！為什麼我這個人就是注定要住在豪宅對面的破房子裡？秋風之家那時候也是！」

這時一聲驚心的電鈴聲響起，鈴愛不禁嚇到跳起來。

涼次沒有太過驚嚇的反應，看向房東家的方向說：「啊，那邊叫我們過去。」

「咦？房東會用電鈴叫人嗎？」*怎麼會有這種事？*鈴愛看著涼次的臉。

涼次沒有否認，只是含糊地笑了笑。鈴愛覺得自己理想中的新婚生活，硬生生轟然瓦解。

房東家是漂亮的純日式住宅。與別館同樣是老建築，不過這邊整理得很好，不會給人破爛的印象。鈴愛隨著涼次進入很有壓迫感的和室。

在那裡等著他們的，是和服打扮的光江。她抬高下顎，眼神銳利看著他們，彷彿在找尋鈴愛的缺點。室內已經備好茶。鈴愛跟在涼次身後，進入房間時，她刻意跨過紙拉門的門檻。在那瞬間，她看到光江的雙眼閃爍利芒，心想自己果然沒猜錯。

這是一場測驗。她不懂房東為什麼要考驗他們，不過既然對方下了戰帖，自己也只得接招。鈴愛挺直腰桿，以漂亮的姿勢端坐，接下光江泡好的茶，轉了兩圈茶碗之後，避開正面就口喝茶。

「茶真美味。」她的儀態完美。涼次也忍不住驚訝地看著鈴愛。

「接下來還改由我為各位烹茶。」

「是、是嗎……啊，妳的腳可以輕鬆點沒關係。」

光江一開始的犀利氣勢不曉得哪兒去了，她皺著眉頭從原本的跪坐姿勢改為坐姿。她的雙腳已經麻到極限了，但鈴愛仍面無表情端正跪坐著。

「我就保持這樣無妨。」

光江只好一臉不情願地重新跪好，面向鈴愛。

「今後我們夫妻倆要麻煩您關照了，請多指教。」

鈴愛鄭重低下頭。一旁的涼次還愣著，鈴愛壓著他的腦袋一起鞠躬。

看到自己疼愛的外甥被妻子這樣欺壓，光江忍不住氣憤，臉色變得難看。

鈴愛靜靜凝視那張臉，不解偏著頭。

「請問房東女士，我們是不是在哪裡見過？總覺得好像在哪裡見過您。啊，我是岐阜人，也許是您與我娘家的某人很相似。梟町的雅子女士嗎？還是幸子呢？啊……屠夫的媽媽？我們家的青蛙？青蛙擺飾？」

「我說……妳不記得我了嗎？」

「什麼？」聽到光江這麼說，鈴愛回想著，卻無法清楚憶起。

「鈴愛，這位是我嬸嬸。」涼次悄聲耳語。

聞言，鈴愛還是沒有反應過來。她敷衍地笑一笑，再次低頭鞠躬。

「啊，您是那個時候的……對不起，我太緊張了。涼次為我介紹過許多他那邊的親戚，但誰是誰我已經整個搞亂了。」

「也是，這也很難有辦法全部記住。」

涼次連忙接話化解尷尬，光江卻一臉不悅地盯著鈴愛。

這時紙門刷地打開，麥和瑪麗端著茶點進來。

「妳們兩個也過來喝茶……」

光江說完正準備起身，卻嚴重失去平衡，重重跌坐在地上。都怪她裝模作樣要烹茶，硬是秀了一手不熟練的茶道技術。

「您不要緊吧？」

鈴愛伸出手卻遭光江無視，她倚著柱子勉強站直身子。鈴愛看到光江此刻悔恨到腸子都要青了的模樣，想到今後的生活，頓時覺得疲憊。

接下來，光江等人再次向鈴愛自我介紹。

操著詭異關西腔的光江、經營大納言的野鳥迷麥、長相艷麗卻有些呆愣沒幹勁的瑪麗——三個性截然不同的人站在一起，散發出獨特的氣氛，讓人覺得她們的確是姊妹。

光江笑著說，涼次過世的母親繭子、光江、麥、瑪麗這四人名字，第一個字念起來正好是「媽咪母妹[17]」。光江的個性似乎是一旦心情好就會笑個不停。

「家裡原本以為還會再生一個孩子，結果是想多了。」說完，她又笑了一會兒。

鈴愛對於瑪麗這個少見的名字感到好奇，問了之後才知道原來是來自畫家瑪麗・卡薩特[18]。三姊妹的父親是帽子設計師，據說他是因為喜歡瑪麗・卡薩特的畫作《紅帽少女》，才會取這個名字。

只有提起父親時，光江才會露出動人的溫柔表情，但她很快又板起臉來看向鈴愛。

她記恨鈴愛把她們三人忘得一乾二淨，所以決定給她一些顏色瞧瞧。光江也笑著假裝沒記清楚鈴愛的名字，說：「我記得妳的名字是某個生物……烏鴉、老鼠……啊，雞？」

鈴愛早已習慣大家拿她的名字開玩笑，所以沒有受到半點影響，還很乾脆地回答：「是麻雀。」接著也不服輸地笑問光江：「我也可以叫妳屠夫嗎？」

光江不曉得屠夫是什麼意思，露出一臉錯愕的表情。看到她的表情，鈴愛就稍微解氣了。

鈴愛聽到下雨的聲音，才知道原來別館是鐵皮屋頂。雨滴咚咚敲打屋頂，傳來絡繹不絕的扎實聲響。那聲音教人不斷想起雨聲，聽起來很刺耳。

開始一起生活的第一天晚上，兩人一起睡在睡舖裡，卻沒有半點曖昧氣氛。鈴愛繃著臉望向天花板。

「我……只有一邊耳朵能夠聽見這種聲音，所以對我來說真的很痛苦……雨水打在鐵皮屋頂的聲音對一般人來說應該也很難忍受，對我來說卻是三倍難受……」

「鈴愛。」

涼次以莫可奈何的無奈神情凝視著鈴愛，緩緩推開棉被，整個人壓在她身上。

鈴愛立刻敲了涼次的腦袋。

「痛痛痛……」涼次抱頭滾來滾去喊痛。

鈴愛在棉被裡雙臂抱胸。「你傻子嗎？」

「抱歉……」涼次屈著背垂頭喪氣，但很快又轉向鈴愛靦腆笑了笑。

「不過我今天真的好驚訝，鈴愛妳居然會……茶道。又讓我重新迷上妳了。」

「用不著重新迷上我，我會的也就是那些，再多就沒有了。」鈴愛粉碎涼次的誤會。「我以前曾打算要畫茶道女主角的漫畫。我們秋風老師是完美主義者，所以他送我去上了一個月的茶道課，我被狠狠虐了一頓。等到我終於學會時，已經完全不想畫那個漫畫了。」

---

17. 這四個人名開頭的第一個字母連在一起，正好是日文五十音Ma段音的前四個音「ma、mi、mu、me」。

18. Mary Stevenson Cassatt，十九、二十世紀的美國畫家兼版畫家。

「原來還有這段過去。」涼次揉揉腦袋，大概是被敲過的地方還在痛。

鈴愛靠上躺在一旁的涼次身邊，臉上仍是可怕的表情，手卻輕輕揉了揉他的頭。

「我問你，我交給你的那些錢怎麼了？那些可是我所有的財產！唉，雖然那些錢不過芝麻綠豆大、跟麻雀的眼淚一樣少，但是那個，還有我爸媽給的結婚禮金，我都交給你了！錢呢？」說著，鈴愛覺得不甘心，揪著涼次的身子用力搖晃。

涼次任由她搖晃，腦袋也跟著晃動，喃喃說：「用岐阜腔說話聽起來好凶。」

接著像是認命般，老老實實招供。涼次說，製作人告訴他《追憶的蝸牛2》的資金撤走，所以他思索有沒有辦法能夠繼續完成這部電影。

他想到的辦法，就是自己把錢補上。他問了製作人目前需要的資金，正好與買新房的錢差不多，於是他決定了，把差不多是全數家當的錢交給製作人，取消那戶粉紅色新房，並且向三個嬸嬸低頭，希望她們收留夫婦兩人。而溺愛涼次的嬸嬸們自然很開心他願意回家住，就把兩年前帽子店倒閉後當作倉庫使用的別館整理出來，運走大量滯銷的帽子，同意讓他們住在那裡。不是讓他們住在主宅的客房裡，而是把別館給他們，這是三個嬸嬸考慮到他們才新婚，需要兩人獨處的空間。

嬸嬸們要求的房租是每個月五萬圓，因為那一箱箱從別館運走、暫且堆放在主宅走廊和佛壇的帽子放在保管倉庫的租金，也是五萬，可說是相當有良心的價格。

但鈴愛仰望破爛的天花板，忍不住嘆息。

「一個月五萬，我們去住保管倉庫都比這裡好！」

「鈴愛……」涼次高大的身軀顯得很委屈。看到他可憐的樣子，鈴愛嘆氣。

「不過，以這一帶的房租來說，算是非常便宜了。住久了也會習慣吧……」

注意到鈴愛的態度緩和下來，涼次那張臉突然亮了起來，說：「而且雨總會停的。」

她這才發現雨滴敲打鐵皮屋頂的惱人聲響已經聽不到了。

「嬸嬸她們不是壞人，她們在我三歲失去父母時收留了我。」

「我對這種事情最沒輒……」

「當然爺爺和奶奶也照顧過我。」

「啊，我們還沒去看你的爺爺奶奶。」涼次連廉子的墳都去上過香，鈴愛不能不去扶養過涼次的爺爺奶奶佛壇前面問候一聲。她起身準備去佛壇，涼次卻連忙攔住她。

「佛壇現在堆滿了帽子庫存，進不去。」

「啊……那，等明天再從紙箱縫隙鑽進去看看。」

「謝謝妳，爺爺奶奶一定會很高興。另外，那筆錢等到《追憶的蝸牛2》上映回收之後，我立刻就會還給妳。」

「嗯，好……」話鋒突然一轉，鈴愛覺得敗興，放鬆了全身力氣。

她發現時間早就過了半夜十二點。兩個人都已筋疲力盡，事到如今更沒有力氣營造新婚氣氛。他們各自進入自己的睡鋪，閉上眼睛。

「阿涼，我也要向你道歉，我剛才說得過分了些……我可以過去你那邊嗎？」

儘管氣氛尷尬，但第一個夜晚兩人分床睡，還是感到寂寞，於是鈴愛主動提議。

沒有聽到回應，她湊過去看著背對自己的涼次，他已經一臉孩子般，無憂無慮地酣睡著。

鈴愛用力把涼次的睡舖拉向自己這邊。看到兩人的床舖間不再有距離，她才滿意點頭說：「這樣很好。」這麼一來，涼次的背影變得很近。鈴愛伸出左腳尖抵著他的背。用左腳尖碰人是鈴愛的習慣，她小時候鑽進晴的被窩時，也總愛用左腳靠著她才能安心入睡。

感受著左腳傳來涼次的體溫，鈴愛放心閉上雙眼。睡意一下子湧了上來。

第二天，涼次起得很早。他替鈴愛和三個嬸嬸煎好法式吐司之後，急急忙忙出門拍攝《追憶的蝸牛2》的外景。

被獨自留下的鈴愛，津津有味地吃完美到還以為是飯店早餐的法式吐司後，開始動手整理房子。不把紙箱打開來整理行李，就無法展開新生活。

這天是大納言的公休日。鈴愛打算趁這一天把所有行李收拾完畢，所以快動作清理掉成堆的紙箱，拿出抹布打掃。這時她注意到一個紙箱而停下動作。

涼次出門前特別交代：「只有這個紙箱不准打開。」

鈴愛憑著意志力將眼睛從紙箱上挪開。涼次交代不准看所以不能看，她這樣告訴自己。

但聽到不准看就更想看，也是人之常情。

她想裝作若無其事，反而愈來愈好奇。到了中午左右，鈴愛已經無法再忍耐。她盯著那個紙箱，緩緩伸出手。接著一個深呼吸，一鼓作氣打開紙箱。

裡面裝滿成疊的稿紙。

藤村家客廳傳來三個嬸嬸吸著麵線的聲響。

鈴愛抱著裝滿稿紙的紙箱，開口說：「打擾一下。」嬸嬸們同時看向鈴愛，沒有停下吃麵線的手。

「有事嗎？」聽到光江這麼問，鈴愛告訴她，涼次交代絕對不能打開這個紙箱。

鈴愛一邊說，一邊看著餐桌上的麵線和水茄子。那眼神寫滿了想吃，光江等人只好無奈地拿出容器和筷子，給鈴愛準備一份。

鈴愛與三個嬸嬸一起快速吸入麵線後，忍不住呻吟：「真好吃！」

「我說妳啊，該不會是算準了午飯時間過來的吧？」

光江目光炯炯瞪向鈴愛，她連忙把涼次的紙箱拿到三人面前。

「這裡面藏著小涼的祕密……」

麥吞了吞口水，迅速朝紙箱伸出手。光江和瑪麗紛紛開口制止，但也只是嘴巴上說說，根本沒有阻止的打算。麥伸手用力打開紙箱，光江和瑪麗立刻把臉湊過去看向紙箱內。

紙箱裡裝的是涼次寫的劇本。嬸嬸們也不裝矜持了，把劇本全數拿出來輪流傳閱。

「每一份劇本都寫得很有意思呢，小涼挺有才華的。對了，海鷗，妳想跟我們說的是什麼？」把稿子全數看過一遍的瑪麗問道。

鈴愛立刻糾正她：「我是麻雀。」接著提出自己在讀這些劇本時想到的問題。

「阿涼寫的劇本每份都很有趣，但全都幾頁就結束了，沒有哪一本寫到最後。」

「會不會是有人偷走後續的內容了？」麥以演出懸疑電視劇的語氣驚呼。

鈴愛不曉得麥到底是不是在開玩笑，否定道：「不是，我想他是無法寫到最後。阿涼該不會連一支試拍電影都沒有吧？」

三個嬸嬸互看彼此。

「不清楚，這種事情我們沒問過，我們不會去過問那孩子在電影方面的事……」

光江含糊說完，麥突然板起臉對鈴愛說：「鈴愛，那孩子啊，就連暑假作業要寫讀書心得，都不曾寫到最後，還要我幫忙寫完。那本書名是《變成星星的小P》。」

聽到麥正經說出真相，鈴愛錯愕，近乎吶喊地說：「咦？阿涼不是很有文采嗎？」

「有沒有文采跟當電影導演沒有關係吧？導演的工作不就是負責說：『預備，開麥拉！』『卡！』『剛剛的畫面演得不錯，寶貝。』這樣捧捧女演員就行了嗎？」光江語氣輕佻地說。

鈴愛一臉認真地搖頭。「不是那樣的。成為導演之後或許有人真的是那樣，但默默無聞的新人想要當上導演，首先需要寫電影劇本。自己寫好拿去賣給電影公司，等到電影公司願意拍攝，才能夠當導演。」

「是嗎……」嬸嬸們的回應頗不以為然。

「這些是阿涼告訴我的。」鈴愛低著頭小聲補充。當初聽涼次說這些事情時，她純粹覺得感動，認為這個人是腳踏實地在寫劇本、想要成為導演呢。

結果紙箱裡的劇本卻沒有一份是完整的。

「那孩子啊，就是虎頭蛇尾。」光江的語氣中，有著難以形容的愉悅。

「他從小就沒恆心毅力去完成一件事，不管是網球也好、鋼琴也好、吉他也好。但他永遠都有遠大的夢想，想要成為馬克安諾[19]，想要成為蒲寧[20]，想要成為艾瑞克・克萊普頓[21]。他在許下夢想時都是認真的。」

「他這個人就是老愛作夢卻又不去實現。」瑪麗毫不留情地補充。

聞言，鈴愛震驚得彷彿自己的後腦杓被人狠狠敲了一記。「呃，等等，他老愛作夢又不去實現，意思就是他這個人不切實際吧？妳們是說我嫁給了一個不切實際的人嗎？我和他其實只認識了六天，就像羅密歐與茱麗葉那樣結婚了。我對他幾乎不太了解。」

---

19. John Patrick McEnroe, Jr.，曾經是單打和雙打世界排名第一的網球皇帝，七座大滿貫男單桂冠得主。
20. 俄羅斯鋼琴演奏家，也是日本最有名的外國鋼琴師之一。
21. Eric Patrick Clapton，二十世紀最成功的音樂家之一，也被譽為有史以來最偉大的吉他手之一。

「戀愛就是這麼可怕。」這次麥改用午間連續劇主角的語氣說話。

「妳口中的羅密歐，是個沒出息的廢物。」

聽到光江的話，麥和瑪麗同時笑了起來。

看樣子藤村家的嬸嬸們，沒有一個相信涼次會成為電影導演。

鈴愛上次發現那首詩，還以為是涼次寫的，後來才知道原來是祥平寫的電影開頭獨白。當時不安的心情，此刻再度搖晃起來。鈴愛緊抓著那疊未完成的稿紙。

已經過了午夜十二點，涼次還沒回來。

時鐘指著半夜兩點的時候，門外傳來走調的歌聲。鈴愛立刻聽出那是涼次和祥平的聲音。他們兩人正熱烈唱著中島美雪的〈天空與你之間〉[22]。

鈴愛馬上把自來水的水龍頭轉到最大，開始往水桶裡裝水，表情十分駭人。在裝水的期間，依然可以聽到歌聲。等水桶裝滿了，鈴愛提起水桶就朝歌聲的方向走去。

祥平和涼次腳步踉蹌，互相搭著肩，在別館院子的樹叢裡歡快唱歌。

鈴愛毫不猶豫地將水桶的水潑向兩人。

「好冷！」祥平發出與外表不搭的驚聲尖叫，涼次則只是一臉訝異地看著鈴愛。

「你們知不知道現在幾點了？」鈴愛暴跳如雷。

她一整天都因涼次的劇本擔心，眼前這情況直接點燃她的怒火。

「你們在吵什麼？」麥穿著睡衣跑過來，在她身後跟著愛睏的光江。

看到兩個男人一身溼，她喃喃說：「唉呀……都溼了。」

「我是溼身型男。」涼次開玩笑說。

現在是開玩笑的時候嗎？這舉動反而惹得鈴愛怒火更盛。她再度一甩水桶，但裡頭已經沒水，只灑出零星兩三滴水珠。

被水桶水淋得一身溼的兩人進入藤村家的浴室。別館裡連浴室都沒有。

洗好澡、換好衣服的祥平客氣地接下光江端出來的熱茶。麥始終目不轉睛地盯著他，看到祥平那一頭亂髮，雙頰突然變紅。

「沒事，我就是想到你的頭髮很適合當鳥巢……」

對於麥出人意表的回答，祥平不曉得該如何回應。

涼次向鈴愛解釋，因為明天休息一天不用拍戲，所以他們不小心喝多了。

「可是我說妳啊，怎麼可以一桶水就對著人潑過去呢？」

22. 日劇《無家可歸的小孩》主題曲，後來台灣歌手林佳儀翻唱為〈一個人的我依然會微笑〉。

聽到光江這麼說，鈴愛鞠了一個躬。「我氣瘋了，不自覺就……」

她已經差不多冷靜下來，心想自己實在沒必要這樣做；另一方面，卻也覺得心裡稍微痛快了些。喝了茶、休息一會兒之後，涼次重新把祥平介紹給光江等人。一聽說祥平是很照顧涼次的電影導演，光江立刻變了態度。

「啊！原來是你，我們真是失禮了，謝謝你照顧小涼。我還以為你是這附近的醉漢，小涼和你意氣相投所以把你給帶回來。小涼這孩子啊，該怎麼說，就跟貓狗很像，這邊蹭蹭那邊撒嬌，經常帶一堆不認識的人回來。啊，不過那也是他還住在這裡的事了。對吧，麥？」

「對……」麥點頭，再度定睛凝視祥平。

祥平一察覺她的視線，她就立刻像小鳥飛遠般轉頭。

「真是失禮了。你是元住吉祥平導演，所以你住在元住吉嗎？」

「不是，我住在中野。」

「啊哈哈哈，我只是開玩笑。」光江獨自說個不停、笑個不停，相當來勁。明明已經三更半夜，她似乎沒有要住嘴的意思。「聽說你得過電影獎啊？」

「您看過我的作品嗎？」

聽到祥平當面這麼問，原本話匣子停不下來的光江突然住嘴。「呃，啊，對。」

「您覺得怎樣？」

「……蝸牛……很多……咦？有很多嗎？」光江說得小心翼翼。

麥說了一句：「那部電影是傑作。」替她打掩護，說得態度堅定，語氣平靜。

「我原本以為你是受到英國導演彼得．格林納威[23]的影響。不過你開拓出元住吉導演的獨特世界。比方說，展現蝸牛看世界的角度。那是活在這世界、只能緩慢前進的我們自身的虛無，但還是有前進一點點……」

「對，妳說得對極了！」聽到麥的話，祥平用力點頭。

鈴愛以迷濛愛睏的眼睛望著他們一來一往，打了個大呵欠。

「抱歉，我明天還要去大納言上班，可以去睡了嗎？」

「大納言？」

「百圓商店，我工作的地方。」

「那麼我差不多該告辭了。」祥平正準備起身，卻被光江強行留下。

「沒關係，我醒來就睡不著了，我們再多聊一會兒吧，好嗎？」

麥看到光江向自己爭取認同，面無表情地點頭。為了不讓祥平離開，光江牢牢抓著祥平的衣服。祥平不得已只好再次坐下，看著齊聚在客廳裡的眾人，突然微微一笑。

「不過，看到你們夫妻能夠和家人一起住，我覺得很感動。」

「什麼意思？」一心只想著要返回別館的鈴愛，聽到這句話不自覺看向祥平。

23. Peter Greenaway，英國導演、編劇，代表作有《愛森斯坦萬萬歲》等。

「該怎麼說，就是你們兩人一開始不是要獨自住那個醜到沒品味的粉紅色大樓，還是集合住宅、名字很奇怪的地方嗎？不過現在卻像這樣，和丈夫的家人一起住。」

「啊，但我們不算是家人——」

祥平輕輕抬手制止光江。「我懂我懂，不過你們對於涼次來說也算是家人吧？類似家人？我期待有愈來愈多人跟你們一樣。」

鈴愛對悠哉微笑的祥平低聲說：「可是沒有浴室。」

「那個，我之後會加蓋。」涼次連忙解釋。

鈴愛卻沒有搭理他，反而定睛注視祥平的臉繼續說：「而且屋頂是鐵皮的，再加上原本當作倉庫用，所以有老鼠。」

「咦，沒看到老鼠吧？」

「我在房間角落看到鼩鼠鬥擋。粉紅色房子在都市人眼裡看來或許缺乏品味，可是我想住。」鈴愛以岐阜腔吐露出真心話，眼底隱約泛著淚光。「而這一切全都是元住吉先生的錯。都是因為阿涼代替WWOOF經紀公司扛下了《追憶的蝸牛2》的資金缺口。」

鈴愛以不滿的態度對祥平說。她很生氣，所以想讓祥平知道，涼次還有自己為了祥平的電影付出了多大的犧牲。

「呃，等等，妳這話是什麼意思？」祥平一臉不解地看向涼次。涼次立刻轉開視線。發現祥平的反應跟她預期的不同，鈴愛也跟著困惑。

「咦……咦？等一下，難道元住吉先生不曉得這件事嗎？」

祥平緩緩點頭。

「咦？阿涼，你瞞著他沒說嗎？」鈴愛問。

涼次明顯露出事跡敗露的表情。站在涼次的立場，這件事他當然沒有告訴祥平，而且他以為鈴愛也會懂得幫忙瞞著。

光江望著茫然的鈴愛和祥平，有氣無力笑了笑，伸手拿起茶杯。

「小涼這孩子從以前就是這樣，粗心大意，明明稍微注意一點就能夠拿滿分了。」

涼次一臉錯失滿分的表情，沮喪站著。

看到他那個樣子，鈴愛再次覺得自己對於這個人一點都不了解。

擅自挪用購屋預算又喝酒喝到三更半夜的涼次，大概覺得自己才剛新婚就虧欠老婆吧，隔天一早做了散壽司便當送去大納言。

鈴愛吃著涼次細心做的漂亮散壽司，突然能夠體會男人們所謂「抓住一個人的胃就能抓住他的心」是什麼意思。吃到這麼美味的食物，真的很難再繼續生氣，而且大部分的事情也都能夠原諒。

鈴愛睡眠不足，所以很焦慮，對於新生活也有些悲觀，不過她很快又找回幹勁，開始對田邊和涼次介紹自己的大納言大改造計畫。在涼次成功成為電影導演前，她必須腳踏實地在大納言工作，至少得確保不會先破產。

鈴愛在大納言工作期間，冒出很多想嘗試的點子。

她想為需要紓解壓力的人，準備一個砸報廢盤子專區，或租借空間給想以百圓價格販售私人物品的人等。鈴愛與田邊、涼次討論時，仍不斷有源源不絕的點子冒出來。

或是可以設置一個涼次點歌區，讓擁有夏天蘇打水嗓音、又帥又有型的涼次唱歌。一定會有很多人不惜花一百圓也要聽他唱。對了，型男也是一個賣點。那不如開發一個照鏡子時，會有型男跟你說「你今天也很美」的鏡子如何？絕對會大賣。

鈴愛看到涼次因自己的提議而笑，心情也變好了。

「嘿，我愈想愈覺得大納言有很多可能了，你們不覺得嗎？」

鈴愛的雙眼熠熠生輝，想要立刻擬定具體計畫，田邊卻為難地說：「這沒那麼容易。」

田邊表示，雖然光江等人是老闆，但這家店是大納言的連鎖加盟店，就連貨架上要放哪些東西、按照什麼順序擺放，都有規定。

「不能按照自己的想法來嗎？」鈴愛垂頭喪氣地說。

這家店以前是家叫「三月兔」的帽子店。光江繼承父親遺產，對於店裡的事情一向妄為，再加上後來出現同業競爭等原因，帽子生意的營收銳減。妹妹們讓她看清楚月營業額只賣出三頂帽子、總收入只有八千六百圓的現實，光江才哭著同意加盟百圓商店。她們放棄了自己作主的權利，這樣的選擇也是為了換取穩定的收入。

田邊詳細說明整件事。鈴愛明白他的意思，但她覺得與其墨守成規、成為一間沒有客人的店，不如大膽嘗試新東西。更重要的是，她捨不得自己想到的那些點子無處發揮。

「我還有其他想法。」

看到鈴愛不滿抱怨，涼次安撫她：「大納言加盟店的體制就是這樣，所以或許多少有些拮据，但至少不用自己思考如何經營。」

「可是我就是想要自己思考。」

「鈴愛就是這種人吧。」

「我當漫畫家的時候，心中有一張白紙，有兩百七十毫米乘一百八十毫米的自由。我慶幸自己能夠在那張白紙上隨心所欲地畫畫！」儘管有時也會遭受自由的折磨，不過當她企圖隨心所欲卻被告知無法實現時，鈴愛更加懷念過往的自由。

「妳的隨心所欲一定是因為有秋風羽織老師的護航。」

聽到涼次的話，鈴愛睜大眼睛。她一直以為漫畫理所當然就是自由發揮，不曾想到會是涼次所說的情況。

「電影的世界也是這樣。一般來說，出版社必須賺錢，所以應該存在許多協商和妥協。比方說，出版社會要求主角必須是這樣的人，或是要求寫這種橋段的故事，或是寫現在流行的內容，諸如此類。原因在於作品必須賣錢，因為這是工作，這是做生意。即使是拿過電影獎的祥平哥，也經常在這種事情上吃盡苦頭。」

涼次待過嚴苛的專業現場，因此他的這番話很有說服力。

鈴愛想起秋風，想起他看鈴愛的分鏡和漫畫時嚴肅到駭人的臉。

「秋風老師總是很認真看待我想到的靈感、我有什麼感覺、什麼想法、想畫什麼。他總是等著我、相信我，從我還是小菜鳥的時期就這樣。」

「我猜得沒錯……秋風老師果然保護著妳，避開了出版社的各種情況。」

「老師，保護我？」

涼次這番話在他離去之後，仍在鈴愛心中發酵。

等她回過神來，已經下班，離開了大納言。鈴愛搭著電車前往奇妙仙子工作室。她原本打算一個人去面影咖啡廳喝杯咖啡就回家，最後卻還是打了通電話。

接電話的人是菱本。鈴愛說有事想問秋風，並且在心思一團亂的情況下沒頭沒尾地把涼次那番話說了出來，於是菱本特地代替正值截稿前夕的秋風，過來面影咖啡廳一趟。

「阿涼先生說得沒錯，老師一直在保護妳，秋風塾也是為妳而辦的。」

「這些事情我現在才敢說……」菱本以這句話開頭，坦白說出〈瞬間盛開〉連載到中段，讀者問卷調查不盡理想時，出版社曾來商量希望變更劇情內容的事。不，與其說是商量，應該是要求。當時出版社希望把故事改成一群帥哥圍繞著一個女主角的愛情喜劇，還要求直接模仿時下流行的漫畫劇情發展模式。問題是，這樣一來整個故事就會被打亂。

「所以，秋風說，那就不是〈瞬間盛開〉了，故事不可以改成那樣，並且堅持與出版社對抗到最後，保住了妳的〈瞬間盛開〉。」

「我都不曉得有這些事情……」鈴愛失神地低語。

涼次說對了，鈴愛一直都是受到保護的。明知道自由一定會伴隨著辛苦，那些辛苦卻一直都是秋風在替她承受。鈴愛覺得感恩，也覺得丟臉，心情很複雜。那種感覺就像是自己其實一直騎著有輔助輪的腳踏車到處轉，卻還得意洋洋。鈴愛不知該如何反應，凝視著咖啡杯。

「鈴愛，妳離開奇妙仙子時說過吧。妳說：『唯獨有才能的人，才會覺得畫漫畫很快樂。要我一隻不會飛的鳥走在地面上，仰望會飛的鳥，我不要這樣。人生裡陰天的日子愈來愈多，但我希望自己的人生一直是大晴天，我想要雨過天晴，我要活出自己的人生。』」

聽著菱本說出自己曾說過的話，鈴愛覺得聽來像是別人說的。

「請妳一定要找到屬於自己的天空。」

「菱姊……」

「在某處，一定有屬於妳的天空。」

聽到菱本的溫柔鼓勵，鈴愛落下淚水。

她想，屬於我的天空在哪裡呢？她甚至沒有線索。儘管如此，鈴愛還是離開了面影咖啡廳。仰望夜空時，心情已經好了一些。

（未完待續）

國家圖書館出版品預行編目資料

半邊藍天 / 北川悅吏子著；緋華璃，黃薇嬪譯. -- 初版. -- 臺北市：春光，城邦文化出版：家庭傳媒城邦分公司發行，民109.01
冊； 公分
譯自：半分、青い。
ISBN 978-957-9439-85-5 (第2冊：平裝). --

861.57 108019331

半邊藍天 2

原著書名／半分、青い。
作　　者／北川悅吏子
譯　　者／緋華璃、黃薇嬪
企劃選書人／何寧
責任編輯／何寧

版權行政暨數位業務專員／陳玉鈴
資深版權專員／許儀盈
行銷企劃／陳姿億
行銷業務經理／李振東
副總編輯／王雪莉
發 行 人／何飛鵬
法律顧問／元禾法律事務所 王子文律師
出　　版／春光出版
台北市 104 中山區民生東路二段 141 號 8 樓
電話：(02) 2500-7008 傳真：(02) 2502-7676
部落格：http://stareast.pixnet.net/blog E-mail：stareast_service@cite.com.tw
發　　行／英屬蓋曼群島商家庭傳媒股份有限公司城邦分公司
台北市中山區民生東路二段 141 號11 樓
書虫客服服務專線：(02) 2500-7718 / (02) 2500-7719
24小時傳真服務：(02) 2500-1990 / (02) 2500-1991
服務時間：週一至週五上午9:30～12:00，下午13:30～17:00
郵撥帳號：19863813 戶名：書虫股份有限公司
讀者服務信箱E-mail: service@readingclub.com.tw
歡迎光臨城邦讀書花園 網址：www.cite.com.tw
香港發行所／城邦（香港）出版集團有限公司
香港灣仔駱克道 193 號東超商業中心 1 樓
電話：(852) 2508-6231 傳真：(852) 2578-9337
E-mail : hkcite@biznetvigator.com
馬新發行所／城邦（馬新）出版集團 Cite(M)Sdn. Bhd
41, Jalan Radin Anum, Bandar Baru Sri Petaling,
57000 Kuala Lumpur, Malaysia.
Tel: (603) 90578822 Fax:(603) 90576622 E-mail:cite@cite.com.my

封面設計／木木 Lin
排　　版／極翔企業有限公司
印　　刷／高典印刷有限公司

■ 2020 年 (民 109) 1 月 30 日初版一刷 Printed in Taiwan

售價／380元

HANBUN AOI Vol.2 by KITAGAWA Eriko
Copyright © 2018 KITAGAWA Eriko
All rights reserved.
Original Japanese edition published by Bungeishunju Ltd. in 2018.
Screenwriting by KITAGAWA Eriko, Novelized by MAEKAWA Nao
Chinese (in complex character only) translation rights in Taiwan reserved by Star East Press, a division of Cite Publishing Ltd., under the license granted by KITAGAWA Eriko, Japan arranged with Bungeishunju Ltd., Japan through BARDON-CHINESE MEDIA Agency, Taiwan.
Complex Chinese translation copyright © 2020, by Star East Press, a Division of Cite Publishing Ltd.

版權所有・翻印必究

ISBN 978-957-9439-85-5

城邦讀書花園
www.cite.com.tw

廣 告 回 函
北區郵政管理登記證
台北廣字第000791號
郵資已付，免貼郵票

104 台北市民生東路二段 141 號 11 樓

英屬蓋曼群島商家庭傳媒股份有限公司
城邦分公司

請沿虛線對折，謝謝！

愛情．生活．心靈
閱讀春光，生命從此神采飛揚

春光出版

書號：OG0033　書名：半邊藍天 2

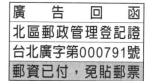

請於此處用膠水黏貼

讀者回函卡

射謝您購買我們出版的書籍！請費心填寫此回函卡，我們將不定期寄上城邦集團最新的出版訊息。

姓名：＿＿＿＿＿＿＿＿＿＿

性別：□男　□女

生日：西元＿＿＿＿年＿＿＿＿月＿＿＿＿日

地址：＿＿＿＿＿＿＿＿＿＿

聯絡電話：＿＿＿＿＿＿＿＿　傳真：＿＿＿＿＿＿＿＿

E-mail：＿＿＿＿＿＿＿＿＿＿

職業：□ 1. 學生 □ 2. 軍公教 □ 3. 服務 □ 4. 金融 □ 5. 製造 □ 6. 資訊

□ 7. 傳播 □ 8. 自由業 □ 9. 農漁牧 □ 10. 家管 □ 11. 退休

□ 12. 其他 ＿＿＿＿＿＿＿＿

您從何種方式得知本書消息？

□ 1. 書店 □ 2. 網路 □ 3. 報紙 □ 4. 雜誌 □ 5. 廣播 □ 6. 電視

□ 7. 親友推薦 □ 8. 其他 ＿＿＿＿＿＿＿＿

您通常以何種方式購書？

□ 1. 書店 □ 2. 網路 □ 3. 傳真訂購 □ 4. 郵局劃撥 □ 5. 其他 ＿＿＿

您喜歡閱讀哪些類別的書籍？

□ 1. 財經商業 □ 2. 自然科學 □ 3. 歷史 □ 4. 法律 □ 5. 文學

□ 6. 休閒旅遊 □ 7. 小說 □ 8. 人物傳記 □ 9. 生活、勵志

□ 10. 其他 ＿＿＿＿＿＿＿＿

為提供訂購、行銷、客戶管理或其他合於營業登記項目或章程所定業務之目的，英屬蓋曼群島商家庭傳媒（股）公司城邦分公司，於本集團之營運期間及地區內，將以電郵、傳真、電話、簡訊、郵寄或其他公告方式利用您提供之資料（資料類別：C001、C002、C003、C011等）。利用對象除本集團外，亦可能包括相關服務的協力機構。如您有依個資法第三條或其他需服務之處，得致電本公司客服中心電話 (02)25007718請求協助。相關資料如為非必要項目，不提供亦不影響您的權益。

1. C001辨識個人者：如消費者之姓名、地址、電話、電子郵件等資訊。
2. C002辨識財務者：如信用卡或轉帳帳戶資訊。
3. C003政府資料中之辨識者：如身分證字號或護照號碼（外國人）。
4. C011個人描述：如性別、國籍、出生年月日。

請於此處用膠水黏貼